影视剧改编

若你安好便是晴天

A LOVE STORY

李九思 —— 著

人民日报出版社

北京

在你看不到的地方，
我早就在默默关注着你。

我爱你的执着，我爱你的梦想，
我爱你所爱，
爱你的理想和追求……
你这一路走得多么辛苦，
我在你身边都看得清清楚楚。

绣品也是一样，它的一针一线，都带有温度，
一件绣品包含着岁月和感情，就像是人的 一 生……

对于身边出现的人，

我们要怎么做，

才能算是对他真正地**懂得**？

我就是电台里的那个每天听着你说晚安才能睡觉的人，我喜欢的人是你，从来没变过。

我 这个人心思多变，性格也不太好相处。

经常很固执，脾气也不是很友善。

无趣到常年只吃那几种喜欢的食物。

可能是受我单一的饮食结构影响，我也只能单一地爱着你。

我愿意每天多**宠爱**你一点，你愿意嫁给我吗？

既然你点亮了我的夜晚，那么以后，就让我来守护你的梦吧！

C o n t e n t s

目 录

Chapter 丨

琥珀色

绿鬓年少金钗客

缥粉壶中沈琥珀

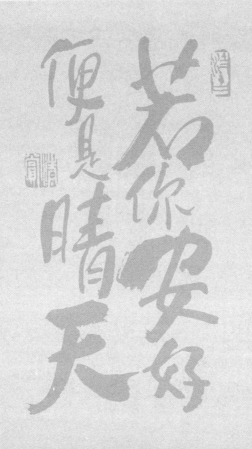

若你安好便是晴天

九月，上海明远集团大厦门口。

"快走！"保安一左一右的挡住莫菲的去路，凶巴巴地说，"我们认识你了，可别再胡闹了啊！"

看着被保安关上的大门，莫菲有些泄气。在第35次被保安从明远集团的大楼里赶出来后，她不禁开始回想，她一个正儿八经的服装设计院校的学生，祖国根正苗红的好青年，到底是怎么沦落到在明远集团"人人喊打"的地步的？

其实这话说起来不长。

大概在两周前，闺蜜沈佳希拿到了两张明远集团新品发布会的入场券。原本那天莫菲是有事情要办的，但经不住沈佳希的软磨硬泡，只好陪她一起来了。

别看莫菲长得瘦瘦小小，柔柔弱弱的样子，可她非常的有主见。在她看来好就是好，不好就是不好。明远这次的"云鹤图"服装系列不能说是不好，但绝对说不上有多好。要让她像其他人那样胡乱吹捧，她是万万做不到的。

先不说"云鹤图"的设计和工艺，单说它的设计理念。明远集团的首席设计师夏雪凌小姐侃侃而谈地说什么仙鹤代表了啥美好爱情、啥忠贞向往……这些商人也真是够了，为了宣传的噱头什么都往爱情上扯，就不能有点别的新意？

　　仙鹤代表了爱情？如果一只鸟就能代表爱情的忠贞，那梁山伯和祝英台是不是白死了？

　　这些话莫非要是在心里吐槽，应该也没什么事儿。可坏就坏在莫非心直口快，想到哪里就和沈佳希吐槽到哪里。

　　要是这话只有她和沈佳希知道也还成，偏偏莫非说这话的时候，不知道为什么会场突然安静了几秒钟。

　　好巧不巧的，夏雪凌正好走到了她们的身后。

　　好巧不巧的，这话被夏雪凌听去了。

　　好巧不巧的，夏雪凌又和明远集团的总裁唐明轩先生待在一起……

　　说起这位青年才俊唐明轩先生，话其实也不长。

　　总裁嘛，优秀嘛，财大气粗是基本，海外留学是标配。俊美的脸庞，完美的身材，唐明轩先生一个也不少。那白白净净的脸蛋儿，谁看了都想上去捏一把。剪裁得体的高档西装穿在身上，让他宽阔的肩膀看起来更加的伟岸。当他面无表情地从旁边经过，莫非觉得温度都冷了几分。

　　有生之年，莫非也算是见过活体总裁了。

　　再怎么说总裁先生是见识过大世面的，即便当面听到莫非说的"大逆不道"的话，他脸上也没有多少表情。冷淡的目光中带着些许疏离，任谁也猜不透他是怎么想的。

　　可夏雪凌就没那么淡定了，听到莫非的评论，她毫不客气地上前打断。精致的脸上写满了傲慢，她趾高气扬地问道："请问我们的衣服有什么问题吗？"

　　夏雪凌用词客气，语气却十分地高傲。莫非觉得她就像护崽的老母鸡，浑身上下的毛都竖起来了。

　　见夏雪凌一副攻击性很强的样子，莫非意识到是自己说错了话。她其实没什么恶意，只是嘴比脑子快，所以不小心调侃过了头。看夏雪凌是真的生气了，莫菲连忙解释道歉，说："夏老师不好意思啊，我只是发表自己的一些看法，没有针对你的意思。"

莫菲是非常诚恳地在和夏雪凌道歉，可惜夏雪凌并不买账。冷笑着看向莫菲，她貌似大度地说："新品发布会就是用来交流的，你有什么想法和意见，可以说说看。"

沈佳希在旁边不停地给莫菲使眼色，莫菲却完全没注意到。即便注意到了，莫菲也不会理睬。她才不管夏雪凌是真客气还是假正经呢，既然让她说，那她就说呗。

莫菲不卑不亢地说了一二三四点，听得沈佳希是频频抽冷气。如果她刚才说的是"大逆不道"，那现在这些就可以直接推出去斩了，没救。

唐明轩的情绪始终没多大的起伏，夏雪凌却越听脸色越不好。听到最后，她脸上的表情终于绷不住了，语气生硬地问："所以你是设计师？"

这次夏雪凌的态度已经很明显了——如果你不是设计师，那你说的这些都是不成立的。你连设计师都不是，你有什么资格在这里指手画脚地说大话？不自量力。

夏雪凌的眉宇眼间，表露得就是这个意思。

她要是这样讲的话，莫菲非得跟她说道说道不可。再怎么样莫菲也是服装设计专业的高才生，是吧？好赖不济，她也有一定的专业素养的，对吧？行，就算她不像夏雪凌那样知名，但也不能剥夺她发表意见的权利对不对？他们明远集团在服装行业内确实是权威，确实是资历深，可再怎么样，也得让她说话呀？

可还没等莫菲的话说出口，她就被涌来的媒体给撞到了。闪烁的闪光灯暂时缓解了尴尬，但也撞掉了莫菲手里拿的速写本……本子正好掉在了唐明轩的脚边。

搞创作的人都有自己的小习惯，像莫菲就喜欢随身带着个本子写写画画，随手记录一些生活中的灵感。而本子掉落开的那页，便是她在发布会上记录的内容。

反正事情已经这样了，莫菲想着拿回本子也就算了。可没想到唐明轩的速度比她要快，他俯身拾起了地上的本。

唐明轩的举动，简直让莫菲大吃一惊……我的天呐，总裁大人不都是眼睛长在头顶上的吗？

他居然也会亲自弯腰？

在莫菲看来，不管是咄咄逼人的夏雪凌也好，还是一言不发的唐明轩也罢，他们都属于一类人种。他们精明，冰冷，不可一世。总的来说，就是和莫菲完全不同的人。

八成是莫菲的言论也惹火了唐明轩，他神情淡漠地看了眼本子，指着上面画的仙鹤挑了挑眉，问："记载得这么详细……该不会是想抄袭？"

莫菲囧了一下："啊，那个，唐经理……"

唐明轩面无表情地纠正道："总经理。"

莫菲在心里吐槽他龟毛，敷衍地配合着说："唐……总经理，这是个误会，我是服装设计专业的学生，上面都是我抄录的学习内容，并不是你以为的抄袭。"

唐明轩的镜片上反射出冷冷的光，他的嗓音深沉，说话时几乎没有太大的情绪起伏："这个仙鹤的标志已经被我们注册了，是有专利的，你也是学设计的，你难道不知道吗？抄袭对原创来讲是最大的侮辱。"

先是夏雪凌，接着是唐明轩。莫名其妙地被指责了一通，莫菲也被说火了："是，仙鹤的标志你们是注册了，仙鹤你们也注册了？"

沈佳希小心提醒："莫菲，这话不能说呀！"

不能说？为啥不能说？他们生气，莫菲还生气呢！正在气头上的莫菲，不管三七二十一，她对着唐明轩翻了个大大的白眼："天底下有毛的鸟是不是都是你家的啊?"

"莫菲,这话也不能说呀!"

莫菲从唐明轩手上抢过速写本子,撕下那张设计图塞到了唐明轩手里:"给你!你自己好好看看吧!不是有翅膀有毛的鸟就是你家的仙鹤!"

虽然莫菲努力地自证清白了,唐明轩却并不买账:"给我有什么用?你该记的不都记下了?"

"那你想要我怎么样啊?"用不用把脑袋给你啊?总裁大人?

没等唐明轩说出个所以然来,沈佳希就拉着莫菲走了。她们走得太匆忙,本子还在唐明轩手上。

于是,便有接下来这两周的"血雨腥风"。

老话说得好啊,从哪里跌倒就从哪里爬起来。在哪儿丢了本子,就该从哪儿去找。

可老话还说了,人与人有异,命与命不同。从发布会离开后,莫菲想见唐明轩一面简直比登天还难。莫菲试着给明远集团打电话,她想尽办法给唐明轩留言。所有办法都试遍后,还是没有丁点儿的回音。万般无奈之下,莫菲只好锲而不舍地来明远集团敲门……于是,有了现在尴尬的处境。

那个本子上不但记录了莫菲毕业作品里的设计构想,也记录了她所有网络会员的账号。一旦这个本子丢失,莫菲的学习生活就全部停摆,会给她带来极大的不便。没办法,她只能坚持来敲门了。也许哪天掉下来一块敲门砖就砸在了唐明轩的脑袋上,给他砸灵光了呢?这都说不定。

莫菲正想着,一辆低调的黑色商务车开了过来。在明远楼下蹲了有一段时间了,她立马认出来这是唐明轩先生的座驾。莫菲眼疾手快,赶紧追了上来……明远集团的保安反应速度比她还快,连靠近的机会都不给她,直接将她挡在了外围。

眼看着唐明轩的汽车缓缓开远，莫菲气不打一处来："和你们有什么关系？我又没在大楼里！"

缠斗多日，保安不愿再和莫菲废话。轰着将莫菲赶走，头都不回。

仰望着明远集团高耸入云的大楼，莫菲忽然响起了沈佳希的话。在她来之前沈佳希是说过的，唐明轩和我们不是一个世界的人。

当时莫菲以为她是在说笑，现在看来还真是意味深长。

莫菲对着冰冷的大楼叹了口气，小声地嘟囔说："想要见你真是比登天还难呐！"

也许登天都比见唐明轩容易些。

莫菲兴致不高地走到花坛前，她刚要坐到长椅上突然收到了喜马拉雅上"h"的私信。

h：今天又去明远了？

除了设计学院的学生外，莫菲还有个不为人知的身份，那就是喜马拉雅上的主播……扑街主播。

莫菲是在弟弟莫凡的推荐下才开始玩喜马拉雅的，一开始两个人只是在上面追追书，听听相声。莫凡年纪小，没什么常性，玩了几天就不玩了。倒是莫菲玩出了感情，后来干脆自己开了个"菲到小角落"的小号，做起了电台主播。没事儿在上面发发歌，分享一下生活日常。

和喜马拉雅上别的主播比起来，莫菲的电台可以说是扑的连水花都没有。粉丝不过几个人，基本上也都是僵尸粉。莫菲像是个絮絮叨叨的老太太，不厌其烦地记录自己每天吃什么学什么了。到最后，连沈佳希这样友情关注的朋友也不来听了。

h是大概一周前关注莫菲的，当时被明远集团保安赶出来的莫菲正在气头上。她慷慨激昂地在直播里说着"这到底是什么烂公司啊！还吹嘘是最懂传统精神的企业！"，话还没说完，系统音突然提示她涨粉了。

半年来她就涨了这么一个粉，就是h。

h这个人有点古怪，他的系统资料里一片空白，没有出生年月，莫菲不知道他是男是女。不仅头像是系统默认的，就连名字都是一串毫无意义的英文hfcjkosacjosacjpoas。

这样的一个人突然出现在粉丝列表里，莫菲理所当然地把它当成是僵尸粉。可让她没想到的是，h没头没脑地回了她一句：小心被寄律师函。

律师函？什么律师函？

不等莫菲再问问清楚，对方就下线了。

莫菲不明白h在说什么，而h似乎也没太想让她懂。虽然h言行古怪，却是莫菲的忠实听众。接下来的几天里，他每天都会准时地出现在莫菲的直播间。多数时候他并不多话，只是静静地听着。在莫菲准备下线的时候问问第二天什么时间播出，除此之外，就没有别的了。

平日里莫菲直播喜马拉雅都没人在，现在突然多了一个听众，她也比往常积极了不少。尤其是每次看到h的头像闪烁，她心里都会涌现出不一样的期待。

今天h主动问起，莫菲心中多了些暖意。一想到在这个世界上的某个角落里，还有人在关心着她，注视着她，莫菲就十分地感动。

莫菲看了看时间，笑着说：“今天很难得哦！你居然会主动和我说话。”

h没有作声，莫菲避免尴尬，赶紧转移了话题：“现在这个时间，你不用上班的吗？”

h：你不是也没去上课。

莫菲叹气：“可是我还没有拿回来我的本子啊！”

h：就是一个本。

虽然文字看不出情绪，可不知为什么，莫菲不自觉地脑补出了唐明轩讨厌的语气，那种居高临下和漫不经心……不，不会的。h会每天都来关心她的状况，怎么可能会和那个高不可攀的总裁是一个人呢？

莫菲笑自己想多了，她真是被唐明轩搞出神经质来了。

h：你在笑什么？

看到h发来的消息，莫菲才意识到自己在对着直播傻笑。考虑到身上的"偶像包袱"，莫菲收敛了笑意，说："没什么，就是……觉得唐明轩也挺可怜的。"

h又不说话了。

莫菲也被自己突然冒出的这么一句话给吓到了，为了能够自圆其说，她一本正经地在胡扯："你想啊，他的办公室在明远大厦的最顶层……"

h：顶层视野很好。

"是吧？可那里只有他自己，多无聊啊！"莫菲看向唐明轩所在的楼层，可因为大厦太高了，她看得并不真切，"我这几天远远地看着，他身边似乎有很多人，但他看起来还是孤零零的。秘书怕他，保安怕他，前台怕他……"

h：你不怕他？

怕不怕唐明轩……莫菲好像从来没考虑过这个问题。

"这，这个不是重点。"莫菲底气有些不足地说，"我是觉得，他像是建造了一座城堡，他自己走不出去，外人也走不进来。他就那样孤独地活着，然后……等着王子来挑战，可怜吧？"

h：无论是从生活逻辑还是戏剧逻辑考虑，有经济能力和合理动机去建造城堡的人，只有王子。

以唐明轩的形象，确实可以算是王子。但一想到他恶劣的性格……

"他哪里能算是王子？他顶多算是恶龙！"说起来莫菲就有气，"带着一群张牙舞爪的手下，欺负我这种无辜的花季少女……"

h打断她：回去吧，下午会下雨。

说完h就急匆匆地下线了。

"下午会下雨?"莫菲看了看万里无云的大晴天，她觉得h是在逗她，"这种天儿会下雨才真见鬼了呢!"

莫菲想好了，她要在这里死等。不等到唐明轩把本子还给她，她是绝对不会走的!

许是真的见鬼了，下午竟然下雨了。

阵雨来得迅猛，没有带伞的莫菲被雨珠砸的乱跑。明远的保安们都不待见她，她只能站在旁边的公共区域躲雨。

莫菲擦着身上的水珠，就见唐明轩和一行人从地下电梯口出来。她急切地追了上去，却又被保安拦下。

"唐……"

莫菲刚喊了一个字儿，唐明轩突然回过头来。莫菲顿了顿，接着改口说："总经理。前几天那个……您还记得我吧?"

唐明轩穿着一身黑色暗花西装，在阴雨天的背景里，他的神情被衬托得更加冷淡："不记得。"

说这话的时候唐明轩似乎都没看她，他带着秘书杨光很快就出了明远大楼。

旁边的保安看了看莫菲，他一副"我早知如此"的样子。莫菲气得咬牙切齿，却还是挤出一个笑容："我配合，我出去，我就在这儿等，你们家唐总早晚还会回来吧?"

"小姑娘，你咋这么轴呢?"保安们无奈了，"唐总是出去巡视店铺了，他今天都不回来了。"

听莫菲的妈妈说，她的脾气性格是随了她爸。有些执拗，还有些认死理儿。只要是她认定的事情，几头牛都拉不回来。

唐明轩不把本子还给她，那她就不会罢休。精诚所至，金石为开，她就在这儿等他……等人总不犯法吧？

莫菲不放弃，保安们摇头叹气。可他们抬头一看，不知怎么，绕了一圈的唐明轩竟然又回来了！

嘿，今天真是怪了事儿了。

唐明轩快步从外面走进来，他看都没有看莫菲一眼。杨光手里拿着湿漉漉的雨伞，紧赶慢赶地跑上前去给唐明轩按了电梯。唐明轩头也不回地上了电梯后，杨光才拎着雨伞过来："哎！那边那个……顽强不屈的女同志！"

莫菲："？？？"

杨光大概二十五六岁的样子，他唇略厚，看起来虎头虎脑的。一时间没想起莫菲的名字来，他说："那位女同志，唐总邀请您上去。"

听到这句话，莫菲立马精神抖擞起来。都不用杨光叫第二遍，她小跑着钻进了电梯。

电梯里，莫菲一直在试着探杨光的话。杨光不愧是唐明轩的私人助理，他看起来虎，实际上嘴巴严得很。不管莫菲问什么，他都是"等会儿您就知道了"，剩下多一句都不说了。

明远大楼的顶层都是唐明轩的办公室，就像h说的那样，这里视野真的很好。落地窗又高又亮，站在窗边望去积压的云层不停翻涌着云波。

唐明轩并不在办公室里，杨光将莫菲带进来后他也离开了。莫菲看了看，她忍不住打了个哆嗦。唐明轩的办公室配色孤冷，色彩单一，以灰黑白三色为主，里面所有的摆设都如强迫症般整齐，灰暗压抑。

室内唯一的色彩就在唐明轩宽大的办公桌上，红艳艳的，被装在一个玻璃罐子里。莫菲小心翼翼地走上前，里面是一朵纸叠的红色玫瑰花。

玻璃盒子下面有一张纸条。

莫菲扭着身子去看，上面写着：正因为你为你的玫瑰浪费了时间，这才使你的玫瑰变得如此重要。

"呦！"莫菲小声嘀咕道，"还读小王子呢？看得懂吗？"

莫菲最喜欢的书就是《小王子》，里面的内容和桥段她早就烂熟于心。就是……唐明轩这样的人也喜欢《小王子》，让莫菲感觉怪怪的。

莫菲想要再好好瞧瞧，办公室的门却突然被打开了。唐明轩和夏雪凌一起走了进来，就见莫菲姿势别扭地靠在了唐明轩的书桌上。

唐明轩的眉头微动，夏雪凌眼神不善。被他们两个人看得有些尴尬，莫菲顺势伸了个懒腰，跟着在沙发上坐好。

夏雪凌是那种天生的大美人，唇红齿白，五官精致。今天她不像在发布会上浓妆艳抹，淡淡的妆感多了一丝楚楚可怜。淡粉色的套装干练中不失妩媚，站在唐明轩身边十分的小女人。

不过在看到莫菲的一瞬间，她小女人的妩媚很快消失了。目光凌厉地看向莫菲，莫菲觉得她又一次炸毛了："保安！保安！你们都是怎么做事的？不知道这里是什么地方吗？这是哪儿来的人！随随便便地就往里放！"

莫菲被明远的保安赶过太多次了，都被赶出应激反应来了。听到夏雪凌叫保安，莫菲的小脸立马苦了下来。

好在这一次唐明轩没有难为她，他冷淡地对夏雪凌说："她是我请来的。"

有了唐明轩这句话，莫菲像是吃了一颗定心丸。此地不宜久留，她决定速战速决："把速写本还给我！"

唐明轩听到了莫菲的话，可他的脸上依旧没有太多的反应。径直走到了办公桌前坐下，他抽出文件开始办公。

见唐明轩彻底忽略了她的话，莫菲有点摸不着头脑。以为唐明轩没听清楚，她走上前又重复了一遍："喂，跟你说话呢！"

唐明轩这才略微抬起了头。

从莫菲的角度看去，唐明轩的鼻梁高挺，下颚角的线条堪称完美。他不笑不说话时好似在沉思，让人捉摸不透他在想些什么。

唐明轩好一会儿都没有说话，站在一旁的莫菲紧张地手心都出汗了。就在她以为唐明轩也要叫保安赶她走时，唐明轩冷淡地说："你过来找人办事儿一个招呼都不打，是不是很没礼貌啊？"

听完唐明轩说的话，莫菲差点乐出来……抬头看了看每次说话都张扬跋扈的夏雪凌，莫菲搞不明白唐明轩是怎么好意思和她提礼貌的。

不过毕竟是人在屋檐下，还有求于人家。莫菲深吸了口气，她脸上挂笑，从善如流地说："唐总，你好。唐总，打扰你了。唐总，麻烦你把速写本给我。唐总，我真是感谢你八辈儿祖宗……"

"你怎么说话呢！"夏雪凌皱紧眉头，不满道，"你嘴巴给我放干净点！"

莫菲笑眼弯弯，她说的话有几分戏谑和嘲弄，但偏偏她的态度诚恳，让人无法怀疑她的诚意。

唐明轩看了看她，脸上的表情似笑非笑："可以是可以，可你本子不在这儿啊！"

不在这儿？那你不早说！

莫菲按捺下心中的不满，继续笑着说："那在哪儿？我可以自己去拿的。"就是就是，我自己去拿，总比麻烦总裁大人好哇！

唐明轩抬头看她："在我家里。"

"啊？你……你家？"总裁大人是不是日理万机忙晕了头了？莫菲的本子他拿回家干吗啊？

一旁站着的夏雪凌脸色铁青，她张了张嘴，却什么都没说出来。

莫菲脑子有点乱，她结巴着问："那那那……那怎么办？"总不会要她再去总裁家里敲门吧?

那样的话,莫菲真没那个胆量了。

唐明轩从椅子上站起来,他挨着莫菲有点近。莫菲能清楚闻到他身上的气息,那是类似于柏树淋过雨后散发出来的独有香味儿。这种香味儿带来的感觉很玄妙,不会让人感觉太亲近,也不会让人觉得太疏离……该怎么形容这种香味儿呢?

浓而不厚,亲而不密。就像是他们现在的距离,似远似近,又不远不近。

唐明轩突然站起来,莫菲有些措手不及。不知道他要干什么,莫菲条件反射的退后一步。

莫菲的举动让唐明轩也愣了一下,不过他很快就恢复了。面色如常地拿了便签递给她,唐明轩淡淡地说:"你留个地址,我寄给你。"

莫菲伸手去接,她无意中碰到了唐明轩的手指。他的手指细长白皙,骨节分明。明明看着宽厚又有力量,却是冰冷冷的。

那冰冷的温度,反倒是烫红了莫菲的脸。她状似淡定地接过便签,清了清嗓子,说:"你,您……能不能快点给我邮过来?我要那本子有急用。"

莫菲写好地址递了过去,她再次强调说:"你记得一定要赶快把这个邮寄给我,这个本子对我真的很重要。"

唐明轩坐回到椅子上继续办公,他公事公办地说:"看我的时间安排。"

"我……"就这一句话,瞬间将莫菲刚刚对他累积的丁点儿好感给打散了。

可唐明轩对此似乎并不在乎,他一边审阅着文件,一边提醒说:"所以你该?"

莫菲又不是笨蛋，自然知道他要的是什么："谢谢。"

唐明轩没再说话，莫菲也不会自讨没趣的继续待在这儿。她心想终于可以离开这个鬼地方了，可没走两步夏雪凌却把她叫住了。

"等一下！"

莫菲不明所以地回头看她，夏雪凌的神情高傲。她漂亮的脸蛋扬得高高的，气势汹汹："明轩，你要不要确定一下，办公室里有没有少什么东西，再让她走？"

自从新品发布会后，莫菲和夏雪凌的梁子算是结下了。之前的莫菲只是不喜欢夏雪凌的设计，现在她是很不喜欢她的为人。

看了看再次炸毛的夏雪凌，又看了看办公桌前面无表情的唐明轩。莫菲似乎是明白了什么，笑道："我说，你们公司的人还真挺奇怪的呀！"

听到莫菲的话，唐明轩这才抬起头。他用手推了下鼻梁上的金边眼镜，上面映出一片模糊的光。

莫菲左右看了看，慢条斯理地说："要我说啊，这间办公室少了不少的东西呢！就比如说……人情味儿？"

唐明轩转着手里的笔，他又流露出似笑非笑的表情。夏雪凌被莫菲讽刺的面红耳赤，她声音有些尖利地问："你说什么？"

终于能扬眉吐气一把，莫菲不无得意地说："人情味儿。"

像夏雪凌这样的天之娇女，何曾受过这样的侮辱？虽然她表现的依旧得体，却不自觉暗暗攥紧了拳头。

在夏雪凌冲动发火前，唐明轩开口说："雪凌，她只是个小女孩儿不懂事儿，用不着跟她计较。"

这是在……给她解围？

莫菲回头看了唐明轩一眼，她刚想要说声谢谢，唐明轩又低下头看文件，说："大人不记小人过，算了。"

"……"

夏雪凌不满地看向莫菲，但也没再说什么。莫菲径直走出了办公室，一口气儿跑出了明远大楼。

虽然天还没有晴，可外面的雨已经停了。莫菲踩在水坑里，低头就能看到自己的倒影。

明明没有跑太远的路，莫菲却喘得厉害。用手拍了拍躁动的胸口，她对着自己的倒影眨眨眼："我该不会是……也怕他吧？不管怎么说，谢天谢地，我终于不用继续在这儿蹲着了！"

能够拿回本子，莫菲还是很高兴的。不过 h 提出的问题，却在她的脑海里不停地冒出来。莫菲不想对唐明轩那样的家伙认输，可又不是很有底气说自己对唐明轩无所谓。犹豫了许久，她偷偷跑去问了沈佳希。

"你觉得唐明轩这个人……"

莫菲的话没说完，沈佳希就露出了花痴的笑："唐总是真帅啊！也不知道人家妈是怎么生的，那脸长的，啧啧，就跟明星似的。"

"我是觉得他……"

"他和夏雪凌还挺般配的啊！"沈佳希的口气里有些羡慕，羡慕中还带着一点酸，"你看那俩人站在一起，就跟金童玉女似的。"

"其实我想问的是……"

"哎，要是能进明远就好了。"沈佳希的眼睛里满是憧憬，"进了明远，我这辈子就吃喝不愁了……哎呀，那我要是能嫁给唐总，是不是几辈子都吃喝不愁了？"

算了，莫菲还是不问了。

不管怎么说，唐明轩答应把本子还给她，对莫菲来讲这就是阶段性的胜利。不用再去明远敲门，莫菲能把时间放在创作上。

最近莫菲的运气还不错，别的同学都在为毕业作品愁的揪头发时，她的毕业作品过得很顺利，听潘素老师的意思，她只要等着毕业就行了。潘素老师对她很赏识，在学校里经常关照她，也乐于把自己的工作室借给她用。莫菲和沈佳希有事没事儿就往那儿跑，潘素老师都笑说她们是把这里当成自己家了。

上午莫菲刚到工作室，潘素老师就给她介绍了一个服装设计的活儿。有客户要去参加晚宴，想做一套中国风的礼服。时间要的比较紧，莫菲必须马上开始。正在做直播的莫菲刚和h打了个招呼，就背着工具箱出去了。连麦克风都忘了关，她路上走走跑跑的杂音都被录了进去。

上海的多伦路文化街，始建于清宣统三年。这里的街短而路窄，路曲且幽深。地面由很有特色的石块路铺成，路两边是各式各样的洋楼店铺。站在街口望去，整条街都是古色古香的儒雅氛围，橱窗里挂着的字画书法随处可见。

莫菲骑着自行车在小街上走走停停，经过一家名为"墨宝轩"的店铺时，店老板笑着和她打招呼了声招呼。莫菲被橱窗中的一幅水墨山水画吸引，她停下车来看了好半天。

受到妈妈的影响，莫菲从小就喜爱传统文化。纸香，墨香，书本香，她为此深深地着迷。被橱窗里的字画吸引着靠近，莫菲脸上随即露出惊叹的神情。

啊，老祖宗的智慧可真是伟大啊……莫菲不禁感叹，要是能把这些画全都制作到衣服上，那岂不是……

莫菲看得太过投入，她完全没注意到唐明轩的身影也出现在了橱窗的玻璃中。

唐明轩也是来一会儿了，他怀里还抱着从墨宝轩买来的纸笔。见莫菲盯着橱窗里看，他稍微晃动了下身子。发现莫菲并不是在看自己，唐明轩的眉头沉了沉。

莫菲压根没注意到身后站了个大活人，她掏出手机退后一步想要拍照。唐明轩站在原地没有动，见莫菲快要撞到他身上了，唐明轩才伸出手指戳了她的腰一下。

"对不起，对不起。"以为自己撞到了人，莫菲连忙道歉，"我没注意到……你怎么在这儿？"

唐明轩穿了一件黑白格子的西服上衣，下身是一条浅蓝色的牛仔裤。今天的阳光晴朗明媚，他的神情也清朗了不少。

被莫菲问了这么一句，唐明轩清了清嗓子，再次板起脸来反问道："我为什么不能在这儿？"

呃，为什么不能……好像也没什么不能，只是莫菲没想到他们会再见面而已。

莫菲看到唐明轩手里抱着纸墨笔砚，又想起了他办公桌上摆放的玫瑰花。这些似乎和他是两种画风的东西，摆在一起怎么都有一种别扭感。

莫菲耸了耸肩，问他："我的速写本你邮给我了吗？"

"还没有。"

莫菲以为他反悔了，急着说："你那天答应我了啊！"

离开了办公区域的环境，唐明轩的心情似乎也好了不少。他的眉宇舒展了些，撇撇嘴说："我是答应你了啊，但我又没答应你是哪天。"

"你这根本是在跟我玩文字游戏！"莫菲觉得他是故意来作弄她的，"到底要怎么样才肯把本子还给我？"

唐明轩就是在逗着她玩，他故意拖慢了语速："你先回答我几个问题。"

"凭什么？"

唐明轩转身要走。

莫菲真是败给他了，她笑着追上去说："好好好，你问！"

唐明轩推了下眼镜，他看起来倒不像是在开玩笑："你评价云鹤图的时候说，你觉得应该把一部分抽纱工艺换成欧根纱面料……为什么？"

啊？就这？莫菲使劲想了想，那天她是这么说的？

莫菲想不起自己说了什么，不过为了拿回本子，她严肃地说："因为我打算用欧根纱来提升整件衣服的仙气，抽纱可以适当地减少，这样整体效果会更好……不对呀？你怎么知道我是怎么评价云鹤图的？你在秀场偷听我说的话了？"

听到莫菲说的话，唐明轩忽然笑了一下。不过他的笑意很快就消失了，这让他的表情中多了几分戏谑："我穿的西装不够贵吗？你为什么会把偷这个字和我联想到一起？"

莫菲搞不懂："可你不应该……"

唐明轩慢条斯理地说："作为一个有诚信的商人，我不会言而无信的……至于为什么到现在都没有给你寄本子呢？是你的手机号码少写了一位，我不知道怎么联系你。"

唐明轩拿出手机给莫菲看他拍下的字条照片，莫菲凑过去数了数……还真是少了一位。

莫菲看着不全的手机号码，尴尬地笑了笑，从唐明轩手里拿过手机，她将自己的手机号码输入进去："呵呵，不好意思了……还是要麻烦您尽快发给我。"

唐明轩拿过手机，转身就走。

莫菲懊恼地站在原地，指着自己的头嘀咕："怎么能少写一位呢？我就是个猪脑子……他是怎么知道我是怎么评价云鹤图的呢？"

唐明轩走的并不远，他听到莫菲的话似乎是笑了一下。莫菲敏感地去看他，唐明轩却接起了电话。

"嗯。"唐明轩懒懒地应了一声，眼中残存的笑意立马消失了。脸色黑得难看，他快步离开了。

唐明轩大步流星地走远，莫菲被弄得满头雾水。"嗯！"怪腔怪气地学了下唐明轩说话，莫菲自言自语地说："这又是要干吗去啊？总裁是不是都是这样？天天想一出是一出的？"

没有人能回答莫菲的这个问题。

第二天来到潘素工作室，莫菲把自己的不解说给了沈佳希听。

"你们两个就那么遇到了？在大街上？"沈佳希感觉很不可思议，"事先都没打过招呼吗？真就那么遇到了？我不信。"

别说是沈佳希了，莫菲都觉得很不可思议："可不是！就在大街上！他像是阴魂不散一样！突然冒出来了！你说，吓人不吓人？"

"嗯……"沈佳希略微沉吟，但她还是不信，"你上次去明远那么久，是不是要到唐总的电话号了？你俩是不是加了微信好友？他看到你朋友圈什么的？"

"怎么可能！"莫菲连忙撇清关系，解释说，"我怎么可能会有他的微信呢？我……就是因为我留错了手机号，他才一直没联系上我，没给我寄本子的呀！"

"哦，也对。"沈佳希像是松了口气，她笑说，"要是这么说的话，你和唐总还真是有缘分呢！这样都能遇到！"

"你这个乌鸦嘴！"莫菲拿线团丢沈佳希，"我看是孽缘吧！"

沈佳希拿纸巾回丢过去："孽缘也是缘啊！总比没有好吧？"

下午的阳光正好，微风吹过树叶，空气中弥漫着淡淡的青草香味儿。她们两个人正在打闹间，有人从外面推门进来。门上的风铃被轻轻撞响，莫菲和沈佳希谁都没听见。

"潘老师！我的晚礼服……"

推门进来的是个年轻女孩儿，她年轻，漂亮，又瘦又高。身材虽瘦，脸蛋儿上的肉却很饱满，这给她增添了不少蠢萌的感觉。可她似乎是不喜欢自己稚嫩的风格，铆着劲儿往性感上凹。眼线画得又浓又黑，还穿了一身高仿的香奈儿。

看到彼此后，三个人都愣住了。还是潘素老师抱着工具盒过来，她们才回过神来。

"潘老师。"莫菲不敢相信，"你之前跟我说的客户……不会就是白小曼吧？"

说起这个白小曼，倒是有点说来话长了。

白小曼曾经也是莫菲服装设计学校的同学，实事求是地说，莫菲从没见过这么漂亮的女孩儿。白小曼的身材比例极好，那是天生的衣服架子。任多么平平无奇的衣服穿到她身上，都有一种说不出的味道来。这样的女孩子走在大学校园里，追的人数不胜数。每天送到宿舍的鲜花情书都一堆一堆的，高年级的学长，低年级的学弟，学校里的快递小哥，甚至是偶遇的路人，无一不拜倒在她的石榴裙下。

再实事求是地说，白小曼美是真的美，蠢也是真的蠢。在恋爱上，她经常被人忽悠几句就跟着跑了。等发现上了当，多数时候都晚了。回到宿舍里哭上一通也不长记性，下次还是在一个坑里摔倒。莫菲几次劝她，她听都不听。她不仅不听，反过来还生莫菲的气，觉得莫菲是嫉妒她，想坏她的好事儿。

"蠢"这个字儿，莫菲真的说倦了。她不信又不听，谁也没办法。女人嘛，年轻的时候都是要为爱情流泪的。也许泪水流尽了，她就能成长了也说不定？

眼泪有尽头，白小曼却蠢到无极限。爱情的坑还没绕过去，她就被自己坑的被开除了。

莫菲的学校非常严格，期末考试的时候严禁抄袭。在考试前莫菲千叮万嘱地告诉白小曼，这次的考试很重要，千万不能挂科云云。白小曼信心满满地告诉她没问题，结果考试时却还是出了状况。在考卷上，白小曼用了莫菲设计的LOGO图案，直接和莫菲的答案撞车了。

老师直接将她们两个叫到办公室里来，让她们当众阐述自己的设计理念。白小曼话说得结结巴巴，驴唇不对马嘴，老师二话没说，直接将她给开除了。

被学校开除的白小曼像是疯了一样，她本就不聪明，遇到这么大的事儿就更慌了。她自己总结来总结去，最终总结出一个结论，一定是莫菲嫉妒她，陷害她，只要她被学校开除了，就没有人比美能比过她了……莫菲实在懒得理她。

莫菲越是不搭理她，白小曼越是认为自己说得对。她刚被开除的那半年，简直就是莫菲的噩梦。白小曼不管白天黑夜，只要不高兴她就打给莫菲哭骂，搞得莫菲不厌其烦。后来白小曼当了模特，有了事儿做，这才放过莫菲。

潘素老师比较惜才，莫菲和白小曼在他的眼里都是一样的学生。从艺术的角度看，莫菲的衣服只有白小曼最能穿出味道来。要是不让她们两个合作一下，实在是太可惜了。

原本潘素老师是想事情差不多后再和她们说，没想到她们竟然在这里遇到了。白小曼白了莫菲一眼，不悦道："潘老师……你怎么让她这种水平的人来做我的衣服？"

潘素老师笑着做和事佬："你要去参加慈善夜，莫菲需要出一套好的作品……你们两个就当这次是个机会，一起放下之前的成见吧！"

莫菲这才明白："这套衣服是要参加凯曼慈善夜的？"

凯曼集团，也是服装行业内鼎鼎大名的企业。可因为他们集团的总部在法国，审美设计上和国人的传统理念有很大的冲突，所以凯曼在国民度上比明远差了一大截。不过要从发展模式上来看，凯曼的业务要比明远广的多。凯曼集团不仅有自己的服装，还有自己的模特。许多服装企业需要模特走秀时都要来找凯曼，某种程度上来说，凯曼在行业内的地位是无可取代的。

见莫菲惊讶的样子，白小曼得意扬扬地炫耀说："没错！我男朋友要带我参加今年的时尚慈善夜，怎么样？没想到吧？"

没想到，还真是没想到，莫菲轻哼了一声："早知道是你的衣服，我根本就不接这活儿！"

"呦，你还摆上谱儿了！"白小曼抱着胳膊，耀武扬威道，"莫菲，你和我，我们已经不一样了。你还是个穷学生，但我，是你的大客户。你要是敢不恭敬我，小心我……"

白小曼话说得越来越过分，潘素老师忍不了了："你们两个都少说几句！在学校还没吵够？你们没吵够，我都听够了！"

两个女孩子气鼓鼓地看了对方一眼，谁都不肯先认输。

白小曼翻着白眼，走上前看向人形模特架上的衣服："就是这件吧？莫菲，这就是你为我做的衣服？你这领子高的都快缝成口罩了……你这是在做修女装呀？"

"谁说性感一定要露肉的？模特不过是展示衣服的工具，不是为了突出你个人！你要是连这点都做不到，还敢说自己是模特？"莫菲不甘示弱地回击。

"问题是这套衣服的设计也不怎么样呀！"

"哼！你爱穿不穿！潘老师，没其他事我就走了！"

潘素很无奈，他真是被这两个"爱徒"给吵怕了："莫菲，小曼……你们两个在各自的行业里都是十分优秀的，虽然你们不是朋友，但我希望你们都能拿出自己的专业态度来，认真地对待这次合作，可以吗？"

莫菲沉着脸不说话，却也没有离开。

潘素喊："莫菲?"

莫菲明白潘素老师的良苦用心，但还是看白小曼很不爽。她没好气地走上前去，将衣服从模特架上拿下来，径自往更衣室走去。

见莫菲妥协了，白小曼嘴上嘲讽说："在学校的时候就傲得眼睛长在头顶上，结果现在还不是得伺候我穿衣服! 哼! 等你知道我男朋友是谁，还不得……"

莫菲终于按捺不住怒气，她走到更衣室前转身望向白小曼："你到底要不要换衣服?"

"莫菲，今时不同往日了。"白小曼要是有尾巴都要翘到天上去了，"啧啧啧，这是你所谓的专业? 你对我的态度要能再好点，说不定我会介绍些客人给你……"

"不用! 我就算是饿死，我也不会接受你白小曼的施舍!"莫菲冷着脸将手里拿的衣服塞给白小曼，"请你快点，别耽误我去见客户!"

莫菲用力推白小曼进更衣室，气呼呼地关上了更衣室的门。

潘素老师很头疼，长长地叹了口气。

给白小曼试衣服，简直是噩梦的开始。一个下午莫菲什么都没做，光给这位大小姐服务了。一会儿她渴了，一会儿她饿了，一会儿她又被针给扎了。莫菲跑的脚后跟都疼了，白小曼才心满意足地离开。

临走前，白小曼笑着说："莫菲，你设计的这个领子，我非常地不满意。三天后我再来，希望你能交出满意的衣服给我。"

"……"要是莫菲有力气，她很想和白小曼打一架。

被白小曼这么一折腾，莫菲又两三天不能睡觉。她推掉了所有的活动和安排，没日没夜地画图纸改衣服。要不是h每天等她的直播，那她连直播也给停掉了。

h好像是知道她忙，所以也没去吵她。莫菲有时候忍不住在想，或许他也挺忙的吧，毕竟在上海生活，大家或多或少都有些不容易。莫菲是土生土长的上海人，在这里她都经常找不到归属感呢！更何况是h？

h是不是上海人，莫菲也不知道。她唯一知道的就是，h的生活应该也挺寂寞的。不然的话，他为什么要每天不厌其烦地追听莫菲的电台呢？他又不是什么变态追踪狂。

可是……哎？他会不会就是变态追踪狂啊？蹲在互联网阴暗的角落里，蓄谋做些见不得人的事儿？

莫菲越想越害怕，她下意识地赶紧挂断直播……与此同时，上海街道上的某个高档商务车里，唐明轩先生打了个大大的喷嚏。

"轩哥。"杨光调整了车内的冷气，"您用不用加一件衣服？"

唐明轩锁屏了手机，冷淡地说："不用了。"

"轩哥，您要不要睡一会儿？到凯曼还有一段路程呢！"

唐明轩没有回答杨光的话，他的神情懒散，不知道在想些什么。

没有听到唐明轩回话，杨光就有些不安。他毕竟年纪小，排解不安的方式只有不停地说话："轩哥，您最近睡眠还挺好的啊？我们都没太去陈医生那里了……轩哥，你说我们就这样去凯曼，方总监会不会不高兴啊？哎，珠珠小姐也真是胡闹，她跑到凯曼去做什么呢？以您和方总监的关系，真是……"

"杨光。"

唐明轩终于开了口，杨光迫不及待地问："咋了？轩哥？您有什么盼咐需要我去做的？"

"说废话要是扣工钱，你是不是得贷款上岗了。"

明白唐明轩是有些烦了，杨光封好嘴巴不再多话了。

明远和凯曼是竞争对手，唐明轩不打声招呼就来，让整个凯曼都手忙脚乱。按理说，唐明轩想要见他们的方总监是需要提前几天预约的……可是唐明轩做事儿，什么时候按照常理出牌过？

唐明轩大步流星地往楼上走，前台保安没有一个敢上来阻拦的。唐明轩的目的明确，直接推开总监办公室的门进去。

陆珠正和方笑愚在里面说笑。

"表……表哥！"陆珠被吓了一跳，她讨好地笑说，"你怎么来了？"

陆珠是唐明轩的表妹，她三岁的时候父母意外身亡，唐母看她孤苦无依，便接到家里亲自抚养。虽然他们是表兄妹，可跟亲兄妹没什么区别。

唐明轩面冷嘴毒，对陆珠却非常的上心。从生活到学习，方方面面他都为陆珠安排好了。若是陆珠能安安心心享受，做一个乖巧的千金大小姐，或许也不错。但偏偏陆珠的性格像极了她姑妈，有主意的很。唐明轩安排她去读工商管理，她死都不愿意。大学开学没多久她就跑回来了，没敢直接回唐家，她偷偷来了凯曼总监方笑愚这里。

见唐明轩亲自来抓人，陆珠知道自己死定了。事到如今，她只好孤注一掷："我不回去，笑愚哥晚上还要请我吃饭呢！"

凯曼，明远。唐明轩，方笑愚……唐明轩冷笑一声，不愧是他唐明轩的好表妹啊！太懂他的心思了。

唐明轩不去理会办公室里的方笑愚，他几步上前，拉起陆珠就要走。陆珠跟唐明轩别扭着不想走，但拧不过唐明轩。拼命地对着方笑愚眨眼，她不停地向着方笑愚求助。

站在一旁看着他们兄妹拉扯的年轻人就是方笑愚，服装界有名的天才设计师，凯曼的艺术总监，也是和他们青梅竹马一起长大的好兄弟……曾经。

方笑愚要比唐明轩稍矮一些，身材也要更强壮一些。他的五官偏欧美化，眉眼处的轮廓更加的深邃，笑起来有些含情脉脉，不笑的时候又有点忧郁。

从唐明轩进来后，方笑愚的脸上就挂着讥诮的笑意。他冷眼旁观着，就要看看唐明轩怎么说怎么做。

见唐明轩动手抓人，方笑愚这才出了手。他挡在了陆珠前面，笑呵呵地说："哎哎哎……干吗呢？大白天的在我办公室里抢人？唐总，不是这么有失风度的人吧？"

唐明轩不想去接方笑愚的话，他挡在陆珠身前，拨开了方笑愚的手："我来领自己的妹妹回家，应该谈不上抢吧？方总监？"

方笑愚看向唐明轩的眼睛，他忍不住笑出了声："说得可真理直气壮啊……"

"我为什么不理直气壮呢？"唐明轩冷淡地说，"做贼的才需要心虚。"

又来了，又来了。

三年了，方笑愚最恨的就是唐明轩这种无所谓的态度："话说得可真是轻松啊！你还能带妹妹回家，可我妹妹已经失踪三年下落不明。你可以把你妹妹带走……但我什么时候能把妹妹带回家？"

唐明轩面色沉重，但他没什么想说的了。三年来他们一直在为这件事情争吵，吵来吵去也没个答案。

方笑愚也是一样，看了看旁边紧张的陆珠，他笑得柔和："陆珠，你先回家去吧！改天笑愚哥再约你，好不好？"

陆珠想劝劝他们别再吵了，转念一想好像也没什么用。无奈地点了点头，她有些怯怯地跟着唐明轩出去了。

杨光在外面等着，他和陆珠是一样的紧张。唐明轩还算顺利地把陆珠带出来，杨光偷偷地松了口气。

唐明轩黑着脸走在前面，陆珠和杨光很吃力地在他身后跟着。气氛沉闷地可怕，杨光哈哈一笑，说："珠珠小姐，你怎么不打声招呼就回来？

轩哥可担心你了！你这次回来是……休假？是不是？"

"她擅自休学了。"唐明轩淡定地说。

"休学？怎么休学了？"杨光怕得要命，"你这个……"学费好贵的呢！

陆珠面露害怕，唐明轩忽然笑了。

唐明轩平日里都是一副不苟言笑、很严肃的样子，现在他突然笑了，倒显得有点可怕。唐明轩停了下来，他慢条斯理地说："对啊，你和我们好好说说你为什么要休学？"

"我……我……"陆珠沉了几次气，她闭着眼睛喊出来，"我想到凯曼去做模特练习生！"

唐明轩似笑非笑，他的镜片上折射出冰冷冷的光。陆珠吓得不敢去看他，就连杨光都变了脸色。

"珠珠小姐，你真要去凯曼？可是……你不去念书了吗？

陆珠深吸口气："我不喜欢工商管理，我就想当模特！"

杨光打量了一下唐明轩难看的脸色，他劝解说："珠珠小姐啊，当模特有什么好，还是好好学习，将来帮唐总管理公司，多好啊！"

外人求都求不来的机会，陆珠对此嗤之以鼻："可是我一点都不喜欢这个专业，我也不想管理公司，我就喜欢当模特，我喜欢穿着新衣服走在T台上……"

唐明轩面无表情地说："真是胡闹啊！工商管理要是能开口说话，它估计也不喜欢你。"

"我怎么胡闹了！为什么我就不能当模特，为什么我不能选自己喜欢的专业！你不要自己跟方笑愚过不去，就连累到我的未来！"

陆珠委屈地一把鼻涕一把眼泪的，"我已经是大人了，我有权利为自己的人生做主！"

唐明轩冷哼一声，杨光赶紧打圆场："哎呀，轩哥，珠珠小姐，你们两个不要一见面就吵架……其实这个问题很简单，珠珠小姐想当模特也可以啊！正好轩哥认识这么多人，到时候让他去向那些老师打声招呼，珠珠小姐假期过来串一串，还用得着休学嘛！"

陆珠没有开玩笑，她也很严肃："我不是玩，我就是要当职业模特，我要当世界超模！"

唐明轩诚恳地对她后半句话表示认同："也不是不可能，毕竟当模特也用不到脑子。"

陆珠被气哭了："你这个控制狂！我就知道你会这样说！你从来就只顾自己的好，打着为我好的名义替我安排一切，从来没有人问过我喜欢什么，没人顾及我的感受，我走，我走还不行嘛，我不要你们管我！我的人生我自己做主！"

陆珠气呼呼地跑出去，杨光急得跺脚："唐总！珠珠小姐走了！我们赶紧去追啊！她一个人乱跑会有危险的！"

有危险？能有什么危险？陆珠的脾气，没人比唐明轩更了解。

"她都能躲到凯曼来，你以为她还有地方去？"唐明轩不点头，谁敢配合着陆珠胡闹，"她顶多就是回家了。"

唐明轩拿出无线耳机戴上，率先坐到车里去了。

"哎！"杨光苦闷地摇摇头，"兄妹两个一个比一个难伺候，这尊大佛还没伺候好，又来一个姑奶奶……"

唐明轩回到家中，陆珠果然在发脾气。陆丹在门口急得来回踱步，见到唐明轩回来，她赶紧上前来问："明轩，发生什么事儿了？珠珠突然就跑回来了，她是不是在学校受欺负了？"

关心则乱，陆丹的担忧在唐明轩看来完全是没必要的。她在学校能受欺负？她不欺负人就已经很好了。

"没什么。"唐明轩冷淡地说,"她今天跑去凯曼找方笑愚了。"

听到"凯曼"和"方笑愚",陆丹的脸色立马变了:"这孩子,去找他们家干什么?怪晦气的。"

"晦气吗?"唐明轩自嘲地说,"可能他们也是这么看待我们的吧!毕竟是因为我们家,人家辛辛苦苦养大的女儿才失踪的。"

说起这个,陆丹也是振振有词:"这种事儿,怎么能怪我们呢?当初你们两个恋爱订婚,也是他们……"

"我累了。"唐明轩揉揉太阳穴,转身往楼上走去,"妈,你去劝劝陆珠吧!"

唐明轩不是故意找借口,他是真的累了。公司每天都有一堆事情让他头疼,现在又多了一个陆珠。

作为一个优秀的企二代,唐明轩的眼里只有工作。接手公司三年以来,他一天都没有休息过。长久处在精神压力之下,他的睡眠出现了严重的问题。一到夜晚,他的精神就会绷紧。再大再豪华的床铺都不能让他放松,关了灯的房间让他无法入睡。

唐明轩一开始没觉得这是一个多严重的事儿,所以就没放在心上。偶尔他躺在书房的沙发上能够入睡,但到了后来也没什么效果了。到了夜幕降临,他就苦熬着到天亮。一天又一天,好似没有尽头。夜晚像是一个巨大的怪兽,在不停地吞噬着他对生活的热情,吞吐出绝望的气息。

这样的感觉让唐明轩感到绝望,却又无可奈何。

多么可笑,他有时候会想,在商场上战无不胜的唐明轩居然会被小小的睡眠问题给难住了。

唐明轩没有回房间,而是去了书房。他随手翻了翻架子上的书,又感到有些无趣。回想起白天发生的事情,他突然想到了莫菲。拿过了办公桌上的速写本翻翻,封面上画着一只可爱的小狐狸。

速写本上被撕掉的那一页，残留内容是莫菲在上面做了苏绣针法标注。旁边一长串的社交账号，账户和密码都写得清清楚楚。

想笑。

唐明轩唇角轻轻勾起，他想起了莫菲当天在会场说的话，我不是太喜欢夏雪凌的设计，很多花样都太流于表面。为了宣传噱头，主题硬往爱情故事上靠。如果一只鸟就能代表爱情的忠贞，当年梁山伯祝英台都白死了……

"幸好不是所有女人都这么想。"唐明轩轻声说，"不然我下个月的业绩就危险了。"

唐明轩将本子丢到一边，页面正好滑到了最后一页。那是一张男人的素描肖像画，看上去……怎么和他有点儿像？

拿起手机照了照自己的脸，唐明轩越看越觉得一样。

总裁大人最擅长的就是总结信息，他立马得出一个结论，原来，这个姑娘是喜欢我。

跑来看我的新品发布会，偷偷画我的侧脸，还天天跑到明远来见我……看来，她是爱惨了我啊！

"我恨死他了！"

在陆珠的哀号声中，唐明轩拿着速写本出了门。照着莫菲给的地址，唐明轩独自开车去了。

莫菲住在静安区的一片小洋房里，洋房有些年头了，红砖剥落，门厅的地板也有些老旧。几年前这里就嚷嚷着要拆迁，可传了几年又没了动静。在一片大楼林立的社区内，这片小洋房别具风情。周围的槐树高大，枝叶茂密，到了晚上附近的居民喜欢来这儿遛弯打牌，热闹极了。

唐明轩的汽车停在楼下，他给莫菲打了个电话。

"嗯 。"总裁大人颐指气使惯了，"我到楼下了。"

楼上的莫菲不知道在做什么，她兴奋地笑道："好好好！我马上就下楼了！很快!"

莫菲挂断了电话，速度快得让唐明轩惊讶。

总裁大人对着后视镜照了照自己的俊脸，他严谨的表示："马上就下来……难道她一直在等我的电话?"

莫菲从楼道里走出，唐明轩微微坐直了身子，莫菲四下看了看，他按响了车喇叭。

瞧瞧，瞧瞧，这为了见我着急的……

唐明轩拉开门，正要下车的时候，莫菲从唐明轩的车边跑了过去。

看看，看看，望着莫菲刚刚跑过的背影，唐明轩想，她是有多想见我，才……

莫菲不知道唐明轩复杂的心理变化，她从楼道里出来后，直接奔向外卖小哥，拿走了自己刚刚定的炸鸡。

一晚上都在为白小曼的衣服头疼，莫菲饿得眼冒绿光。拿到炸鸡后她迫不及待地掀开袋子闻了闻，挑拣着想要揪一个鸡翅膀吃。

唐明轩脸色难看地看着莫菲跑过去，又脸色难看地看着她抱着炸鸡回家。见她要冲回家门了，唐明轩终于忍不住快步追上拉住她。

莫菲急着回家吃饭，突然被拉住，她也很莫名其妙。抬头看见黑着脸的唐明轩，莫菲还挺纳闷："唐总?"

唐明轩把速写本硬生生地塞进莫菲怀里，转头就走。可他走了没几步，又折了回来。

夺过莫菲手里的速写本，翻到有人像侧脸的一页，唐明轩指着侧脸问道："你这里画的是谁?"

呃……这个……那个……

这不是沈佳希那天在会场借她本子画的唐明轩吗?！

虽然这画不是莫菲画的，但却出现在莫菲的本子上。莫菲囧了囧，她一本正经地胡扯道："哦！您说这个啊……"

唐明轩一副看穿一切的神情，却听莫菲口气一转，说："布拉德皮特啊！这迷人的短发，多明显呀！你看这眼睛，这鼻子……还有哪个男人比得上？"

总裁大人笑了笑，也看不出他是满意还是不满意。动作粗暴地将本子丢到莫菲怀里，头也不回地上车就走。

莫菲一手拿着炸鸡，一手拿着速写本，一头雾水地看着唐明轩把车子开走。

哎，当个总裁也是不容易啊！莫菲一边啃着鸡腿一边想，为了节约公司运营成本，这连快递钱都省了。

总裁有总裁的打算，裁缝有裁缝的烦恼。拿好了外卖回去吃，莫菲继续为白小曼的衣服头疼。三天时间转瞬即逝，白小曼早早来潘素工作室等着了。见到莫菲抱着衣服来，她也没开口，满脸都写着"准备找碴"四个字儿。

莫菲帮着白小曼穿好刚修改好的礼服，白小曼还没等站到镜子前就发难了："你是听不懂人话吗莫菲？我说了，领子的设计要凸显我锁骨的性感……你看你这个V领，要高不高、要低不低的。"

莫菲控制住用针去扎她的冲动，拼命提醒着自己要冷静："白小曼，你要是不懂设计就不要乱讲！领子要是再往下，凸显的就不是你的锁骨，而是你的胸骨……为了修饰你前面的曲线，我已经绞尽脑汁了，好歹你也是这个专业出身的，不懂得什么叫藏拙吗？"

白小曼双手一叉腰："你什么态度啊？"

"那你什么态度啊？"莫菲觉得她已经很客气了，"自己不会种菜为什么要来别人的菜园里指手画脚！"

论口才，白小曼是说不过莫菲的。眼看要输给莫菲了，白小曼理直气壮地说："我是你的顾客！"

"所以就把自己当上帝了？"

在她们两个争执的最激烈的时候，一个男声插了进来："打扰两位一下，这件礼服是你做的？"

莫菲和白小曼一起回头，白小曼立马红了脸："方总监！"

只要是学过服装设计的人，就没有没听过方笑愚大名的。虽然莫菲不认识他，但他的大名早就如雷贯耳。十六岁就拿了法国青年设计奖的天才设计师，谁不知道？

莫菲怔怔地看向方笑愚，一时间竟然不知道该说什么好。方笑愚今天穿了一身剪裁利落的蓝灰条纹西装，整个人都显得干净又有朝气。微微卷曲的棕发，长度恰到好处，给他增添了些许的少年感。

方笑愚走向莫菲，他动作儒雅地向莫菲伸出手做自我介绍："你好，我是凯曼的设计总监方笑愚。"

莫菲和白小曼一样，她就像是一个小迷妹似的红了脸。礼貌地握了握方笑愚伸来的手，她激动地问："你就是方笑愚？十六岁就拿法国青年设计师奖的天才设计师？"

方笑愚笑笑未答，转头看了看白小曼身上的礼服，他赞赏地说："这衣服做得不错，前两天我还和潘老师夸这件衣服来着。"

当着方笑愚的面，白小曼说起话来立马变得含羞带怯。听方笑愚夸莫菲，白小曼心里不是滋味儿："这衣服好看，也要穿在人身上……这有些设计师吧，太注重自己的想法，都不考虑顾客的需求了。"

这话能从白小曼嘴里讲出来，莫菲都忍不住想给她鼓掌了。白小曼这些年终于是进步了啊！骂人都知道拐弯了。

白小曼红着脸的样子很美，估计没几个男人能招架得住。方笑愚看了她一眼，也是从善如流地说："是啊，顾客需求是挺重要的。毕竟人家花了钱……"

得到方笑愚的认同，白小曼可怜巴巴地点点头。如果莫菲不是当事人，估计也会觉得白小曼受了多大的委屈。

莫菲想要解释两句，可转念一想解释好像也没什么用。既然方笑愚和白小曼认识，自己解释的越多也无疑是越抹越黑。

所以说啊，偶像光环不靠谱。莫菲想，早知道方笑愚也和一般男人一样，她就不应该……

莫菲正寻思着，没想到方笑愚的话锋一转，说："就觉得自己有权利不尊重设计师的审美和眼光……我看过原始稿件，这不是你想要展现的效果，可也不影响你的发挥，不是吗？"

方笑愚说这话时一直在保持微笑，他看起来洒脱风流，说这话时有一种别样的含情脉脉。白小曼脑子转得慢，一时间竟然没有反应过来他的意思，还在微笑着点头应和，内心热切地等着方笑愚的回应。

白小曼不懂方笑愚的意思，但莫菲听懂了啊！莫菲愣了一下，随即朝方笑愚一笑："谢谢方老师。"

"莫菲，你听不出好赖话么？方总监的意思是……"

"莫小姐，我想请你喝杯咖啡可以吗？"

"方总监！"白小曼气得偷偷掐布料，却是敢怒不敢言。

看到白小曼吃瘪，莫菲心里有一种说不出的舒爽。好不容易忍住没有笑，莫菲点头答应："可以倒是可以，就是我这里现在还没忙完呢！"

方笑愚看了看左右，笑着说："还需要弄什么……白小姐该不会娇气地要你帮她换衣服吧？我记得白小姐不是这样霸道不讲理的人。"

"当然不是！"白小曼立刻回答道。

白小曼的话刚说完，方笑愚询问地看看莫菲。莫菲想了想，说："那好啊，就去隔壁吧！"

　　方笑愚和莫菲一起走出了工作室，穿着礼服的白小曼傻愣在原地。等她反应过来想去追的时候，已经看不到人了。

　　"喂！"白小曼站在原地气得跺脚，"什么嘛！怎么连方总监都吃莫菲这一套？还有没有天理了！"

　　潘素工作室在一条小巷子里，附近都是不高的小矮房，这里环境幽静，没什么人来往。隔壁的咖啡厅开在拐角处，三面墙都是高大的落地窗。阳光照射进来，温暖又明亮。

　　工作时间能坐到这里，让莫菲觉得很愉快。她仰头看着日光从屋檐下照射进来，忍不住深吸了口气。

　　莫菲的动作细微，方笑愚抬头的时候正好看到她的侧脸。窗外的日光洒在她的脸上，她的皮肤看起来吹弹可破。

　　方笑愚看着她的脸蛋，不自觉地想起了六月的山雨。宁静又美好，能带来抚慰人心的力量。

　　等莫菲回过神来，就见方笑愚微笑着看她。莫菲不好意思地笑了笑，说："抱歉方总监，我有点儿走神了。"

　　"该说抱歉的是我。"方笑愚端起咖啡喝了一口，笑道，"是和我待在一起太无聊了吧？所以你才会走神的？"

　　莫菲紧张得连连摆手，解释说："没有没有！和方总监这样的大神待在一起哪里会无聊！这是我的荣幸！"

　　虽然方笑愚听过很多类似这样吹捧的话，不过从没有人像莫菲说得这样真诚。又或者说，没有人像莫菲说得这样纯粹。她的眼神如此的干净，所有的夸奖都是出自真心。让人听着心里暖洋洋的，不自觉地想要发笑。

　　方笑愚笑了笑，问她："你和白小曼关系不好？"

　　"没什么好不好的，就是认识而已。"莫菲不想多谈。

见莫菲不想说实话，方笑愚也没再追问。就这样静静地和她待在一起，方笑愚感觉也不错。

两个人又沉默了好一会儿，莫菲突然开口说："方老师，我能问你一个问题吗？"

"不用这么客气。"方笑愚笑了，"你直接问吧！"

莫菲深吸一口气，她下了莫大的决心："那个领子的设计，你是怎么认为的？"

看莫菲紧张兮兮的样子，方笑愚忍不住逗她："你刚才不是挺有自信的？"

哎，可是这不是自信的问题啊！

莫菲叹了口气，说："其实那里的处理，好多人并不认同。"

莫菲皱起了眉头，方笑愚觉得阳光似乎都暗了几分。沉吟了片刻，他思索着说："认同来自理解，这跟每个人的想法和审美有关系。如果我来处理那个领子，我也会采用同样的方法，利用一些薄纱、若隐似现……"

莫菲眼前一亮，乐了："对嘛！这才是我要表达的意思！就因为这个领子，我每次都要跟别人解释……哎呀，解释来解释去他们也听不懂，特别的烦。"

简简单单的一句话，却像是触碰到了方笑愚的心。他内心中柔软的地方被撞到了，连带着说话的口气都温柔了："干我们这行，其实很孤独……能遇到一个人跟自己理念相同，都会觉得是神的恩赐了……我们原本是两个不认识的人，却因为一件衣服，我现在竟然能跟你这样坐在这里喝咖啡，你说是不是奇迹？"

方笑愚拿起咖啡，佯装酒杯敬莫菲。莫菲笑了，拿起咖啡喝着。他们两个人相谈甚欢，直到黄昏时分才聊完。方笑愚的助理李琦催了他三四次，他才恋恋不舍地准备送莫菲回去。

走出咖啡店内，方笑愚递给莫菲一张名片："有问题随时跟我联系。"

莫菲笑着接过名片，她目送方笑愚离开。等她想要转身回潘素工作室时，就看到白小曼站在她身后恶狠狠地盯着她。

作为曾经的好同学，好闺蜜，莫菲太了解白小曼了。她现在这个样子，准没有什么好事儿，赶紧溜了算了。

可莫菲才走了两步，白小曼就气势汹汹地追了上来。一把抢走了莫菲手里的名片，伸手要往莫菲身上推。

莫菲勉强躲过，她不敢置信地看过去："白小曼，你疯了吧你？青春饭吃不下去了，想吃牢饭是不是？"

"我要是去坐牢，你也别想好过！"白小曼有些歇斯底里，她跺着脚骂道，"我会拉着你一起！绝不会让你舒舒服服过日子！"

莫菲无可奈何地笑："行，那你说说吧！这次你发神经又是因为什么啊？"

"因为你再次抢了我看好的男人！"白小曼骂得理直气壮。

"不！你等等！"莫菲怀疑自己是不是听漏了什么"'这个''再次'，你不觉得要解释一下吗？"

莫菲听不懂，白小曼更加地生气了："莫菲，你装什么白莲花？你以为我不知道，大学的时候你害我被开除，在我喜欢的学长面前你出尽了风头！今天也是一样！刚才在工作室里，你在方笑愚面前让我难堪……"

得，白小曼脑子笨，话说起来也是乱七八糟，毫无逻辑。莫菲听来听去，大概听明白了她的意思："啊，我知道了，你喜欢方笑愚。"

白小曼抱着胳膊，气急败坏地说："对！"

莫菲哑然失笑："你神志不清，我什么都不想跟你说，请你让开。"

白小曼哪里肯轻易罢休？她横在莫菲面前，瞪着莫菲："你是不是以为我好欺负？你以为我不敢对你怎么样？"

莫菲被她给气笑了："要不是我躲得快，你都要打我了……你还想怎么样啊？"

莫菲越过白小曼，径直往前走，白小曼伸手拉住莫菲："莫菲我警告你，不许再坏我的好事！否则我见你一次打一次！"

受不了她的无理取闹，莫菲用力推开白小曼要走。白小曼穿着高跟鞋，她脚下跟跄一步跟着冲上前来冲着莫菲大叫："你听到没有！以前的事情我可以算了！但是方总监你想都别想！我是不会把他让给你的！"

莫菲想和她理论几句，可转念一想又觉得有点没必要。趁着白小曼整理鞋子的功夫，莫菲赶紧跑开了。

被白小曼这么一闹，莫菲也没心情继续待在工作室了。抱着东西回家，莫菲一头钻进自己的小工作间。

莫菲和弟弟莫凡住在一起，老格局的三居室被她改成了宽敞的两室一厅。中间的大厅被她一分为二，一边是她的工作台，另一边是莫凡的健身区。哑铃和针线盒摆在一起，有一种别样的和谐。

给白小曼这样的神经病设计衣服，实在是很难找到灵感。莫菲东摸摸，西看看，始终拿不定主意怎么下手。一会儿看看设计稿，一会儿又拍拍桌上的小狐狸玩偶。最后实在是太无聊，她打开了直播。

直播打开了，莫菲又不知道要说点什么好。坐在椅子上，她烦闷地转圈圈，直勾勾地看着天花板，好长时间没有说话。

"叮咚！"

伴随着一声清脆的提示音，h上线了。

莫菲看着他的头像，嘴角不自觉地上扬。她刚想开口打招呼，h先发问了。

h：怎么一直没有声音？

"嗯?"莫菲不明白他说的声音是什么？

h：现在有声音了。

莫菲不自觉地笑了。

h：你在笑什么？

"在笑你呀！"

h：是不是也在想我。

莫菲琢磨了一下，还真是："对啊，我在想……你是不是系统小助理。"

h：系统小助理是什么？系统是电子类的产品，为什么它会需要助理？

"我的意思是，像我这样的扑街小主播，怎么可能会有粉丝每天追更呢？"莫菲自嘲一笑，说，"出于人道主义的关怀，系统是不是该给我派发一个小助理，定时安慰我，鼓励我，让我有更新下去的动力。"

莫菲是在开玩笑的，没想到h却当真了。

h：原来还有这种鼓励机制的吗？

"那是当然啊！"莫菲忍住笑意，严肃地说，"所以你从实招来，你到底是不是人工智能？"

h：所以说，我就喜欢蒂姆·伯纳斯·李这种聪明人。

"谁？

h：互联网之父。

"……"

时间沉默了几秒钟，直播内外都安静得要命。可莫菲却有一种很奇怪的感觉，她觉得h现在一定是在笑。

h：今天你都做什么了。

"今天早起就在家里改衣服，等到了上班时间就去工作室改衣服。"莫菲掰着手指头算，"到了下午，就……"

莫菲不往下说了，h却很好奇：下午怎么了？发生什么不高兴的事儿了吗？

"今天下午遇到一个神经病！"莫菲想起来就有气，"不仅对我设计的衣服挑三拣四，还怪我抢了她喜欢的男人！我真是……太晦气了！"

莫菲骂了半天，h突然又不说话了。

"抱歉，抱歉。"莫菲生怕将仅有的一个粉丝给吓跑了，连忙道歉说，"我今天真是被她给气到了，你不知道她那个神经病，每次都针对我，她……"

h：你有男朋友了？

看到h的问题，莫菲的呼吸都跟着一颤。脸立马烧了起来，她犹豫着说："我暂时还没有，就是……"

很少有的，h竟然发了一个微笑的表情。

莫菲脸红得更厉害了，她问："你这是什么意思？"

h：没什么意思，就是刚学会怎么发表情。

"……"刚学会发表情，他是老年人吗？

莫菲欣慰地想，看来她的粉丝年龄层跨度倒是很大嘛！

h：你明天几点会上线？

明天……

莫菲拿起桌上的布料看了看，惆怅地叹了口气："你问直播吗？明天……对！我要去苏州，估计不上线了。"

h：你去苏州做什么？

其实莫菲也是刚想到要去苏州的。

"我有个师父，她是一个世外高人。"莫菲忽然想到，对付白小曼这种刁钻客户，就该老将出马，"她是苏绣传人，绣工了得。我师父的师父的师父的师父，想当年可是给皇帝做龙袍的！"

h：大清不是早就亡了吗？你还绣龙袍做什么？

"你不懂。"莫菲不高兴地说，"我是去学习苏绣，学习传统技艺！"

h：那你一定要坐最早的那趟高铁。

"啊？最早的那趟啊？"莫菲点开订票系统看了看，"最早的那趟是不是有点儿太……"

莫菲正说着话，h就下线了。

"喂，你倒是听我说完你再下线啊！"莫菲小声嘟囔道，"你到底有没有把我当成你偶像呀！哼！"

h不打声招呼就不告而别，这让莫菲心里有点儿不太舒服。她有些叛逆地想，h让她坐最早的那趟车去，她偏偏不要。她就要睡到自然醒，什么时候醒什么时候出门。

莫菲想完后，她又觉得自己有些好笑。她连h是谁都不知道，干吗因为人家的话赌气呢？

算了，睡吧，等明天到了苏州再……

可今天不知道怎么了，莫菲越想睡觉，就越是睡不着。在床上翻来覆去，脑子里不停回荡着h说的话。

常言道，当你努力的时候，全世界都会为你让路。

同样地，当你想睡觉的时候，全世界都跑出来陪你玩。

莫菲一点多刚要睡着，做完兼职的莫凡开门回来了。莫凡进屋又是煮宵夜又是看综艺，嘻嘻哈哈半天，就到两点了。

等莫凡好不容易去睡了，莫菲刚酝酿点睡意，沈佳希又发来了语音。她刚刚得知下午的"菲曼"大战，迫不及待地想要问问莫菲战况。莫菲简单回了几句，沈佳希聊着聊着却睡着了。

沈佳希睡着的时候差不多凌晨三点，这下莫菲算是彻底睡不着了。

说起来，这是莫菲从小到大第一次失眠。

莫菲的妈妈莫郁馨是个模特，当年在圈内也算是小有名气的。只可惜她在事业上升期的时候爱上了莫菲的爸爸，不管不顾地嫁给了莫菲的爸爸后，相继生下了莫菲和莫凡。本以为等孩子生下来，两个人再去补办结婚手续，却没想到在这个时候莫菲的爸爸移情别恋和别的女人搞到了一起。

未婚生子，未婚夫背叛爱情，要是换作寻常的女人，恐怕早就精神崩溃了。但莫郁馨却没有，在莫菲的记忆里，她甚至一滴眼泪都没有流。而是以最快的速度带着年幼的子女离开了未婚夫家，重返 T 台撑起一个家。

那时候莫菲三岁，莫凡才一岁。莫郁馨请不起保姆看护他们，只好带着他们来秀场。莫菲从小就很乖，很懂事，妈妈忙工作的时候她就安静地待在一旁照看弟弟。不吵不闹不多话，静静地看着后台的忙碌。

秀场就是一个浮华的名利场，太多人拜高踩低。莫郁馨红的时候有太多人看她眼红，所以她落魄了，不少人想踩上一脚。莫郁馨始终不卑不亢，见冷嘲热讽不起作用，他们就将冷水泼向了年幼的莫菲。

幸好莫菲天性乐观，即便在那样的环境下也开开心心地长大了。莫凡总是说她没心没肺，像只猪一样，脑袋粘到枕头上就能睡着。

就是这样的莫菲，今天晚上失眠了。

外面的天快亮了，莫菲也就不再继续挣扎了。顶着两个大大的黑眼圈，她洗漱好准备出门。

莫菲在门口穿鞋时，抬头看到了墙上挂着的照片。这张照片是她五岁时照的，到了现在莫菲还能记得，那是她妈妈重返秀场后第一次的压轴走秀。她穿着明远集团"颂唐"系列的经典之作，脸上浓妆淡抹，华美的像是画里走出来的美人。

莫郁馨重返巅峰，多少媒体记者等着采访。可莫郁馨下了舞台后，她第一件事儿就跑去看自己的儿子女儿。当着媒体记者的面，毫不避讳莫菲和莫凡的身世，在闪光灯面前亲吻他们……这温馨的一幕被记者拍下来，此后一直挂在玄关最显眼的位置。

以前莫菲看着照片，只是觉得温馨。但现在看到墙上挂着的"明远"字样，她眼前不自觉浮现出了唐明轩的样子。

"哎呀!"

一想到唐明轩，莫菲就想起腰上被他戳的那下。不自觉地打了个哆嗦，她胡乱地挥挥手。背起工具包，赶紧跑出了家门。

莫菲打车，去车站，买票坐车。虽然一夜未睡，可她兴奋得很。在车上吃过了早饭，她还是一点睡意都没有。拿出手机打开直播，很意外的，h竟然也在线。

"早上好哇!"莫菲的心情还不错，她笑着说，"很难得啊，你今天居然醒这么早。"

h：不是醒得早。

不是醒得早? 那是什么?

"你该不会也一夜没睡吧?"莫菲好奇地问。

h：你一夜没睡吗?

莫菲的话顿了一下，她打岔说："你早饭吃了什么?"

h答非所问：我要去见一个人。

莫菲很想问问他要去见谁，但转念一想他们两个好像也没那么熟。要是问得太多，似乎有点不礼貌。

车上信号不太好，莫菲和他有一句没一句地聊着。快要到站时莫菲笑了笑，说："我这两天要是忙的话就不上线了，我们回见吧!"

h缓缓地打出了一行字：你想见我吗?

车身晃了晃，莫菲的心也跟着漏跳了一拍。她扶稳站好准备回答h时，h已经下线了。

"怎么走得那么急啊?"莫菲撇撇嘴，"是你问我的，怎么也要听我把话说完啊！"

　　想不想见 h……其实莫菲也不知道。

　　对于 h，莫菲是非常好奇的。他多高多重，多胖多瘦。他为什么每天无聊地要听无聊的她在电台里叨叨叨叨说个没完，又为什么要关心她一个虚拟世界里认识的人。他没有看过莫菲的照片，在他的想象中莫菲又是个什么样子的人。

　　这些问题，莫菲通通都想知道。

　　但是……

　　她又有点怕，怕真的见面后他和自己想的不一样。怕这样的自己，不符合他的期待。

　　怕见面后，所有想象中的美感被破坏。

　　怕现实中的自己不够完美。

　　怕真实中的他肤浅又浅薄。

　　莫菲乱七八糟地想了很多，全都是一些八字没一撇的东西。从苏州站出来时她深吸了口气，忽然觉得自己的那些想法幼稚可笑。

　　现在时间依旧还早，苏州站内已经是人来人往。置身在人群中，莫菲叹了口气。她突然间就想通了，或许 h 每天追听她的电台根本没有别的想法，只是单纯的因为寂寞。

　　想要有人跟自己说话，渴望有人能听自己说话，这两者本质上并没有太大的区别。

　　莫菲腾出一只手来解锁屏幕，直播间她还没有关。有人和她擦肩而过，她在想是不是 h。

　　仿佛有什么心电感应一样，莫菲的念头刚一出现 h 的消息就来了！

　　几乎在 h 上线的同时，他发来了一条消息：回头。

　　看到这两个字，莫菲的心脏狂跳！站在苏州的大街上，她紧张的手脚冰凉……h不会就在她身后吧？！

怎么可能！他压根不知道她长什么样儿啊！

一瞬间，无数的念头闪过。莫菲来不及细细思考，她的身体已经做出了反应。试探着转过身，她在人群中搜寻着可能是h的身影……哈？怎么是他？

马路边上停了一辆低调的商务车，不低调的车牌暗示着车主的身份并不简单。像是强迫症一样整齐排列的数字"8"让人眼晕，阔气的像是财大气粗的地主老财。

这车属于谁，没有人比莫菲更清楚了。差不多有半个月的时间，莫菲无数次地看到它远去的车屁股。

没有看到h，莫菲心情有些失落。知道车里不是好惹的主儿，大早上的，她不想去寻那个晦气。看见了也当没看见，莫菲决定装作不认识。

"莫小姐！"

莫菲刚叫到车，坐在驾驶位置的杨光就跑了下来。

和之前比起来，杨光明显要热情很多。看到莫菲，他就像见到亲人一样："真巧啊！莫小姐，我们居然能在这里遇见！"

"呵呵，是挺巧的。"莫菲笑得客气，"您这是……"不会是特意停车来跟她打招呼的吧？

莫菲和杨光没什么私交，前几次见面相处的也不算愉快。杨光此时的热情对莫菲来说，实在是匪夷所思，甚至有点儿诡异。

而让莫菲没想到的是，接下来更诡异的事情发生了。杨光主动上前要去接莫菲手里的大袋子，他的态度可以说是殷勤了："莫小姐，你要去哪儿？正好我们顺路，我送你过去吧！"

"啊？"莫菲愣了一下，"你知道我要去哪儿？"怎么就顺路了呢？

杨光能当唐明轩的助理，他各方面的能力都是过硬的。特别是在脸皮方面，他也比一般人结实点。旁人听了他们的对话都会感到尴尬，杨光却能像没事儿人一样笑说："您去哪儿我都能送您，反正我开车，方便。"

这话听起来没什么毛病，为什么总觉得哪里不太对劲儿呢？

莫菲在琢磨着到底哪里不对劲儿时，杨光第二次要来接她手里的东西。莫菲连忙躲开，拒绝说："谢了谢了，但是不必了，我叫到车了，司机马上就来。"

"莫小姐，不瞒你说，我来……"杨光小心翼翼地往商务车的方向看了一眼，低声说，"看到你真是太好了，你知道苏绣坊怎么走吗？"

莫菲奇怪地看着他，没有回答。

"嘿嘿嘿。"杨光憨憨地摸了下后脑勺，不好意思地说，"是这样的，我们老板要去苏绣坊谈生意，可是吧，我导航没有找到路……你能不能告诉我怎么走啊？"

啊，他这是问路啊！问路你早点说啊！搞得跟打劫似的干吗呢？

"你从这里导航就行，"莫菲实诚地要为他指路，"你就搜……"

见莫菲要导航出来给他看，杨光急忙拦住她。摆出一副惨兮兮的模样，杨光的声音又压低了几分："莫小姐，我们老板比较难……相处，你懂吧？"

英雄所见略同啊！莫菲理解地用力点头："我懂！"

"莫小姐，咱们都属于被老板压榨的人，是吧？"

"没错！"

"既然这样！莫小姐，你能帮帮忙，带我去苏绣坊吗？"

"……"

和唐明轩一起坐到汽车后排后，莫菲才想起来哪里不太对劲儿……她是叫了车的啊！

唐明轩穿了一身棕黄色格子西服，带了一个金丝边框的眼镜。他还是老样子，一副冷冷淡淡的样子。几天没见，他别的变化没有，气色倒是好了不少。脸上不见了病态的苍白，多了些红润。

当明远的总裁应该挺忙的吧？莫菲看了看他旁边放着的厚厚文件夹，心想，出差还要工作，也是不容易。

"吱嘎……"

马路上突然闯出来一辆电动车，杨光急忙刹车。莫菲和唐明轩因为惯性往前晃了晃，唐明轩的公文包直接摔在了地上。

"对不起！对不起！"杨光连忙说，"我没注意到！"

唐明轩推了推眼镜，他没再说什么。莫菲见有药瓶滚到了她脚下，她帮着拾起来。

"这个……"

莫菲刚看到药瓶上写的"来士普"三个字，药瓶就被唐明轩给抢过去了。

他一改斯斯文文的样子，抢药瓶的动作显得格外心急。莫菲怕唐明轩误会，急忙解释说："不好意思，我不是故意的……我就是想帮你把药瓶给捡起来。"

莫菲的好意，唐明轩好像并不领情。他直接将药瓶丢到了后面，继续低头看文件去了。

车内是死一般的安静。

杨光在前面开车，有好几次他想找点话聊。但见后排坐着的莫菲和唐明轩俩人，一人看向一处，谁都没说话，他也识趣地闭嘴了。

苏绣坊离着市中心有点远，它的位置偏郊区，在一处具有苏州园林特点的四合院院落里。夏天的树木茂盛，一眼望过去清幽雅致。莫菲的师父，就是这里的绣娘。

杨光说他们要去苏绣坊，莫菲还以为他是说着玩的。谁知汽车一停稳,唐明轩率先下了车。他走得着急,大步流星地,头也不回。莫菲看他的背影远去,总能想起价值不菲的"车屁股"。

莫菲对着杨光啧啧称奇,说:"你们家老板平时都这么赶时间?"

"轩哥忙啊!"杨光叹气,"一刻千金呢!"

莫菲感慨:"他走那么快,不累吗?"

"轩哥和我们这些普通人不一样。"杨光比画了一下自己五五分的身材,"他那大长腿,一步顶两步!"

"他今天来,是干吗的啊?"

"啊,轩哥是来谈收购的,明远想要收购苏绣坊,拓展颂唐的……"

话说到一半杨光才反应过来,这属于明远的商业机密,他怎么和莫菲说了!

杨光在这里打住早来不及了,莫菲已经明白了。

明远集团发展迅猛,尤其是在唐明轩接班以后,整体水准都达到了行业内的顶级。与此同时一个尴尬的情况出现了,那就是明远最最引以为傲的中国风"颂唐"系列,业绩却连年下滑,几乎到了无人问津的地步。

莫菲很喜欢中国风的设计,"颂唐"的每一件作品她都能如数家珍。她看着颂唐从辉煌走向衰落,也是不胜唏嘘。

唐明轩要是想救"颂唐",找师父,用苏绣,是个非常正确的选择。要是能将苏绣这门传统技艺和"颂唐"结合,没准儿"颂唐"还有用。

"看来他不是只会算账嘛!"莫菲循循善诱地对杨光说,"既然他想救'颂唐',为什么不和师父谈合作呢?谈收购,师父是不会同意的。"

杨光骄傲地说:"以明远的经济实力,怎么可能会和一个小作坊谈合作?买下来就是了!轩哥开会的时候说了,他要花三千万将苏绣坊给……"

莫菲看了杨光一眼,他立马用手捂住嘴。

"说呀！都说到这儿了，不说多可惜啊！"莫菲笑道，"你家总裁想法是好的，可惜他选错了人。我师父可是贫贱不能移的，别说是三千万了，就算他出三个亿，我师父也不会卖的。"

"莫小姐说大话了吧？"为了捍卫总裁大人的尊严，杨光忍不住反驳说，"苏绣坊的情况，轩哥都了解了。你们接近半年没有收入了，绣娘也走了几个。三千万对你们来说，不是个小数目。轩哥这个时候来谈收购，肯定是万无一失的！"

"他和你说的？他还说什么了？"

"明远不仅可以在短期内对绣坊进行大量资金注入，还会为了配合明远的全球战略计划，运用公司的资源对绣坊进行宣传推广，提高绣坊在海内外的知名度，利用明远的品牌效应吸引更多的人加入这个行业……"杨光后知后觉地意识到，"莫小姐！你在套我的话！"

莫菲哈哈一笑，说："你不信的话，我们走着瞧好了。等会儿他出来你就知道我说的对不对……我要去忙啦！"

"我不信，我就是不信！"杨光对着莫菲跑远的身影喊道，"轩哥在商场上从没输过！一个小小的苏绣坊，他还能搞不定？莫小姐！我不信！"

莫菲的绣室在苏绣坊的角落处，她抱着东西直奔了这里。简单换了一身衣服，她就全情投入到了工作中。缝缝补补，刺刺绣绣，时间也不知道过去了多久。在莫菲绣好最后一针，掐断丝线，拿起绣片对着阳光看时，一抹棕黄色的身影出现在了角落里。

盯着针线看了太久，莫菲的眼睛累得有点花。定睛看了看，发现真的是唐明轩，莫菲还很意外："你怎么在这儿？"

唐明轩长身玉立，他手背在身后，自然淡定地说："找路。"

"找路？"苏绣坊也不大啊，"你该不会还需要个导航吧？"

唐明轩挑挑眉，不苟言笑地说："我在找秘书。"

"哦，找秘书……那你要不要给秘书也配个导航定位？"

唐明轩的眼睛危险地眯起来："你在讽刺我。"

莫菲俏皮地眨眨眼："我在说实话。"

"你是这里的绣娘？"

"是……你就是要来收购绣坊的大奸商？"

"谁说的？"

莫菲犹豫了一下，她决定不出卖杨光："我说的……无商不奸嘛！"

唐明轩皱眉，莫菲忽然笑了："开玩笑的，我觉得你不是这样的。"

唐明轩推了推鼻梁上的眼镜，他摆明不信。

莫菲这次是认真的，她没有调侃唐明轩的意思："我在绣坊学习有一段时间了，我对这里比较了解。虽然这里的东西是真的很棒，可以说是绝无仅有……但酒香也怕巷子深啊！而且这里的绣娘也需要赚钱养家供儿子吃饭嘛！"

阳光之下，莫菲的笑容灿烂。唐明轩欲言又止，才说："既然你这么了解……你帮我介绍一下？"

莫菲不明所以地看着唐明轩。

唐明轩十分公事公办地补充了一句："为了绣娘的儿子有饭吃。"

莫菲是初三那年来苏绣坊拜师学艺的，她对这里了如指掌。给唐明轩做讲解，对她来说实在是易如反掌。这里的绣娘，这里的绣片，这里的一草一木，她讲解起来是滔滔不绝。

唐明轩丝毫没有做客人的自觉，他像是来视察的主人一般，架子大得很。在莫菲说话的时候，时不时地颔首，皱眉，非常难伺候。

莫菲讲了一圈，她说得口干舌燥。送唐明轩到大门口时，她歪头看了他一眼："我师父没有同意收购？"

唐明轩面无表情地问："你听说了？"

莫菲叹了口气："猜的……你也不是第一个被师父赶走的人。"

"以绣坊现在的处境，被收购应该是唯一的解决途径吧?"唐明轩冷冰冰的话毫无感情，"真不知道你们有什么好清高的。"

莫菲有些无奈地摇了摇头："你知道李师傅一共教出过多少个徒弟吗? 一共六十几个吧……但现在留在她身边的，只有十几个。每年有很多厂商找来，那些人口口声声说要传承刺绣手艺，最后却要求师父想办法变通成为工业化生产……甚至还有人用我师父的名气，出去招摇撞骗，生产粗制滥造的东西……所以啊，她才会没有信心。"

唐明轩不屑道："我不会那么做的。"

莫菲相信他说的，但是："可你没有用心。"

唐明轩不懂。

莫菲笑说："我了解师父那个人，她用了大半辈子的时间，精通了五种不同的刺绣技法，这里的每一件作品缝制的都是岁月和感情。她费尽心力地想把这些技艺传承下去，她比谁都希望绣坊能够有所发展……她需要的，不是你们来跟她聊合同。"

合同怎么了? 合同有什么不好，唐明轩最喜欢的就是合同："这天底下还有什么比合同更可靠的吗?"

"真心啊!"莫菲干脆地说，"真心实意地懂得，真心实意地理解……你看着不笨，肯定能懂的。"

唐明轩想了想，接着猛然回过神来，他有些不可思议地看莫菲："什么叫我看着不笨? 你为什么会把笨这个字和我联系在一起……要我给你看看我的双学位证书吗?"

莫菲继续往前走，装傻着问："你要不要继续看看? 再往后面走就是库房了!"

唐明轩的性格固执，他比看起来还要难缠。莫菲说到嗓子都冒烟了，他才勉强放她走。

莫菲累了一天，她晚上回到民宿就躺在床上不乐意起来了。摸过手机打开直播，几乎她刚一上线，就有消息进来。

h：怎么没去睡觉。

"啊，对，我昨晚上没睡着。"莫菲揉揉眼睛，"上来看一下就准备去睡了。"

h：今天在绣坊学习的怎么样？

莫菲不知道从何说起："还蛮顺利的吧！"

h：语气好像不太确定。

"也不是啦，就是今天绣坊出了点事情，让我感想蛮多的。"

h：什么事？

莫菲从床上坐起来，她抓了抓头发，说："我在想啊，苏绣能一直发展到现在，靠的就是两千多年不断地传承。从辉煌走向没落……到了现在，我们这代人又能为苏绣做点什么呢？很多人打着创新的幌子在破坏传统文化，觉得刺绣工艺不够时尚，搞得中西结合最后土不土洋不洋……"

h：那你想怎么办呢？

"我想……我想的都没用啊！"莫菲有些丧气地说，"我就是个小裁缝，就算想怎么样也没办法落实在实际上啊……不过，你怎么一直在线？该不会是一直等我吧？"

h：你早点睡吧，明天见。

看h要下线，莫菲叫住他："等等！我还没问你！你今天和我说的回头是什么意思啊？"

h：去睡吧，胡思乱想对脑子不好。

这说话的口气，这个刻薄的用词，是不是忒像那个……

h下线了。

一晚上没睡觉，莫菲的脑子有些发木。关掉了直播后，她衣服都没换直接睡了。睡到迷迷糊糊的时候，她抓过手机来下意识地查了一个词儿"来士普"。

来士普：治疗重度抑郁和广泛性焦虑。

莫菲还想要查查什么是广泛性焦虑，可她实在是太困了。字儿打了一半，就睡着了，早起的时候手机都掉在了地上。

踏踏实实地睡了一觉，莫菲第二天醒来又变得生龙活虎。早起就去集市上买了一堆的花布回来，她抱着去了绣坊，

莫菲进到绣坊里，就见穿着西装的唐明轩站在院子里仰头望天。昨晚查到的名词猝不及防地蹦了出来——重症抑郁症会有显著或持久的情绪低落，主要表现为失眠、过度疲劳、内疚或自卑感、思维迟缓或注意力不集中。

从唐明轩的精力来看，他肯定是不存在过度疲劳的症状。他的逻辑缜密，应该也不是思维迟缓。内疚和自卑更不可能了，多数情况下他只会让别人自卑……难不成他失眠吗？

莫菲搞不懂，唐明轩横看竖看都不像是失眠抑郁人群。该不会那个药不是他的，而是杨光的吧？

唐明轩独自一个人站在树下，他的眼神倒是有几分说不出的忧郁。见莫菲进来，他稍微站直了身子。

莫菲不好意思一直盯着他看，笑着问："你来找我师父吗？我师父今天出去了呀！"

唐明轩说："我来找你。"

"找我？"莫菲昨天该说不该说的都说完了，"找我干什么？"

"我要去明远的苏州店巡店……你跟我去。"

莫菲又不是他的员工："为什么？"

"因为合作达成需要双方的努力。"唐明轩话说的有理有据，"不能只让你们了解我们明远的情况，你们也该让我了解你们的实力吧？"

莫菲皱眉："那好吧！不过……你要带我去哪儿啊？"

"去了你就知道了。"唐明轩惯性地走在前面。

唐明轩带莫菲去了明远。

唐明轩唐先生的掌控欲非常地强，集团的方方面面他都要了解到，这导致了他巡店很是频繁以及规律，上海的店铺一周内巡一次，因为上海的店铺比较多，所以他会就近抽查。苏州的店面大概三周左右巡一次，他忙起来到不了苏州，就会线上巡查。算起来距离他直接来店里巡查，过去能有小半年了。今天他突然抽查，全体店员都如临大敌。

听说唐明轩亲自来巡店了，店员们全都出门迎接。穿着整齐制服的成员往门口一站，阵仗大得莫菲都有点害怕震惊。显然唐明轩早就习惯了这一切，他面无表情地从中走过，依旧是大步流星地往前走。莫菲跟在他身后颇有狐假虎威的意思，也威风了不少。

之前莫菲来明远旗舰店，里面的店员眼睛一个个都长在了脑顶上。现在见到了唐明轩，他们全都低下了昂贵的头颅。唐明轩巡店都能走出红毯的气势，莫菲小跑着追上他说："你要巡店就自己巡好了，干吗一定要带着我？"

唐明轩在"颂唐"的柜台前停下，招招手叫来店员："去，把这季的最新款拿来。"

"你要做什么……"忽然间，莫菲恍然大悟，"该不会是要送我吧？你想收买我！"

唐明轩冷淡地看了她一眼，说："你想的倒是挺美……你以李师父徒弟的眼光来看看，这季的新款有什么问题。"

店员把新款推来，一字排开，摆在了莫菲面前。唐明轩从柜台里拿出一副白手套递给莫菲，莫菲看了看，没有接。用店里的免洗消毒液洗了手，才一件件的仔细去看。

莫菲看得仔细又认真，见她点了点头，唐明轩很得意。

"怎么样?"唐明轩自问自答，"我们的'颂唐'还不错。"

莫菲没有回答，又改成摇了摇头。

唐明轩皱眉："你看出什么问题了? 是设计的问题还是工艺的问题?"

走在前面的莫菲忽然停下，她笑盈盈地回头问他："唐总，我来给你们的设计提意见……没有劳务费的吗?"

唐明轩愣了一下，他有点没反应过来。莫菲俏皮地对他招了招手，说："现在换你跟我来。"

"我不觉得苏州还有哪家品牌店铺会超过我们。"唐明轩有这个自信，"所以看或是不看，意义并不是很大。"

莫菲笑而不答，她学着唐明轩的样子，大步流星地往外走。唐明轩站在原地看着她离开，见她真的要走远了，这才追上来。

苏州中心的老城区地带很有特色，这里的房屋不是很高，马路也不是很宽。因为年代太过久远，走在中间都能闻到岁月斑驳的气息。中午日光充足，大街上的行人不是很多。街道两侧都是一家家小店铺，规模不大，但都很有特色。

莫菲始终不说要带他去哪儿，唐明轩渐渐没了耐心："我问你'颂唐'的事情，你带我来这儿干什么?"

"你耐心点，马上就快到了!"

莫菲继续往前走，唐明轩不得不跟上。走到一个挂满刺绣针织的纪念品小店，莫菲才停下。

这里靠近园林景区，像这种小店有很多。比较来看，莫菲选的这家不显眼，也挺普通。看店的总共两个人，一个大爷一个大妈。大爷坐在柜台里昏昏欲睡，大妈坐在门口的板凳上刺绣。

莫菲领着唐明轩进来，大妈用苏州话问她："囡囡啊，你们买点什么？"

"阿姨，能给我们看看你的作品吗？"莫菲笑说。

大妈把针插在上面，把绣品递给了莫菲。莫菲将绣品递给唐明轩，唐明轩拒绝着摆摆手。

唐明轩浑身上下的细胞都绷紧了，他退后了一步："这上面，都是汗，你这个……你干什么！"

莫菲抓住唐明轩的手，抓着他按在了绣品上。

唐明轩垂下眼，他左眼皮褶皱里不太显眼的黑痣露了出来。视线从绣品上下移，移到了莫菲握住自己的手背上。看到了莫菲练习刺绣被扎坏的手指，他没再躲避。

莫菲没有注意他的视线，她认真地看着唐明轩："你在这上面摸一摸……你感觉到了什么？"

"很热。"说完后，唐明轩才意识到他说的是莫菲的掌心温度。轻微咳了一下，他补充了一句，"上面都是大娘的手汗。"

莫菲笑了："热，就对了……你还记得'颂唐'的衣服摸起来是什么感觉吗？"

唐明轩不太理解地看着莫菲。

"它们之间相差的……就是温度了。"

唐明轩怔怔地点了点头。

莫菲的眼睛里有光芒在闪烁："绣品也是一样，它的一针一线，都带着温度，一件绣品包含着岁月和感情，就像是人的一生……这是刺绣机器永远都不能相比的，你想打动我师傅，想要理解'颂唐'，就要带着一颗有温度的真心去感受……你能明白我说的意思吗？"

唐明轩还未答话，莫菲忽然意识到自己抓着唐明轩的手。猛的放手后，她大力地拍拍唐明轩的肩膀。

莫菲爽朗一笑，说："行，你明白就行！看了这么多，也挑两个小玩偶买吧！我……我要这个小狐狸！"

货架上摆放了许多的针织玩偶，莫菲也没好好挑，她随手挑了一个橘红色的狐狸。唐明轩走上前，他挑剔的在玩偶中挑了挑，拿了一个小王子的玩偶……莫菲又想起了他办公桌上带着玻璃罩子的玫瑰花。

莫菲笑话他："女孩子都有公主梦……你这是有王子病？"

唐明轩面无表情地抬手一抛，瞬间将自己手里的小王子扔到了莫菲的怀里。小王子玩偶以抛物线的弧度准确地掉进莫菲的怀里，莫菲怀里两个玩偶。

"我是买来送给你的。"唐明轩嘴巴很毒地说，"以你这副样子，估计这辈子除了玩偶以外，也遇不到什么王子了……老板娘，结账，两个。"

莫菲愤愤不平地挥动着手里的玩偶，佯装要去拍唐明轩的后脑勺："那我真是谢谢你！太为我着想了！"

唐明轩转身拿过小狐狸，照着莫菲的脑袋轻敲了一下。

莫菲愣了一下，这才意识到自己被欺负了："你……你挺大一个总裁，怎么还打人呢？你这人设要崩啊！"

唐明轩手里拿着小狐狸，莫菲手里拿着小王子，他们两个从店里出来。看着他俩边走边斗嘴，坐在门口的大娘笑了。

从长远的角度考虑，莫菲是希望绣坊和明远合作的。正如唐明轩说的那样，只有这样才能达到共赢。就是唐明轩这个人，脾气阴晴不定，太让人捉摸不透了。

知道唐明轩还要在苏州待上两天，莫菲也决定先不回上海了。毕竟能和他见一次不容易，莫菲想趁此机会好好地游说他一番。成不成的再说，不能放过给绣娘儿子加鸡腿儿的机会呀!

莫菲告诉沈佳希她这几天不回去了,沈佳希立马打了电话过来。哭唧唧地抱怨一通,沈佳希委屈地说:"你不在家,臣妾我日渐消瘦。那个白小曼总是借题发挥,陛下可要给臣妾我做主啊!"

"白小曼来干什么啊?"莫菲这辈子怕是都理解不了白小曼的脑回路了,"距离交货不是还有几天吗?"

"是呀!谁说不是呢!"沈佳希抱怨着说,"我估计她是想来找你的碴儿,看你不在家,只好来欺负我……你还不知道她小人得势的嘴脸,最近她得意着呢!说什么做好了礼服,她男朋友要带她去亚历山大王的慈善晚宴!哎,人家现在不一样了,草鸡飞枝头,瞬间变凤凰了。"

"啊!亚历山大王!"莫菲向往地说,"那就是我的偶像啊!我好想去啊!"

"去呀!"沈佳希坏笑着说,"那还不容易?让你家唐总带你去呀!"

唐总?唐总啥时候变成她家的了?

"姐妹,等一下,等一下。"莫菲有点没跟上沈佳希的思路,"唐明轩什么时候成我家的了?"

"怎么不是你家的啊?"沈佳希都给她记着呢,"你看,你们两个算是不打不相识吧?"

莫菲觉得沈佳希这话说得并不准确:"不打不相识也是我和夏雪凌啊!"毕竟那天是夏雪凌先来找的碴儿。

"欢喜冤家之后,你们又要开始互相了解的套路了吧?"

"这……他这两天了解的也不是我,是苏绣坊啊!"

"不管,反正,就这样说!"沈佳希恨铁不成钢,"你要是一举将唐总给拿下了,什么夏雪凌啊,白小曼啊,那不都得通通靠边站?我跟你说啊,等你和唐总结婚的时候,你就请她们来,然后……"

"……"这都哪儿跟哪儿!

沈佳希爱起哄也就算了,没想到h也跟着她胡闹。晚上莫菲开直播的时候,h直截了当地问她:你这两天要一直跟那个唐总在一起吗?

"怎么可能!"莫菲被沈佳希搞出条件反射来了,听到唐总两个字她就急忙否认,"我们两个也不熟,我干吗和他一直在一起?再说了,人家唐总也很忙的,见他一面也很难的啊!"

h:这倒是。

也不知道h说的"这倒是"究竟是回应莫菲和唐明轩不熟的,还是回应唐明轩很忙的。细细品起来,好像又都是。

嘿,这个h说话的感觉怎么那么像……

h:你觉得唐明轩这个人怎么样?

"他?"莫菲奇怪,"你对他倒是挺感兴趣的啊!"

h:就是之前一直听你骂他,想知道你现在是怎么看他的。

"我?有吗?"莫菲呵呵一笑,装傻说,"应该没有吧?我跟唐总往日无冤,今日无仇的,我干吗要……"

h:6-18-13:14。

"这是什么啊?"

h:你骂唐总的时间。

"……"用不用这么精确具体啊!

h:明天苏州不下雨。

"所以?"

h:会是个大晴天,相信你会有好运。

"比如?"

h:你以前不是很爱讲《小王子》的故事吗?最近怎么不讲了?

h提起这个,莫菲忍不住有一丢丢的不好意思。

在她刚开电台直播的时候，她对自己的定位很不准确。不知道该在电台里聊点什么，她晚间读起了《小王子》，做起了儿童主播。可读了一段时间发现效果不好，她就放弃了。聊的内容越来越随意，后来干脆聊起了日常。

h问起她《小王子》的事情，莫菲尴尬地笑了笑："你说那个啊！那个是我随便录的，为了哄小孩子睡觉的。"

h：效果很好。

"你怎么知道效果好？"莫菲心里咯噔一下，"你不会是哄孩子的时候放过吧？"

要是那样的话……他是不是已经结婚了？

h：我自己听。

"你是要说你就是个宝宝吗？"莫菲哈哈一笑。

h：我经常睡不着觉。

莫菲的笑声骤然停住。

看着h说的这句话，莫菲忽然想起了唐明轩……不知道他是不是也是睡不着？

莫菲站在民宿的窗旁，这里正好能看到楼下的河道。现在天已经黑了，河道两边的民居外挂起了一个个的红灯笼。夜风一吹，灯笼摇摇晃晃。红色的光影投映在河面上，影影绰绰。

"我有个问题想问问你。"莫菲考虑再三，还是说了，"经常睡不着是种什么感觉？"

h好半天都没说话，担心他误会，莫菲解释说："事先声明，我不是想打听你的隐私啊！我就是有点好奇，那是怎样的感觉……我长这么大就失眠过一次，结果到现在都不舒服。要是经常性的失眠，是不是很不好受啊？"

h：你指的是心理上还是身体上的。

呃……划分得这么详细吗？

h：很痛苦。

痛苦的不单单是失眠本身，而是它所带来的影响。

明明身体已经很疲惫了，精神却很清醒。

一个人的身体，像是被分成了两份。一边兴奋着，一边绝望着。

在两种极致的情绪中，你只能熬着。

熬到彻底困倦，熬到慢慢倒下。

熬到天明，带来缥缈又无望的期待。

失眠就像是一个张着血盆大口的怪兽，它和黑夜狼狈为奸。

它们肆意横行，任意糟蹋。

一点点磨光你对生活的热情，消耗你对人生的期待。

你看着它们横冲直撞，却无能为力。在绝望中你自我厌弃，又找不到救赎。

熬着，痛苦。讨厌自己，痛恨生命。

h并不是一个话多的人，一个多月相处下来，大部分时间都是莫菲在说个没完。现在突然看h发这么多，莫菲感到很意外。

莫菲读的仔细，看的认真。等她把h的话全部看完，心里沉甸甸地堵着难受。

h：怎么不说话了？

信息消息提醒响起，莫菲才回过神来。伸手摸了摸脸上，她不知道什么时候哭了。

莫菲搞不懂自己为什么会哭，她也不明白自己在哭什么。或许h在说这话的时候都很心平气和，她一个外人有什么资格去哭呢？

可莫菲就是想哭，她觉得难受。她只是失眠一个夜晚就那样难熬，那些长久失眠的人们要承受多大的痛苦呢?

不敢想,也想象不出来。

莫菲擦擦眼泪,不想让h知道她刚哭过,她装作无事地笑说:"原来是这个样子,那……"

h:你在哭吧。

莫菲掩饰的干咳一声,说:"你有没有去看过医生?"

明白莫菲想要转移话题,h配合地回答说:看过了。

"医生有没有什么建议?"

h:医生给我开了安眠药。

安眠药啊,莫菲不太了解。但是在她的理解里,这是一种虎狼之剂。大家提起来就是什么吃了会"上瘾"呐,对身体伤害大呀,依赖性很强啊……

"你吃了多久了?"莫菲问。

h:三年左右。

"吃了三年……会产生依赖吗?"

h:要怎么理解依赖这两个字呢?

怎么理解……

h:心理依赖,药物依赖,不都是一种依赖吗?人生在世,能有所依赖,并不是件坏事儿吧?

哎?为什么他说的好像有点道理?还有点……

可怜。

"你没有可以依赖的人吗?"

h发了一个微笑的表情……这是对她的问题感到反感了吧?

也是,她的问题太隐私啦!

莫菲不想和h辩论,看看外面迷离的夜色,她笑说:"你听我讲故事能睡着是吗？那要不这样吧！以后我天天给你讲故事，如何？"

h：好。

外面的船坞里有人清唱着吴侬软语的小调儿，莫菲说："虽然我们没见过面，但我觉得我们是朋友……今晚苏州的夜色很美啊！就算你不在这里，我也想分享给你。希望你今夜，能睡个好觉。"

莫菲调高了麦克风的音量，用手敲了敲桌上唐明轩买的小王子玩偶。歌声通过直播，顺着网络，飘散到了很远很远……

第二天，莫菲早早就去了苏绣坊。还是没有看到唐明轩人，她有些无精打采。帮绣娘们去布房拿布的时候，她连着撞了好几次大树。等走到拐角的小路上，她更是不小心撞到了人。

"对不起，对不起。"布料遮挡住视线，莫菲只能看到对方锃亮的皮鞋。对着皮鞋不停地道歉，莫菲说，"您看我这儿着急忙慌的，没看清楚路……"

莫菲忽觉手上一轻，怀里的布料就都被唐明轩给抱走了。

"哎！你这个……"

莫菲目瞪口呆地看着他。

唐明轩穿了一身天蓝色的西装，清新亮丽的颜色将他的肤色衬托得更加白皙。在光线的模糊下，他脸上的棱角似乎没有那么锐利了。没有在乎布料袋子上的灰尘会蹭脏洁白的衬衫，唐明轩只是淡淡地问她："几天没见，礼貌方面倒是有进步了……你要去哪儿？"

"不用，不用。"莫菲哪儿好意思去麻烦这位大神，"我自己能抱得动。"

唐明轩避开了莫菲，他冷淡地说："别人来帮忙的时候，只要说'谢谢'就可以了……这也是基本的礼貌。"

唐明轩此人，真的是非常的古怪。每一次莫菲稍微对他有点儿好感的时候，他刻薄的话总会让莫菲很恼火。

莫菲赌气地说："我没有找你帮忙，所以我是不会谢谢你的。"

"无所谓。"唐明轩转身往绣室的方向走去，"我也没奢望你能道谢。"

莫菲抱起来吃力的布料，对唐明轩来说却是轻轻松松的。他个子高，手长脚长，很快就走远了。

看着唐明轩的背影，莫菲轻笑一声。她这个小裁缝幼稚，大总裁也没好到哪里去。

莫菲小跑着追了上去，她对着唐明轩说了一声："谢啦！"

唐明轩瞥了她一眼，样子酷酷的。

唐明轩抱着布料往前走，他也没说什么。小路幽静，莫菲笑着问他："你来向我师父提全新的企划案吗？"

"嗯。"

"我师父怎么说的？"莫菲关切地问。

"李师父说……"

唐明轩为了逗她，故意把话说得慢悠悠。莫菲等了半天都没等到下文，她不自觉地往唐明轩身边靠了一下："说呀！我师父怎么回答你的？"

唐明轩停下脚步，就见莫菲正殷殷期盼地等着他的回答，扬起的小脸上表情紧张。

唐明轩本打算再逗逗她的，可见莫菲这个样子，他改变了主意："李师傅说，她考虑一下再答复我。"

"呼！"莫菲总算是松了口气，她笑着朝唐明轩点了点头，"那就好。"

"你就不好奇我是怎么说服你师父的吗？"

好奇啊，可是以唐明轩的脾气，她问了他也未必回答吧？

"你前两天讲的那些，给了我很大的启发……那些话，给了我很大的帮助。"

"啊?"

莫菲没想到唐明轩会突然提起这个,她整个人都愣在了原地。

唐明轩没想到莫菲会有如此大的反应,他也愣住了。被莫菲搞得有些不好意思,为了掩饰自己的尴尬,他将布料又放回到莫菲的怀里。

布料沉重,莫菲差点被撞倒:"哎!你……"

不管莫菲怎么叫,唐明轩还是头都不回地走了。

"这……这什么人啊!"莫菲站在原地生了一肚子的闷气,"怪人!彻头彻尾的怪人!"

"莫菲!"

听到师父在叫自己,莫菲歪头看她:"师父,你找我有事儿?"

李师傅今年有五十二岁了,可她看起来也就三四十岁。她穿着一身苏绣的袍子,长发盘在脑后,气质温柔贤惠。

看莫菲抱布料抱得吃力,李师傅笑着走上前帮忙:"那么多布料,你怎么也不拉个推车过去……自己抱回来,累坏了吧?"

"别,师父您别动,小心伤了手。"莫菲笑着说,"也不太累……路上遇到了唐总,他帮我拿了一段路,给我送到门口的。"

李师傅帮着莫菲把东西放在一旁,她笑着问:"你觉得唐总这个人怎么样?"

唐明轩啊……

"还可以吧!不好接近,但也不是坏人。"莫菲问,"师父问这个是想……"

李师傅叹了口气,说:"你也知道唐总是为什么来的。唐总今天拿来的新的企划案我看了,说实话,我挺动心的,这次他所提出的建议和上次有了很大的改变,甚至还想到了绣娘退休后的福利问题。"

"是吗?那真是太好了。"莫菲也松了口气,"我就说嘛!他不是一个笨人，他能理解我的意思。"

"莫菲，我想听你的……试着和明远合作一下。"

莫菲太高兴了，她忍不住跳了起来："真的吗？那太好了！"

李师傅再次叹气："不过……我还有一点担心。明远集团毕竟是大企业，我怕到时候还会出现以前的那些问题……所以我想把这事儿委托给你，正好你也在上海，你去帮我了解一下明远的诚意，再把关一下合同。"

"啊？我不行吧？"莫菲不是怕麻烦，"师父，这个责任太重大了，我担心……"

李师傅握住莫菲的手："莫菲，你是我最信任的徒弟。我觉得，你完全可以代替我去做判断。"

"可是师父，我……"莫菲还是有点胆怯，"我没什么经验啊！"

李师傅笑了，她的目光慈爱："就按照你平时那么做就行了，我相信你可以的。"

"那……"

莫菲犹豫再三，终是点了点头。

李师傅愿意把合作的事情交给莫菲去处理，并不完全因为莫菲是她的徒弟。李师傅看中的，是莫菲做事的时候认真负责的态度。在莫菲的身上，有一种说不出的坚韧不拔的优良品质。她不会轻易被困难打败，只要她做出承诺，无论多么困难她都一定会做到的。

既然莫菲答应了师父帮忙处理明远的事情，她就会认真地去对待。一回到上海，她就买了一箱子的法律书回来。明远发来的合同条文她一字一句地去分析，不理解的地方都标注得清清楚楚。

沈佳希来莫菲家里找她，一开门就被莫菲的熊猫眼给吓到了："我的宝贝啊！你这是咋了？去趟苏州被人打了么？"

"说来话长。"莫菲看了看沈佳希,笑着问她,"你等下有约会?穿的可真漂亮呀!"

今天的沈佳希可以说是打扮得非常隆重,一条亮黄色的小礼服,一个贴满水钻的小包包。高跟鞋能有十几厘米,走起路来啪嗒啪嗒响。

"嘿,你这是什么记性啊!"沈佳希指了指桌上摆放的日历,说,"慈善晚会啊!亚历山大王啊!前两天不是和你说好了吗?你忘了?"

啊,对对对,沈佳希这么一说莫菲想起来,可不就是今天吗?

"别说姐妹我没想着你。"沈佳希打开包包,从中掏出了两张邀请函来,"我一个学长的同乡的老婆,就是这次慈善晚宴的工作人员。我送了她两支口红,她帮我拿到了两张邀请函……苏绣坊和明远的合作问题不是解决了吗?这么高兴的事儿,你不出去放松放松?还要闷在家里吗?"

沈佳希天性活泼,她爱玩,爱交际,关系和门路四通八达。只有莫菲想不到的,就没有她不认识的人。这才几天工夫,她居然能弄到邀请函,让莫菲真是不服都不行。

在沈佳希的劝说下,莫菲也跟着一起去了。

为了和沈佳希搭配,莫菲选了一套墨绿色的抹胸小短裙。这件小短裙是莫菲大一期末时候的作品,那会儿她刚迷上亚历山大王。现在能穿着这件衣服去见偶像,对她来讲也算是功德圆满。

亚历山大王的慈善晚宴来了不少的名流大咖,莫菲进到会场里已经是看得眼花缭乱。沈佳希将手机电量充得满满的,进去后她迫不及待地找名人合影去了。独留莫菲一个人在原地,看着有点儿孤零零的。

"莫菲,你要是一个人无聊的话,你可以直播啊!"沈佳希临走前提醒她说,"这么有名的活动,能给你吸引多少粉丝和流量呢!你看人家!那些不都是直播的吗?"

现场是有些人在做直播,可莫菲的直播和她们的直播根本不一样呀!

"我的直播没有画面，只有声音的。"这种发布会没有画面还有什么看头呢，"而且现场这么吵，收听效果也不好啊！"

沈佳希笑话莫菲迂腐："哎呀，你管那么多呢？如今都是粉丝效应，市场经济，只要你有流量，有话题，就有人买单。什么效果好不好的，谁在乎呢？"

"不不不。"要是拿这样的东西去糊弄h，莫菲自己都觉得丢脸，"我还是想做实力派的。"

"那好吧！我不管你了，你自己玩吧！"沈佳希拿着手机跑远了。

会场太大，嘉宾又太多。莫菲在中间找了好几圈，都没有看到亚历山大王在哪儿。就她自己站在一边也没个伴儿，感觉上有些怪怪的。

其实要说的话，莫菲不喜欢这种社交场合，她更喜欢在家里安安静静地搞点创作。莫菲拿出手机看了看喜马拉雅，这个时间h是肯定不会上线的。也不知道他是做什么工作的，每天都神出鬼没。

回想起在苏州收到他私信的瞬间，莫菲真的以为他们能见面了。她总有一种莫名的感觉，似乎h离她并不太远，他就在她的身边，生活在某处……也不知道他现在在干什么？

要不，开个直播试试？

莫菲很犹豫。

正在莫菲犹豫不决的时候，身后突然有人拍了拍她的肩膀。莫菲以为沈佳希回来了，她伸手去拉她。回身不小心撞掉了对方的手机，退后时高跟鞋还无意地踩了一脚。

"呀！"莫菲赶紧道歉说，"方总监？怎么是你？抱歉抱歉，我还以为是……你这手机没被我给踩坏了吧？"

方笑愚在不远处看了莫菲好半天了，和其他兴奋的嘉宾不同，莫菲完全是一副提不起精神的样子。方笑愚感觉很有意思，这才上来打了一声招呼。

莫菲要弯腰给他捡手机，方笑愚抬手阻止了她："你别动，让我来吧！不然让人拍到我麻烦女士，不是太失礼了吗？"

方笑愚今天穿了一套黑色绒面的西服，带了一个暗红色的领结。袖口的位置压着暗花，里面隐隐地能看到亮片。举手投足间带着说不出的贵气，看起来风流多情。

虽然方笑愚话说得有几分玩世不恭，好似是为了自己考虑。但莫菲能懂他的意思，他是看莫菲的裙子短，怕她弯腰的时候不小心走光。

感受到方笑愚对自己的照顾，莫菲心里暖暖的。无意中瞥到方笑愚的手机屏幕……他也玩直播的吗？

莫菲刚想要去问，方笑愚已经将手机屏幕给锁上了。方笑愚揣好手机，笑着问："莫小姐今天和谁一起来的？你的男伴也太不绅士了，居然留你自己一个人在这里。"

"我是和朋友一起来的。"莫菲笑了笑，"她去和偶像们合影去了。"

"她去和偶像合影，你怎么不去呢？"方笑愚从旁边的餐桌上拿了一杯果汁递给她。

"我啊？"莫菲叹了口气，"偶像就像是天上星，不是你想见就能见。"

"你的偶像是谁？亚历山大王？"

"来这儿的谁不是啊？"

方笑愚点了点头，说："你要想见他，也不是不行……"

"你能带我去见他吗？"莫菲眼神殷切地看向方笑愚，"你能帮我要个签名吗？"

莫菲刚才就是一副漫不经心的样子，现在说到偶像，她完全像是变了一个人。方笑愚被她的热情吓了一跳，接着笑说："君子有成人之美，当然没问题。"

方笑愚将手臂伸了过来，他笑盈盈地看向莫菲。

莫菲犹豫了一下，说："这不合适吧？你是不是带女伴儿一起来了？"

"啊，好像是带什么人来了吧？"方笑愚恍然，"你说的没错，那我确实是应该……"

方笑愚刚想要收回手，莫菲迅速将自己的手臂挽了过去。

"嘿嘿嘿。"莫菲觉得机不可失，失不再来，"那我可就恭敬不如从命啦！"

莫菲笑得开怀，连方笑愚都被感染了。带着莫菲直接去了亚历山大王的休息室，简单粗暴地要来了签名。

作为一个小迷妹，莫菲非常地自觉。自知不能打扰偶像，莫菲拿了签名赶紧就走了。方笑愚本想带莫菲跟亚历山大王一起合个影的，没想到莫菲说什么都不答应。

"不行，不行。"莫菲一本正经地说，"房间里的光线不好，照出来会不好看的。给偶像招黑，那是人干的事儿？"

Chapter II

天青色

雨过天晴云破处
这般颜色做将来

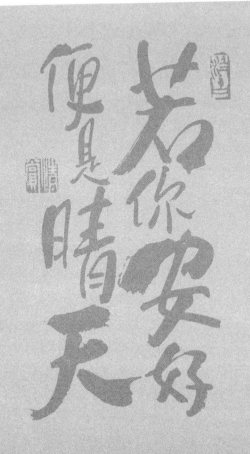

方笑愚哭笑不得地看她，莫菲却是一脸的兴奋。捧着签名看了又看，她是爱不释手："没想到我真的见到了亚历山大王！今天能要到签名，真是多谢你了！"

　　"我也是知名设计师，你怎么没想跟我要签名？"方笑愚话中带笑，心里却有些发酸。

　　这么崇拜亚历山大王，难道他方笑愚的才华比不上对方？

　　莫菲尴尬一笑，她仔细地收好签名，去包包里翻了翻："啊，对，你要不说我都忘了……哎，我笔呢？"

　　方笑愚望着莫菲，他的笑容浅浅，心情大好："跟你开玩笑的！"

　　莫菲郑重其事地道了谢："方总监，你对我的大恩大德，如滔滔江水……我真的……无以回报……"

　　方笑愚倒是直接："说这些都没用，你要真有心，就请我喝杯咖啡？"

　　和方总监一起喝咖啡？快算了吧！上次跟他喝咖啡白小曼都要打人了，莫菲才不想惹她这个疯子呢！

　　"行！"莫菲笑呵呵地说，"今天太晚了，我改天请你吃大餐！"

　　莫菲的那点小心思，哪里能瞒得过方笑愚，他笑着说："好啊！改天是哪天？"

　　改天就是……方总监怎么那么较真儿呢！他不懂得什么是客气客气吗？

莫菲慢吞吞地说："找个我们都方便的时间吧！"

见莫菲为难，方笑愚也不难为她了："好啊，说定了。"

方笑愚也没再多话，他只是笑盈盈地看着莫菲。莫菲被看得十分不好意思，她急匆匆地说："方总监，我得去找我朋友了，先走了，拜拜！"

说完莫菲也没敢看他，小跑着离开了。

"哈哈哈！"方笑愚实在是没忍住，他看着莫菲的姿势哈哈大笑起来。

莫菲不太敢和方笑愚接触，怕得就是白小曼那个神经病找上来。可她已经小心躲避了，还是被白小曼给看到了。

白小曼穿着莫菲做的衣服，猝不及防地从角落里冲了出来。她伸手去拉扯莫菲，差点儿将莫菲的抹胸小礼服给拉扯掉了。

"白小曼！"莫菲这次是真的愤怒了，"你有毛病吧？不懂事儿也得有个分寸！"

潘素老师说得没错，莫菲和白小曼是天生的绝配。虽然她们两个性格不合，事业上却是完美组合。莫菲设计的衣服只有白小曼能穿出韵味来，而也只有莫菲的衣服能将白小曼的美发挥到极致。

莫菲设计的黑白礼服，灵感来自中国古典山水画，领子的角度刚刚好能显现出锁骨的性感，裙摆的黑纱飘逸又灵动……就是白小曼的审美不太行，她脚上搭配了一双艳黄色的高跟鞋，显得有些怪异。

这样的礼服给白小曼穿，简直是对衣服的一种糟蹋。白小曼傻乎乎地，她气急败坏地对着莫菲嚷嚷："莫菲！都怪你！都是你的错！一定是你在方总监那里说我坏话！他才不肯带我来的！"

"白小曼，我要骂你是花瓶，我都觉得对不起花瓶了。"莫菲无语至极，"花瓶里面至少能放东西，可你的脑子里，压根儿什么都没有！"

"你别和我说没用的！"这么高端的嘲笑，白小曼哪里能听懂，"莫菲！我上次已经警告你了！方总监是我的底线！你去招惹他，我和你没完!"

"那你用不用自己去问问他啊?"莫菲无所谓地摊摊手,"问问他,我到底有没有招惹他? 还是说……他根本就不搭理你? 是你自以为是地认为他会带你来慈善晚宴?"

不是莫菲说话难听,是白小曼不止一次这么干了。白小曼对于自己的外貌,有一种迷之自信。她自以为天底下的男人都会为她的美貌折服,只要她胸前露的多一点,说话再嗲一点,没有男人不会拜倒在她的石榴裙下。

人确实是视觉动物,这个莫菲承认。不过并不是所有人都是白小曼理解的那么肤浅,在莫菲看来,方笑愚绝对不是那样的人。从白小曼如今的歇斯底里就能看出来,她和方笑愚的"感情"根本是她剃头挑子一头热而已。

莫菲的这些话,算是踩到了白小曼的痛处。白小曼恼羞成怒,抬手又要打她……这次莫菲没有再让着她,她眼疾手快得先推了白小曼一把。

白小曼的鞋跟又尖又细,她想要站稳都有些吃力。被莫菲这样轻轻一推,她歪了一下摔在了地上。"咔哒"一声,鞋跟被扭断了。

"你这鞋子也忒不结实了。"莫菲伸手想要把她拉起来,"我……"

"莫菲!"白小曼脱下鞋子朝着莫菲丢去,"我恨死你了!"

莫菲推白小曼那一下,纯粹是为了自保。看白小曼摔得狼狈,她又于心不忍地想要伸手去拉她一把。没想到白小曼会丢鞋过来,莫菲连躲都没地方躲,那断裂的鞋跟儿,直接冲着她的眼睛飞来了!

事情发生得太快,莫菲有些傻了。以白小曼的力度,非得给她毁容了不可……莫菲正想着,突然有人挡在了她的身前!

莫菲还以为是方笑愚听到吵闹声赶过来了,定睛一看,却发现面前站着的人竟然是唐明轩。

他居然也来了？！

也是，以明远的影响他的地位，这种重要的活动他怎么可能会不参加呢？

"你是谁！你是哪儿来的野男人！"白小曼对着唐明轩破口大骂，"你还护着她？你知不知道她干了什么？她把我的男朋友给抢走了！"

白小曼的胡搅蛮缠、泼脏水，莫菲一向都懒得理会。但当着唐明轩的面儿，她认为还是应该解释两句的："我没有，你别听她乱讲！"

唐明轩转头看了莫菲一眼，他今晚没有戴眼镜，细长的眼睛看上去有些清冷。他的黑西装上缝满了暗色的花朵，样式十分俏皮。但就在一片花团锦簇中，显得他更加孤傲。从他身上散发出的强大气场仿佛是一个结界，外人无法轻易地靠近。

"她说的都不是真的。"莫菲不想唐明轩误会，她小声说，"她是我的大学同学，我们两个相处得不好，所以她才……谢谢你。"

听到莫菲这样说，唐明轩忽然笑了。在夜色之中，他的笑容比衣服上的花儿还好看。

因为他平时笑得不多，这让他的笑容变得难能可贵。莫菲盯着他的笑容看，她屏住呼吸都忘记了眨眼。唐明轩的语气很轻，他淡淡地说了一句："我信你。"

这三个字沉甸甸的，压在莫菲的心头，让她呼吸都变得有些急促。

又吵又闹的白小曼很快就被保安给请出去了，一场短暂的风波过后，晚宴再次恢复了平静。莫菲不愿意在这里继续待下去，谢过唐明轩后她便告辞了。

"我也准备走了。"唐明轩淡淡地说，"走吧，我送你回去。"

莫菲不好意思再去麻烦唐明轩，但唐明轩话说的自然，莫菲也不好意思拒绝，默默跟着唐明轩上了车。

他们两个上了车后，气氛稍显沉闷。莫菲搜肠刮肚地想着聊点什么好，可汽车快到地方了，她还没想出来。汽车在莫菲家楼下停稳后，她都准备下车了，这才看到唐明轩的手受伤了。

"唐总！"莫菲低呼，"你的手上有血！"

应该是被白小曼的鞋跟划伤了，唐明轩的手背上有一道浅浅的血痕。

要不是莫菲发现，唐明轩也没注意。他虽挑剔，但这点儿小伤还不放在心上。他拿了张纸巾准备清理一下伤口，却被莫菲给拦住了："纸巾不干净的，要用酒精棉清理。"

"可是我车上没有酒精棉。"唐明轩说。

"我家里有啊！"莫菲笑着说，"你跟我上去……"

大晚上的，邀请一个青年男子上楼坐坐……意识到话有点暧昧，莫菲说到一半就停住了。

"好。"唐明轩倒是从容不迫，他拿下奔驰车的钥匙，"打扰了。"

不管唐明轩做什么，都有一副领导来视察的派头。莫菲打开家门请他进去后，他一直问个不停。

"这个，是什么？"

"我的工作间。"

"这些，又是什么？"

"我弟弟的健身器。"

"那这些……"

唐明轩问来问去问个没完，莫菲干脆给他一一介绍了一遍："唐总，我和我弟弟住在这儿。他是模特，我是设计师，这些是我做的手工玩偶，还有我平时直播用的耳麦音响，还有……"

"这里感觉还挺温馨的。"

在唐明轩口中，这已经算是很高的评价了。

唐明轩走到窗边，随意地往下面看了看："这一片还是老样子，没怎么变。"

"你以前经常来这儿？"

"之前我家住这附近。"唐明轩将窗帘拉好，"后来要去青浦上小学，就搬走了。"

唐明轩走到莫菲的工作台前，上次他们在苏州买的小王子玩偶就摆在上面。玩偶下面是一沓厚厚的资料，全都是用法文写的。

莫菲端着一杯水过来递给唐明轩，唐明轩问："你要去巴黎服装工会学院？"

莫菲惊讶地看着唐明轩，唐明轩扬了扬下巴，指了指桌上的资料。莫菲脸一红，不好意思地将资料收好："呵呵，家里有点乱，那个……你法文很好啊！"

唐明轩一副理所当然的样子，他不解地问："你不是喜欢中国传统文化吗？国内给设计师的大环境越来越好了，为什么还要去巴黎？"

"传统文化有传统文化的好，法兰西有法兰西的美。孔子怎么说的？学海无涯，学无止境……"

"这是韩愈和刘开说的。"唐明轩很不给面子地纠正道。

莫菲挥挥手，笑道："不管谁说的，道理总是那个道理吧？中国的文化是开放的，是包容并蓄的，所以我要多多学习不同的文化，来丰富自己的创作。"

这一点唐明轩表示认同："喜欢学习，总是不会错。"

莫菲意外："我没听错吧，唐总竟然认同我了？"

"我不早就认同你了吗？"唐明轩放下水杯，"在苏绣坊这件事儿上……也是要谢谢你，这件事不遗余力想要帮我们促成。"

唐明轩今天是怎么了？居然一直在肯定莫菲，搞得莫菲都有点不好意思了："也不用谢啦，其实也不完全是为了你……有一部分原因，也是为了'颂唐'。"

唐明轩不解地看她，莫菲笑说："我在上学的时候写过一次关于'颂唐'品牌研究的论文，所以查了很多的数据，'颂唐'起初的设计风格是很有前瞻性的，我特别喜欢，就是这几年的设计不尽如人意，但我想，你也一定是因为知道这个问题，才想到要收购我师父的绣坊来扭转局面的吧？"

唐明轩看着莫菲，没有否认。

莫菲笑了："任何艺术领域的创作者，我认为本质是相通的。原创都是基于自己本民族的文化，就像做西装，我们永远超越不了欧美，而做旗袍，他们也永远做不出我们东方的韵味。所以想要中国服装立于世界之林，必须得保有本民族自己的文化特点，这样才能走得更远。我认为'颂唐'可以的。"

两人突然默契得没有说话，房里的气氛安静下来。莫菲抬头看了唐明轩一眼，好像听到了自己的心跳声。

就这样静默了几秒钟，莫菲突然没头没脑地说了一句："我最近在熊英老师的工作室兼职。"

话刚冲出口，莫菲就后悔了！她这是在干什么！唐明轩又没问她，她自己讲这么多干吗！

莫菲懊恼的恨不得咬舌头了，唐明轩的反应倒是淡淡的："你们在忙熊英开个展的事儿？"

"你怎么知道？这次个展没想做得很大，请的都是一些业内人士。"要不是莫菲去做兼职，她也不会知道。

莫菲如此惊讶，唐明轩却觉得很好笑："我是明远老总，在这个行业也是顶端……你觉得我还不够业内吗？虽然我不一定会去，但熊英一定会请我的啊!"

"……"行吧,总裁大人样样优秀,自恋起来也是无人能及。

熊英的个展在五天后,莫菲负责后场的协调和管理,所以她提早三天就在会场帮忙。在邀请名单中她果然看到了唐明轩的名字,而他的回复显示为"待定"。

想起唐明轩在她家中说的话,或许那并不是自恋。莫菲忍不住撇了撇嘴,低声说了句:"可真是神气呢!"

说是个展,但这里更像是一个小型的私人聚会。据说地方是方笑愚帮着选的,熊英对此非常满意。香槟,美食,华服,精英,这里一应俱全。人们吃着喝着,好不热闹。

但这些都和莫菲没有关系,她一直待在后台就没出来过。小小的后场挤满了身材高挑、姿态迷人的模特们,她们周围被服装助理、化妆师、造型师们包围着,忙而不乱。

在所有模特中,白小曼最为高调。别人忙得不可开交时,她大声地嚷嚷着:"你们到底会不会弄?还要搞多久啊?"

如果说白小曼有什么擅长的技能,除了走秀就是哗众取宠了。

白小曼在圈子里,是出了名的难对付。大家都不喜欢她,所以也没人来给她穿衣服。听到她的话也当作没听见,大家继续自己忙自己的。莫菲见这刺儿头又要闹事儿,只好亲自走了过去。

看莫菲过来,服装助理无比感激。服装助理年纪不大,小声解释说:"莫菲姐,她这个……"

"没事儿。"莫菲笑说,"我来吧!你先去那边忙。"

服装助理像是得到了恩赐,立马跑开了。白小曼轻蔑地看了她一眼,冷哼一声。

莫菲拉拉脖子上挂着的卷尺,无可奈何地叹了口气:"白小曼,你想找我的麻烦，也要有限度……这里不是我的秀场，你要是搞砸了，咱们两个都不好过。"

白小曼也是振振有词："我没有找麻烦，我是需要有服装助理给我穿衣服……你要是不愿意，可以叫别人来啊！"

"你以为我主动过来，是因为我喜欢你吗？"

现场秀导拿着对讲机过来催了："后台都好了没？最后半个钟头啦！"

白小曼抱着肩膀，一副不肯配合的样子："那天……莫菲，你很得意吧？有男人给你撑腰，你就觉得能打败我了？"

"你在说什么啊？"

"你说我在说什么？"白小曼这几天就憋着火儿呢，"慈善夜……是你哄着方笑愚带你进去的吧？为了把我挤下去，你也是煞费苦心啊！你真行，先是拉拢了方总监，然后又勾搭上唐总。"

莫菲气恼地离开："懒得理你！"

白小曼抓着莫菲的胳膊，把她拉了回来。她们两个人闹出了不小的动静，现场秀导问："莫菲？有问题吗？"

莫菲摆摆手，现场秀导继续忙去了。深深吸了口气，莫菲转头看她："你还有完没完了？"

白小曼眯起眼睛，她的眸子里恨意满满："是你先挑起来的！不说别的，就你陷害我被开除的事儿，我也会和你没完的……莫菲，你是觉得我家里没钱没势，就比较好欺负吗？"

"我为什么要和你说这些？"白小曼真的是越来越不可理喻了，"要是想吵架去菜市场啊，来什么秀场！"

莫菲再次转身要走，白小曼故意开口说："莫助理，你去哪儿？你不准备帮我换衣服吗？这都要开场了……"

周围的模特设计师纷纷回头，莫菲没有办法，只好再回来："白大小姐，你到底是换还是不换？"

白小曼满脸不屑："莫菲，你别以为你赢了……你陷害我的事情，我会一件一件跟你算清楚。还有，你不知道吧？方总监和唐总，他们两个人水火不容。你在他们之间脚踩两只船，小心翻船！"

"你神经病！"

莫菲拿起衣服帮白小曼换上，现场秀导拿着对讲机对众人喊着："各部门，注意，还有最后的十五分钟，模特们按照出场顺序候场，大家做一下最后的检查。"

"啊！"

白小曼突然叫了一声，吓了莫菲一跳。等莫菲看清楚白小曼又在发什么神经时，她脑子里"嗡"的一声！

是莫菲看错了，还是……白小曼的衣服上真的被剪刀戳出一个口子来？

众人都向白小曼看去，只见她身边的小助理手里拿着剪刀傻站着，不知所措地结巴说："我其实……我想剪个线头的……我没想到小曼姐会突然转身……"

白小曼看热闹不嫌事儿大："哎呀呀，我都提醒过你了，你怎么还这么不小心！居然把衣服弄坏了……潘老师？潘老师呢？"

小助理哪里会处理这种事情？她吓得哭了起来，现场秀导跑了过去："怎么搞的！这衣服坏成这样……你干什么吃的！"

小助理哭得发抖："我没有……我不知道啊……莫菲姐！"

莫菲看了看划破的裙子，又看向白小曼。白小曼勾唇偷笑，像是在和莫菲示威。

"莫菲姐对不起！我不是故意的……对不起……"

见小助理哭得可怜，莫菲才觉得对不起。要不是因为她，白小曼也不会故意找碴。

"没关系。"莫菲安慰说,"离白小曼上场还有一段时间,我来补。"

"来不及了呀!马上就开始了!"

莫菲镇定地挽起袖子:"我说来得及就来得及!"

对于莫菲的说法,众人都表示不赞同。这么大一个口子,她就算缝上也不会好看啊!

白小曼冷笑着俯视莫菲,这一局她赢了。

正在白小曼得意时,人群后方传来方笑愚的声音:"让她弄吧!不然也没别的办法了,不是吗?"

众人再次转头望向门口,只见方笑愚大步走进场内,经过一桌前,伸手拎起放在桌上的工具箱,他将工具箱递给莫菲。

周围的人一阵低呼。

"是凯曼的方总监呀!"

"方总监居然来秀场了!他好久没出作品了,我以为他还在国外呢!"

见方笑愚来,白小曼立马换了一张笑脸:"方总监,我……"

莫菲冲方笑愚感激地点了下头,马上投入到修补工作中。白小曼胡乱地扯着裙子要脱下来,莫菲立刻喝止:"你别动!不然把你和裙子缝在一起,你可别再怪我了。"

白小曼怕莫菲报复,也不再动了。

莫菲镇定自若地从工具里挑出 Lueville 钩针,观察了一下裙面刺绣图案,然后将破损处套上绣绷,裙子正面朝下,一双巧手在面料上一边透过钩针走线,一边用手指感觉图案与线条走向,几乎没时间用眼睛判断。她的眼神专注,动作熟练。众人看得眼花缭乱,全都屏住了呼吸。

一会工夫,莫菲收线,抬起头,将面料的正面翻过来,完好无损的绣片展现在大家的面前。莫菲长舒一口气,笑了笑。

周围人欢呼雀跃地鼓起掌，白小曼站在原地，脸色难看。

方笑愚捕捉到了白小曼的这一神情，皱眉望向她。莫菲把工具箱递了过来，方笑愚欣赏地说："表现不错啊！"

"谢谢您，方总监。"莫菲擦擦额头上的汗，她紧张得胃都有点疼了。看都没看白小曼那个神经病，就去别的地方帮忙了。

方笑愚走上前去，看了眼莫菲修补的部分，白小曼嗲声嗲气地说："方总监，上次你答应要带我去慈善晚宴的，怎么最后带莫菲去了呢？方总监，你真让我好伤心啊！"

"白小曼。"方笑愚笑得柔情似水，温和地说，"要是你等下在场上摔倒了，你砸得就是自己的饭碗，而不是莫菲的了……你那么聪明，应该理解我的意思吧？"

"方总监，我不是……"

"帮我告诉熊英一声。"方笑愚叫来助手李琦，说，"这件衣服我要了，你给我仔细包好带回去，要是有一个褶皱，我不会放过你的。"

说完方笑愚也走了，白小曼用力咬紧唇，气得身子发抖。

秀场是在一家画廊里举办的，莫菲从后台出来后，就去了画廊旁边的地方透气。绕着昏暗的画廊走了小半圈，她才注意到门口处还站着一个人。

莫菲看那人影有些眼熟，走过去看了看，竟然是唐明轩。

唐明轩站在那里看画，他的神情十分专注。莫菲没好意思去打扰他，她转身想要回去。

听到走廊里有脚步声，唐明轩回头看了看她。莫菲呵呵笑了一声，问："你不是说不一定会来吗？"

唐明轩撇撇嘴："恰巧有时间而已。"

莫菲又问："那你为什么还不进去？好像快要开始了。"

"我不喜欢人多的地方。"

空旷的长廊让唐明轩的声音带了淡淡的回音，听起来有些不近人情，莫菲小声说："那你还来秀场看秀？秀场不就是看人的吗？"

唐明轩的理由很简单："为了工作。"

莫菲叹气："看样子，你并不喜欢自己的工作。"

"工作而已，没什么喜欢不喜欢的。"

莫菲走到唐明轩身边，她跟着唐明轩一起看画："那我跟你不一样……我非常热爱我的工作！"

唐明轩低头看了看莫菲，他并不能理解莫菲的这种情感："李师父给我打过电话了。她和你说了吧？"

"嗯，她想让我替她去明远看看。了解一下你们的公司，看看是不是徒有其表！"

徒有其表这个词儿用的……

唐明轩问："你不想来？"

"怎么会想去嘛！"说起这个，莫菲就一肚子的火气，"之前我去你们明远，一次比一次惨……我再去的话，他们会给我赶出来吧？"

唐明轩唇角牵起，似笑非笑："你不要指望我会抽时间带你了解明远，我比较忙，时间只能……"

莫菲不服气地说："我也很忙啊！而且，我也没指望你。"

唐明轩有些不悦地转头看向莫菲。

"你怎么了？"莫菲问。

唐明轩很快恢复了心平气和，他淡淡地说："没什么，就是不能接受你对自己工作的态度。"

"我工作态度怎么了？"

唐明轩不知道在生谁的气，在生什么气："你是李师傅的徒弟，她不能来，你就应该替她了解明远！而我，是最了解明远的，你不指望我，就是对委托你的李师傅不负责任！"

哦，莫菲听出来了。唐明轩话说来说去表达的都是一个意思，那就是他不被重视了。

虽然唐明轩在生气，可莫菲还是忍不住觉得好笑："不是你自己说的不让我指望你，因为你很忙吗？"

是，唐明轩是这么说的没错，但是……

唐明轩不再理她，转身走了。莫菲进退不得，摸不着头脑："唐总，那你到底忙是不忙啊，不给个准信儿吗？"

回答莫菲的只有走廊里淡淡的回音。

秀场助理们在催了，莫菲也不好意思继续留在这儿偷懒。后台的事儿忙得差不多了，她跑去前面帮忙。其实走秀到这里已经差不多完事儿了，莫菲做的都是一些接待小姐的活儿。帮着看秀的嘉宾解决一下疑难问题，多数都是在问厕所怎么走的。

莫菲弯着腰在秀场内穿梭，她走得腰都疼了。突然旁边伸出一只手拉了她一把，莫菲跌坐在了椅子上。

"哎？方总监？"

灯光一晃，莫菲才看清楚这人是方笑愚。方笑愚正笑盈盈地看着她，说："上次说要请我吃大餐的，忘了吗？择日不如撞日，就现在吧！"

在这两次活动上，方笑愚都帮了莫菲不少的忙。按理说，莫菲是该请他吃一顿饭的。但是，因为方笑愚，白小曼也找了莫菲不少的麻烦。那个丧心病狂的女人刚才把走秀的衣服都给剪破了，谁知道下次她准备剪谁呢？

莫菲笑着推脱："可是现在……我还在工作呀！"

"就算是工作，你也该有点危机意识。"方笑愚说着笑着，语气却突然变了，"那个，不是什么好人。"

莫菲顺着方笑愚手指的方向看去，正好看到了不远处坐着的唐明轩。唐明轩恰巧也抬头看向了这边，他和莫菲四目相对。

方总监和唐总，他们两个人是水火不容……白小曼刚才说过的话忽然间在耳边响起。

唐明轩看到莫菲和方笑愚坐在一起，他的眉头皱紧。几乎是立刻，他站起身走了过来，坐在了莫菲的另一边。

好家伙，莫菲就像是夹心饼干似的，直接被夹在了中间。

"我看你们聊得正高兴。"唐明轩面无表情地问，"在聊什么呢?"

唐明轩是在问莫菲，方笑愚却抢答了："我在教莫菲，要擦亮眼睛学会看人。不然的话，很容易变得一无所依。别看有些人穿的人模狗样儿的，实际上不是什么好人。"

方笑愚笑着把话说完，可气氛已经变得剑拔弩张。莫菲绞尽脑汁想把话题岔开，却完全想不出来该说点什么好。

而唐明轩也并不想把话岔开，他冷冷地说："我不是什么好人……至少不会像你这样恬不知耻地跑来拉人家女同志的手。"

方笑愚笑："还女同志，什么年代了，说话还和老头子一样。"

"什么年代的礼义廉耻都是一样的。"

"是吗? 那要我把你之前做过的事情一说吗? 让大家好好了解一下，唐明轩总经理的礼义廉耻?"

呃，是莫菲理解错了，还是他们真的要打起来了?

唐明轩忍着怒气盯着方笑愚，冷笑着说："你我的事儿，能不能不要牵连到其他人? 有什么事儿冲着我来，我奉陪到底!"

每次激怒唐明轩，方笑愚都笑得无比开怀："唐总，你在说什么? 我怎么听不懂……我来找莫菲说话，和你有什么关系?"

"有什么关系你心知肚明。"

方笑愚哈哈一笑："唐总这是紧张了？真是少见……你是做了亏心事儿怕人知道，还是藏了什么心思怕人明白？"

方笑愚意有所指地看向莫菲，唐明轩气得黑脸。只有莫菲还没搞清楚发生了什么，她弱弱地问了一句："你们在吵什么啊？"

潘素助理跑了出来，说："莫菲你怎么还坐在这里？我们得去帮忙了！"

感谢老天！感恩工作！莫菲从没哪一刻如此地热爱过工作！

"好好好！"莫菲笑着跑开，"我这就去！"

唐明轩和方笑愚难得默契得一起出手去拉她，莫菲连站都没站稳，又坐回到了椅子上。

方笑愚先松了手，唐明轩还是抓着她没有放。会场的音乐响起，唐明轩望向莫菲的眼睛："留下来陪我吧！"

唐明轩的目光温柔，里面是明显地挽留。不经意间，莫菲从他的神态中感觉到了一丝丝不同以往的东西……那是什么呢？

一时间莫菲没想明白，可她不忍心去拒绝唐明轩。唐明轩对着她笑了一下，说："我需要讲解。"

哦，原来是因为这个才让我陪他的啊！

莫菲有一丝丝地失望："可我还要盯场……"

"坐在这儿……"唐明轩说，"散场给你劳务费。"

莫菲和助理简单说了几句，便留了下来。唐明轩和方笑愚分坐在莫菲两侧，莫菲夹在中间，尴尬万分。

有生之年，莫菲看了最最煎熬的一场秀。

晚上莫菲回家，人已经累得筋疲力尽。好信儿的沈佳希知道秀场发生了事故，拎着小龙虾来找她问八卦。

"方总监和唐总水火不容?"吃得满嘴辣油的沈佳希不解地问,"为什么呀?这到底是为什么呀?这么些年明远的走秀用得不都是凯曼的模特吗?他们两个的关系应该还好吧?"

莫菲盘腿坐在地上,她拿了纸巾递给沈佳希:"那我就不清楚了啊!白小曼是那样说的,而且我在现场看了,他们两个的关系确实是不太好……哎呀,算了,算了,不说他们了。这一晚上夹在他们中间,我浑身上下就没自在过。"

"好吧,那我们说点别的。"沈佳希擦了擦嘴,问,"电视台那个中国风的设计大赛你参加了吗?"

"啥赛?"莫菲对这些都不太懂,"干吗的?"

沈佳希无奈地叹气:"你啊,什么都好,就是有一点不好,学习都学傻了,太脱离人民群众……这个是服装界的大佬们联手举办的活动,为了选拔业内优秀的青年设计师。等我们参加活动后取得了名次,就能……"

"等等,等等。"莫菲实在是不忍心打断沈佳希的热情,"什么叫我们啊?我没有去报名啊!"

"你是没有,但是我有。"沈佳希郑重其事地找出来电子邮件,"当当当!我给我们两个都报上名了!电视台今天给我来通知,说我们都被录取了!"

"我哪有时间啊!"莫菲最近在忙明远和绣坊的事情,她还想好好研究下去法国留学的材料,"佳希,我要不就不去了吧?我……"

"哎呀,时间挤挤就有了嘛!"

"你不说我都忘了,我还得给我师父回电话呢!"

莫菲在纸巾上随便蹭了蹭掌心的油,翘着干净的手指去勾手机。沈佳希看她拿得费力,用胳膊帮她撞了一下。

沈佳希劝说道:"莫菲,你不能总是这么硬拼,你需要转换一下思路……把握现有的机会呀!"

莫菲的视线从手机上移开,说:"沈佳希同学,你现在笑得非常奸诈,我有充分的理由怀疑,你说的不是什么好话。"

沈佳希坏笑:"我是提醒你,明远呀!唐总呀!这就是你的机会呀!你看啊,我给你分析,你师父现在让你处理明远的事情吧?"

"啊!"

沈佳希:"那你每天有很多时间和唐总接触吧?"

"啊!"

沈佳希恨铁不成钢地说:"所以你要充分利用起来,你说你师父都帮你到这儿了,你怎么还不开窍呢?你要是努努力,加把劲,把唐总给拿下了。你成了明远的老板娘,是不是我也能……"

莫菲拿纸巾打沈佳希。

沈佳希委屈:"打我干吗呀你?"

莫菲一边拨通李师傅的电话,一边对着沈佳希舞拳头。

莫菲佯装生气地说:"我打你……是我要给你打开窍!一天天的,少做那些花痴梦!不切实际!"

电话被接通,莫菲没有办法举着电话,只好开免提。

"喂?莫菲?"

莫菲对沈佳希比画了下噤声。

莫菲笑说:"喂,师父……我把和唐总聊得细节都总结发你微信了,你看到了吧?"

"是,我看到了。"

"师父你觉得怎么样?"

"我觉得还不错。"

"那我们接下来……"

"接下来，我们可以走合同的流程了吧！"

莫菲和沈佳希对视一眼，两个人兴奋地笑成一团。莫菲挂断电话，迫不及待地要去打开直播间。这种好消息，她等不及要和h分享！

"哎哎哎！"沈佳希奇怪，"莫菲，你在干什么啊？"

"我？"莫菲的动作流畅，"我准备去告诉h一声，那个h你知道吧？就是我和你说的……"

沈佳希知道h，她是不明白莫菲在干吗："你师父不是说和明远的合作没问题了吗？像这种天大的好消息，你难道不应该先去告诉唐总吗？"

"一样的，一样的。"莫菲不觉得这有什么区别，"我先告诉h，然后再告诉唐总，不是一样的嘛？也没差很久啊！"

听起来莫菲说的话没有毛病，可沈佳希却感觉她的态度极其微妙："不不不，你先等一下，我们顺顺这话的逻辑……你想啊，这么重要的事儿，你不先和唐总说，而是先告诉h。是不是说明在你心里，h比唐总重要？"

"那是当然啊！h是我的朋友，我认识他比唐明轩久。"所以h在他心里，一定是比唐明轩更重要的啊！

沈佳希觉得这就是问题所在了："不对啊！这是不对的啊！你和h从来没有见过，你连他是男是女是老是少你都不知道！他怎么可能比唐总要重要呢？"

"是，确实是这样。"莫菲并不否认沈佳希说的这些，"可是我了解他，我知道他喜欢什么不喜欢什么，我知道他的失眠和无助，我知道他……"

"停停停。"沈佳希急忙打断她，"你说的这些，不都是他告诉你的吗？你怎么知道他说的都是真的？你怎么确定他有没有对你撒谎呢？"

莫菲眨眨眼："他为什么对我撒谎啊？"

有很多人像沈佳希这样，他们对互联网充满了警惕。他们太过相信眼见为实，便将互联网上的情感都认定为虚无缥缈的。看不见摸不着，所以就不可信。他们的逻辑简单又粗暴，你想你亲眼所见的事情都有可能会骗你，更何况是你看不见摸不着的？

或许是莫菲天性乐观，她并不这样去想。她的想法美好，始终认为别人没有骗她的必要。她一不是绝世美女，二不是有矿富婆，骗子也该有点追求，骗她这样的干吗呢？

"你看你傻了吧？pua懂不懂？杀猪盘知不知道？"沈佳希连连叹气，"你啊，没事儿的时候别光学习了，也学学法制新闻。有多少像你这样无知的少女被欺骗？骗子不骗你，都属于对本职工作的不尊重！"

沈佳希说得言之凿凿，直接将h打成了骗子。说什么都不让莫菲和h再接触，甚至连莫菲的电台都给删除了。

"你听我的，你这段时间就不要上线了。"沈佳希一边收拾桌上的龙虾壳儿，一边说，"你几天不理他，他就去找别人去了。不信的话，你看吧！快快快，你先把消息发给唐总。"

被沈佳希说的，莫菲也有点将信将疑。虽然她相信h不是坏人，但也不得不承认h确实是有些奇怪。不然的话他为什么用个那么奇怪的头像和名字？说话经常也古里古怪的。

莫菲给唐明轩发了短信，过了能有一个小时唐明轩才给她回了消息。还是那个教育人的口吻，让莫菲明天来明远一趟。

"哎！"莫菲轻轻叹息，她对桌上的小王子玩偶说，"和h比起来，明明唐总更不像是好人啊！"

小王子的玻璃眼睛里映出莫菲的影子，美丽又哀愁。

这次再回明远，莫菲终于扬眉吐气了。保安们以为她又是来闹事儿的，说什么都不让她进去。

"不让我进去是吧?"莫菲掏出手机,当着他们的面儿拨通了电话,"喂,我现在就在楼下,你来接我吧!什么?你让杨光来?不行不行,我就要你来。"

莫菲之前来明远,什么古灵精怪的办法都用过了。所以现在她说什么,大家都不会信。保安不放她进去,莫菲也不着急。她笑盈盈地站在门口,一副成竹在胸的模样。来回巡逻的保安时不时地看她一眼,怕她捣乱。

过了不到五分钟,穿着一身黑西装的唐明轩从电梯里下来了!

"唐总好!"

大厅里的问好声响成了一片,唐明轩面无表情地从人群中走过。直到莫菲面前他才停下,开口时的语气依然冷淡:"在这里耽误时间干什么?和我上去吧!"

因为唐明轩的这句话,在场的所有人都惊掉了下巴。

有唐总亲自来迎接,莫菲当仁不让地走在前面。唐明轩看她大摇大摆地走进明远,就像一只神气活现的小狐狸。

他这个大老虎,今天算是给足了她的面子。

电梯门一关上,封闭的空间内又只有他们两个了。莫菲乖巧地站在一旁,唐明轩看她有点想笑:"就那么怕我们明远的保安吗?"

"谁怕了?"莫菲底气不太足地说,"我这不是……不想打扰你们的正常工作嘛!"

唐明轩唇角勾起的弧度更大,他说:"你这样大张旗鼓地把集团掌舵者叫下来,难道不会更影响明远的正常工作吗?"

"我是,就那个吧……"莫菲说不过他,只好说,"你不就非逼我承认嘛,没错,我是很怕你们这儿的保安……上次来闹成这样,他们肯定不会再相信我的话了啊!只有你,明远集团的掌舵者,唐明轩总经理亲自来接我，他们才会放行啊！以后我来，他们也不会难为我的。"

"你就那么怕见不到我?"

嗯……这么说似乎是不太准确?

"那是当然啊!"千穿万穿，马屁不穿，"我要是见不到唐总，以后的工作都没办法进展了。绣娘的儿子们，不是吃不上鸡腿儿了?"

唐明轩赞同地点点头:"所以说，我对你而言非常的重要?"

"嗯……可以这么说?"

唐明轩咧嘴笑了。

再次回到唐明轩的办公室，气氛和感觉完全不一样了。唐明轩还有些事情要去忙，带莫菲进来后他先去处理文件了。莫菲坐在一旁十几万的沙发上等着，时不时有助理小姐殷勤地来给她端茶倒水送吃的。莫菲开心得不得了，她打开手机想要跟h分享。

打开手机后才想起来，昨天晚上沈佳希将她的电台给删掉了。

哎，莫菲叹了口气，自己好像确实对h太上心了些。平时芝麻大点的事儿都记着和他说，不知不觉间已经养成了习惯。现在忽然不知道去哪里找他，心里反而有些空落落的。

他会是谁呢?他会在哪儿呢?

莫菲抬头看看办公桌前认真工作的唐明轩，心想，h对唐明轩好像还挺感兴趣的，动不动就会问上几句……会不会他真像沈佳希说的那样，就是一个骗子?他盯上的不是莫菲，而是唐明轩?

莫菲又仔细地看了看唐明轩，此时他已经脱掉了西装外套，只穿了一件白色的竖纹衬衫。袖口挽在了小臂上，模样专注。

看看这脸蛋儿，这身材，这气质，这一身的名牌儿……比起来，骗唐明轩明显比骗莫菲诱惑更大一点啊!

莫菲盯着唐明轩看了好半天，她想得入神。唐明轩抬头时就见莫菲眼神"火辣"地望着自己,楚楚可怜,又充满"爱意"。

忽然间,唐明轩感觉手里的工作变得索然无味。他放下了手里的钢笔,看了看窗外……天已经黑了。

"莫菲。"唐明轩叫她,"我们去吃饭吧?"

唐明轩突然开口,莫菲吓了一跳:"啊?你要吃饭了吗?那我先告辞了,我……"

"你这就走了么?"唐明轩问她,"绣坊的事儿你不管了?"

哦,对哦,光顾着瞎想了,正事儿还没干呢!

"我看你也挺忙的。"莫菲起身告辞了,"要不我明天再……"

唐明轩跟着莫菲一起起身,他拿过自己搭在一边的西服:"你想吃什么?西餐吗?"

"西餐啊……"

"不喜欢?"唐明轩又问,"那日料呢?"

"日料吧……"

唐明轩停下:"那你想吃什么?"

莫菲笑了笑:"我想吃的,你未必喜欢啊!"

"喜不喜欢,总要试试看才知道。"唐明轩看向她。

"那,这是你说的!"莫菲的眼睛一转,心里冒出一个鬼点子来,"唐总您一诺千金,可不能后悔的。"

唐明轩姿态傲慢地整理一下领口,说:"我从不后悔。"

在这话说完的半个小时后,唐明轩就后悔了。

明远旁边有一条小巷子,里面有各种各样的好吃的。莫菲带着唐明轩来了一家铜锅涮肉,晚饭时间,饭店生意火爆。有来点餐吃饭的,也有来订外卖的。穿着西装的唐明轩走在其中,看起来有些格格不入。他频频皱眉,闪躲着避开来往的人。

莫菲快步走到里面，找到一张空座椅坐下，招手叫唐明轩。

"哎！"莫菲叫他，"这里空着！"

"啊？"唐明轩站在原地迟迟没有动。

"进来啊！"莫菲以为他没听清楚，又喊了一遍，"这家特别好吃，等会儿人还要多呢！您好服务员，我们这边点菜！"

服务员走过来。

莫菲指着餐单："这个这个这个还有这个……还要两瓶可乐！够了！"

"好嘞！可乐在那边自取！我去给您上菜！"

唐明轩扭扭捏捏地走了过来，他小心地闪避着不去碰店内的东西，也不让其他人碰到自己。走到餐桌前看了看油腻腻的桌子，他迟疑了一下，扯了十几张的餐巾纸将椅子垫好。

在莫菲的印象里，无论何时何地，唐明轩都是从容不迫的。即便他内心中并不是完全的从容不迫，也表现得从容不迫。可是今天，现在，他就跟迷途的小鹿一般。任何响动都能引起他的惊慌，让他显得一惊一乍的。

莫菲想笑又不能笑，她憋的肋骨有点疼。起身去冰箱里拿玻璃瓶的可乐，用开瓶器将可乐打开后，她拿起来要喝。

唐明轩急忙忙拍了下她的手背，莫菲疼得停了下来。

"你干吗啊？"莫菲推了一瓶饮料过去，"你的在这儿呢！"

唐明轩嫌弃地说："小心大肠杆菌。"

"哈？"

唐明轩从旁边的篮子里拿过吸管，他将吸管插在了莫菲的可乐瓶里："虽然也不太干净……总比你直接接触的好。"

"……"

行吧，莫菲安慰自己。人家是总裁，肯定会比较重视仪式感。用吸管就用吸管，也没什么不好。

　　莫菲正想着，服务员已经端着铜锅过来了。闻着汤料的香味，莫菲才发现自己还挺饿的。眼巴巴地等着锅里的肉烧开，莫菲撕开筷子包装就要去吃。唐明轩瞪的眼睛都大了一倍，他抢过莫菲手里的筷子。

　　"不是，又干吗啊！"莫菲饿得叫唤，"这肉都开了！啥菌都被杀死了啊！"

　　唐明轩并不答话，他把两双筷子放在了一起。用桌上的开水重新烫了烫筷子，唐明轩认真地刷洗着饭碗。

　　莫菲刚想要笑话他两句，但见唐明轩的动作细致又认真，她就没说什么。等唐明轩烫好碗筷后，把餐具递了过来。莫菲接过筷子，感觉到上面暖暖的温度，她有些分不清是因为水还是因为唐明轩。

　　"不是饿了么？"唐明轩问她，"怎么不吃？"

　　看唐明轩吃饭的举止得体，莫菲不自觉地坐正了些身子。感觉出莫菲的不自在，唐明轩淡淡地开口说："我妈妈，她是个非常在意规矩的人。"

　　唐明轩话说得简单，可莫菲却能想象出其中的艰辛。一个人要想养成这样的习惯，肯定不是三天五天能够办到的。而要是长时间生活在这样的环境里，人不会崩溃吗？

　　莫菲才经历了十几分钟，对她来讲就像是噩梦一样了，那唐明轩呢？

　　内心中柔软的部分被触碰到，莫菲不禁对唐明轩多了些同情。心甘情愿地将锅里最大的肉夹给了唐明轩，她柔声问："学规矩很苦吧？"

　　唐明轩倒是没想那么多："天天如此，习惯了。"

　　"和你比起来，我小时候要自由多了。没什么规矩，想玩什么玩什么，就是我和我妈妈去工作的时候，容易……"莫菲试着开导唐明轩几句，但她的话听起来很像是在炫耀，"算了，算了，我们不说了！我们吃饭吧！你还想吃什么？随便点，今天我请客！"

　　在火锅店朦胧的水汽中，莫菲的笑容甜甜。唐明轩尝了口她刚夹给自己的肉，确实很好吃。

好像，也是甜的。

在所有食物里，火锅是最能迅速拉近人与人之间距离的了。一顿饭的工夫，莫菲就觉得自己和唐明轩亲近了不少。吃过饭后唐明轩说要开车送她，莫菲都没有反对。

短暂的了解后，唐明轩从一个高高在上的冷酷总裁，在莫菲心里瞬间变成了一个童年悲惨，生活无趣的可怜人。就像h说的那样，失眠的夜晚如此痛苦，唐明轩是不是也会如此呢？

莫菲想了想，唐明轩这个人除了不太好接近以外，其实也不算坏。哎，以后自己还是对他和气点吧，毕竟他也不容易。

走去停车场的路上，莫菲想好了，她要把自己的电台推荐给唐明轩听。h说听她讲故事能够睡着，也许这对唐明轩也有效果？

哎，救人一命胜造七级浮屠嘛！莫菲自满地笑了笑，自己可真是个好人儿啊！

莫菲的推荐计划在到了停车场后彻底破裂了，唐明轩带她到了一辆兰博基尼前让她上车，莫菲愣了一下："你的车不是黑色的吗？"奔驰？大G？是不是这个？

"那个车牌今天限行。"唐明轩体贴地问，"你是不是喜欢黑色的车？我那边还有一辆法拉利，我去……"

"不用不用！"莫菲震惊地看着停车场停的花花绿绿的豪车，干笑着问，"这里的车……该不会都是你的吧？"

"那倒不是。"唐明轩回答的谦虚，"不过这个停车场是我的。"

"……"

总裁大人！你知道这里的房价有多贵么！就算把这里的豪车都卖掉，也不值一个停车场的钱啊！

　　虽然莫菲有想过唐明轩很有钱，可没想到他能这么有钱。早知如此，刚才那顿饭就应该让唐明轩请了。千八百块在他那里，估计连零钱都算不上吧？

　　哎，莫菲决定了，她以后绝对不会瞎同情别人。与其心疼唐明轩，她不如心疼心疼自己的余额呢！

　　吃过了火锅，莫菲满身的火锅味儿。她回家就洗了澡，湿漉漉的头发顶在脑顶，走起路来显得摇摇晃晃。从冰箱里拿出一听可乐，她瘫倒在沙发里，喝了一口。拿着饮料罐罐晃了一下，莫菲自言自语地说："那么个大男人，喝个可乐居然还用吸管……"

　　莫凡贱兮兮地凑了过来，小声地问："姐，你是在说哪个男人呀？今天开玛莎拉蒂送你回来的那个呀？"

　　莫菲没有回神，她顺着莫凡的话往下说："还能是谁？不就是那个……你找死啊？来套我的话！"

　　莫菲扯下湿漉漉的毛巾，顺手就往莫凡身上打。莫凡被打得怪叫，不停地闪躲："姐！别打别打！我错了……我好奇嘛！"

　　弟弟莫凡完美地继承了妈妈的优良基因，他就是天生的衣服架子，身高足足有一米九。肩宽手长，皮肤白皙。一双中国古典的丹凤眼，笑起来活泼又俏皮。

　　姐弟两个站在一起，莫凡能比莫菲高出一个脑袋。可即便是身高上占尽了优势，莫凡在莫菲面前还像个长不大的小孩儿。被莫菲打得嗷嗷乱叫，不停地求饶。

　　莫菲气急败坏地说："平时你看着没心没肺的！这时候你又多心了？警告你啊，你别胡说！谁送我回家了？我那是……那就是个路人！"

　　"姐，我是你亲弟弟，我你就不用骗了吧？"莫凡抱着脑袋坐到沙发上，笑说，"我都听佳希姐姐说过了，现在和你一起工作的唐总，他对你有点意思吧?"

"我都和你还有沈佳希说过很多次了!"莫菲强调了语气,不苟言笑地说,"我和唐总,完全是工作上的交集!根本不是你们想的那样!"

莫凡不相信地看着莫菲,莫菲的话说不下去了。为了转移火力,莫菲问他:"哎,你问我,我还没问你呢!你今天晚上和一个女孩子一起回来的吧?她是谁啊?"

今天回来的时候也是巧了,莫菲下车的时候正好和莫凡碰到了。唐明轩有事儿先回公司去了,莫凡没能看到唐总的"庐山真面目",可莫菲却看得清清楚楚!莫凡身边跟着一个梳短发的女孩子,说起话来有些聒噪,但十分的可爱。她和莫凡一样都是丹凤眼,两个人还挺有夫妻相。

"啊,我俩很单纯啊!我俩就是单纯的同事关系!"莫凡回答地坦然。

莫菲辩驳说:"那你凭什么觉得我俩不能是单纯的同事关系啊?"

"你俩单纯的话……你现在脸红什么啊?"

莫凡坏笑着看向莫菲,莫菲又要拿毛巾抽他。莫凡随手拿起旁边桌上放着的小镜子,照向莫菲生气的脸。

莫菲一把揪住莫凡的耳朵,莫凡吃痛地大喊:"姐,你轻点轻点……你要是给我揪成招风耳!我该不上镜了!"

躲闪开莫菲的揪打,莫凡赶紧跑了。

莫菲坐到书桌前,她打开音响放了一首法文歌《Feuille h' automne》。她轻轻地跟着哼,时不时轻笑几声。

此时此刻,莫菲的心情很好。她也说不上为什么,就是心情很好。她想找人分享一下,哪怕什么都不说,就是一起听听歌也行。

自然而然的,莫菲想到了h。

没有坚持一天,她又把电台给下回来了。翻开速写本找出账号和密码,莫菲登录上去。

　　h还没上线，莫菲也没着急。她一边听歌一边画画，过了一会儿手机的提示音响起，她凑过去看了一眼，是h。

　　h：感觉你今天心情很好。

　　"是啊，今天心情确实不错啊！"莫菲笑说，"有一件担心了许久的事情，终于被解决了。"

　　h：除此之外呢？

　　莫菲惊讶："以你的性格，你居然没问我担心的事情是什么！"

　　h：苏绣坊的事儿？

　　"聪明！就是苏绣坊的事儿解决了！"果然，还是h最了解她。

　　h：你脑子里除了苏绣，也没有别的东西了。

　　"才不是！"

　　h：那你说说？还有什么？

　　莫菲突然想起了唐明轩，她结巴了一下。

　　脸好像又有点红了："秘密！"

　　h：我今天也很开心，你要听听我的秘密吗？

　　莫菲意外："好啊！"

　　h：Je ne compte plus les heures，Berc é e jusqu'aux aurores，Il fait moins froih hehors。

　　这个是……莫菲很惊喜："你居然会法语！"

　　h：我会的东西很多。

　　想去法国留学的莫菲自学了一段时间的法文，她拿出字典，开始对照屏幕查单词："这个意思是……"

　　h发了个流汗的表情：你不懂这首歌唱的是什么意思吗？

　　莫菲嘿嘿一笑："我没和你说过吧？我大学毕业后，想去法国学习一下服装设计。虽然不一定能成，但我还是学了些法语。我的法语刚学了日常用语，歌词的话……比较文学性的翻译还是有点儿困难。"

h：为什么不一定能成。

"法语多难学呀！"莫菲叹气，"你学过法语你知道的呀！那和我们是完全不一样的语言习惯。"

h：我是说，为什么你去法国留学不一定能成。

"我要去的法国学校，非常非常难考。"莫菲叹了气，"我申请了好多次，作品也交了好多次，结果到现在都没成……我想过了啊，可能我的才华也就这样了吧！"

一直以来，这件事儿都让莫菲非常地失望。她很想去法国学习设计，可却接二连三的受挫。她精心设计的服装不断地被拒绝，被拒绝，被拒绝……被拒绝到最后，莫菲都对自己的能力产生了深深地怀疑。

好吧，行吧，我的能力也只能这样了吧！莫菲这几天经常丧气地想，她就安安心心地在国内当一个小裁缝算了。

h：你是学服装设计的，你应该看过今年奢侈品的新年限定款吧？

"看过啊！"现在越来越多的奢侈品打着中国风的旗号进军中国市场，结果最后搞出来的都是一堆不伦不类的作品，"他们设计的那玩意儿也敢叫作中国风？快别笑掉人的大牙了！"

h：你觉得他们的问题出在哪里呢？

"因为他们没理解中国文化？"

h：因为他们傲慢。

莫菲皱眉想了想，h继续说：他们傲慢，他们自以为比我们先进文明，自认为比我们更发达先进。他们认为自己高高在上，却又舍不得不来赚我们的钱。结果就是他们"纡尊降贵"地来迁就我们的审美，可是他们不情不愿，不是真正接受我们的文化，最终设计出来的东西也会别别扭扭。

h的问题一针见血：莫菲，你的设计有这种问题吗？

莫菲直播的账户名叫"菲到小角落",为了表现得亲切一些,她经常称呼自己为"小菲菲"。现在h突然叫她"莫菲",她还不太适应。

"我应该没有吧?"莫菲拿不准了,"不是我傲慢,是我们的技艺和工艺确实比他们成熟又先进啊!你想想看我们中华上下五千年的文明,我们……"

h:这就是傲慢。

莫菲认为自己是实事求是:"我没有啊,我说的不对吗?中国的华服文化源远流长,我们的中国风,我们的文化……"

h:这就是傲慢。

"我是觉得我们的文化更有底蕴,更有……"

h:这就是傲慢。

h来来回回就是这么一句话,莫菲急了:"我不是,我没有,我就是想……"

h:各种文化有各种文化独特的美,如果我们想学习它们,首先要做的就是从心理上接受它们。绝对不能抱着高高在上的姿态,这样对方也是能感觉得到的。

莫菲仔细地琢磨了一下,h的话说得确实有道理。我们一直说着要让别人尊重我们的文化,那反过来讲,我们有没有真正地去尊重别人的传统呢?

"我明白你的意思啦!"莫菲笑着问,"你还没告诉我呢!你那句话到底是什么意思呢?"

h:当作是留给你的作业吧!你慢慢查,明天见,晚安。

莫菲觉得他很扫兴:"哎!你别走啊!你这个意思……下线的也太快了吧?"

虽然h下线了,但莫菲还在卖力地翻译着这句法文。她像是在做数学题一样，一个词一个词地往里套。最后把大概意思都写在一张纸上，莫菲拿起来看了看："我再不用度日如年，我再不用失眠到晨光初现，外面正在渐渐转暖……h是什么意思啊？"

h的那句法文是什么意思，莫菲没有完全理解。可是h的话，给她带来了很大的启发。莫菲查阅了很多的资料，从文化到民俗，她都仔细地调查了一番。最终她以法国古老贵族的家族图腾为背景，创作了一条长袍礼服。

以前每次给法国寄作品，莫菲的心都是惴惴不安的。可这一次，她自己是信心满满。将衣服用漂亮的包装纸包好，放进一个印花盒子里，莫菲小心地打上蝴蝶结。摆正了蝴蝶结后，她轻轻吹掉了悬在上面的线头。

快递员来取快递盒子，莫菲恭恭敬敬地奉上。快递员早就熟悉了，问："又是发法国的吧？"

莫菲点点头："对！您打包的时候帮忙小心一点啊！"

"放心吧！我会给你好好包的。"快递员同情地说，"你这种做微商的也挺不容易啊！天天起早贪黑的，就卖这么两件衣服。"

"……"

快递员拿走印花盒子，莫菲期待地目送快递员离开。她放松地伸了个懒腰，暂时算是松了口气。

衣服交上去了，莫菲想要好好地睡上一觉。她往房间里走时，手机电话响了。

莫菲看了看手机，是唐明轩打来的。她笑着接起电话，说："唐总啊！您可真会选时间。"

"怎么了。"电话里唐明轩淡淡地问，"打扰到你了？"

"也不是。"莫菲笑说，"你找我有什么事儿吗？"

"你能来明远一趟吗？"

"现在？"

"对。"

莫菲看看时间，现在睡觉也是有点早："好吧！那我现在过去。"

有唐总为她撑腰，莫菲的情况有了很大的好转。这次不仅没人拦着她，保安还算热情地给她按了电梯。到了顶层，杨光正在外面等着。

"莫小姐。"杨光露出了标准笑容的八颗牙齿，"您中午好啊！"

"咱们也不算是外人了。"杨光这样让莫菲很不习惯，"你和我不用客气，你叫我莫菲就行。"

"那怎么可以呢？"杨光客客气气地说，"您是明远的客人，苏绣坊又是我们的合作伙伴，于情于理，我都应该称呼您莫小姐的。"

"是吗？"莫菲调侃道，"你之前不都称呼我为女同志的吗？"

"……"

莫菲的脾气不太会转弯，经常有什么说什么。熟悉的人知道她是有口无心，不熟悉的人很容易想多。

杨光想了想莫菲的脾气，唐明轩的性格，他稍微提醒了一句："莫小姐，今天唐总为您准备了一份礼物呢！"

礼物？那是什么东西？

"真的吗？我不信。"莫菲还记得在苏州时候的"劳务费"，"能当老板的人都精打细算得很呢！"

杨光斟酌了一下用词，道："说是礼物可能不太准确吧！准确点说，应该是一份殊荣。"

"啊？"

"在明远除了您以外，再没有人有这样的待遇了。"杨光提醒她，"莫小姐，您可得理解唐总的良苦用心啊！"

他说的都是什么和什么啊？

杨光走到门口敲了敲门,他打开门带着莫菲进去了:"唐总,我把莫小姐带进来了。"

"嗯。"唐明轩面无表情地递过来一份文件,丝毫不像是要给人惊喜的样子,"上次李师傅说的几点,这里都已经修正了。你再拿回去看看,有问题随时跟我联系。"

莫菲接过来:"好的,我会转达的……就这个事儿吗?唐总,下次这种事情你就直接给我寄同城快递就行。"我就不用特意跑一趟啦!

听莫菲的口气,好像是唐明轩小题大做了。唐明轩清了清嗓子,在椅子上调整了一下坐姿:"还有一件事儿,这是给你的。"

这是啥?杨光说的礼物吗?

莫菲好奇地接过唐明轩给的东西,而此时唐明轩也期待地看着她。很少有的,唐明轩竟然在观察莫菲的反应。

唐明轩给她的是明远集团的员工出入门卡。

"这个……"莫菲拿着有什么用啊?

莫菲搞不懂唐明轩的意思,她笑得不尴不尬。唐明轩的脸色变得有些失望,杨光嘿嘿笑着说:"莫小姐,这张员工卡是唐总专门为您订制,方便您进出明远的。"

莫菲不明白:"既然是员工卡,给我干吗?"

唐明轩期待的神情彻底消失,他的脸色不太好看。杨光小心地看了唐明轩一眼,又紧张地望向莫菲:"莫小姐,您还是留着吧!有了这张卡,以后您来明远找唐总就很方便了啊!"

莫菲直言:"我又不经常来。"

唐明轩的脸色又黑了黑。

杨光快要哭出来了:"莫小姐!您不想次次都在大楼外面等着吧?"

"也是,造成不必要的误会就不好了,那先谢啦!"莫菲接过员工卡,随手将它放进包里。"谢谢唐总,我不会没事儿就来你们明远打扰的,等绣房的事情解决了,我就把员工卡还给你们。"

唐明轩脸绷着说:"我也是这么希望的。"

莫菲感觉到唐明轩语气不对,她觉得还是不继续打扰了:"好吧!没什么事儿那我先走了!"

唐明轩刚站起身,杨光主动把话抢了过来:"莫小姐,那我送你出去吧!"

莫菲连连摆手:"不用不用,你们先忙吧!我认识路的,我自己出去就行!"

不想继续看唐明轩的脸色,莫菲小跑着出了办公室。

唐明轩的态度不太对劲儿,莫菲也搞不懂发生了什么。反正有一段时间不用去看他的臭脸了,莫菲暗暗庆幸。出了办公室后,莫菲就翻着手里的合同看了看。她看得太过专注,都没注意到两个推着车的文员说笑着迎面走来。

双方没有注意到前面的路,两方直接撞到了一起去。而就在莫菲快要摔倒之际,唐明轩从身后出现,伸手一把拉开了莫菲。

莫菲脚下一绊,差点跌到唐明轩怀里……这简直比摔倒还要恐怖,莫菲低叫了一声。

唐明轩半抱半扶地拉着莫菲,两人的手掌握在一起。唐明轩掌心的温度就和他的脸色一样,都是冰冷冷的。

文员急忙停下,看到总裁大人,她们紧张地道歉:"唐总,对不起,我们没有看到……"

两个小姑娘看样子年纪都不大,估计也就是刚毕业。见总裁大人阴冷着脸,她们吓得手脚都不知道往哪里放。

唐明轩松开了莫菲,他冷淡的声音不怒自威:"你们入职培训都白做了？在行政楼里打打闹闹……自己去和主管说，这个月的奖金取消了。"

"是，唐总。"

"其实不全是她们的错。"莫菲解释说，"也是我自己没看好路，才差点撞到的。"

唐明轩上前按下电梯按键："那要我转告你老板吗？让她顺便把你的奖金也扣了？"

莫菲生气："我老板才不像你这样不近人情！"

看莫菲生气，唐明轩反而笑了。

唐明轩的笑容明亮，在走廊里他的笑声都有了淡淡的回音。就因为他的笑声，整个走廊里似乎都变暖了。

"明轩。"

在唐明轩笑得最高兴的时候，夏雪凌的声音突然插了进来。

莫菲转过头去看，夏雪凌正站在他们身后的电梯口处。她穿着一身白黑格纹的套装，头上戴着Gucci当季新款的发卡。作为一个设计师来说，她的打扮也还算是新潮。可不知为什么，穿在她身上有一种说不出的不和谐来。

到底是哪里出问题了呢？

莫菲细细打量了她一下，这才发现问题所在。不是衣服的问题，不是打扮的问题，而是夏雪凌的眼神出了问题。她的眼神发木，可以说是毫无神采。

夏雪凌就是个木美人，眼神木木的，表情木木的，就连现在对莫菲表现出来的敌意，也是有些发木的。夏雪凌手里端着一杯咖啡，她步伐铿锵地走了过来……可她的动作看起来，还是发木的。

唐明轩收敛起笑意，问："你不是在忙'时尚中国风'的比赛事情吗，怎么有空过来了？"

夏雪凌瞥了莫菲一眼，笑容满面地对着唐明轩说："忙里偷闲，过来看看……老板要扣我的工资吗？"

唐明轩想起刚才的事儿，忍不住又笑了："那要看你比赛的事儿和电视台聊得怎么样。"

夏雪凌和唐明轩是青梅竹马，从小一起长大。自从接手明远后，夏雪凌就没见唐明轩笑得如此开心过："现在电视台广告已经打出去了，前期也进入了预热阶段，现在一线城市的门店营业额有明显增长，看得出消费者很多是看了活动之后来的。"

唐明轩淡淡地说："有效果就好……还有什么问题吗？"

夏雪凌看了看莫菲，犹豫着没开口。瞧着那意思，是不想让莫菲听。

切，她以为谁想听呀？莫菲心里吐槽道，要不是怕冷场，我现在就……

"有什么直接说吧！"唐明轩道，"莫菲又不是外人。"

夏雪凌端着咖啡杯的手握紧些，她不知道这"不是外人"是什么意思。是他们已经很熟悉了？熟悉到可以做朋友的程度？还是说唐明轩信任她，信任到可以不去设防？

无论是哪一点，这都是让夏雪凌无法忍受的。

不过当着莫菲的面，夏雪凌没有表现出来，她说："电视台那边想要请方笑愚来当评委……"

夏雪凌欲言又止，唐明轩倒是无所谓："他们请得动就让他们请好了。"

"方笑愚个人肯定不会答应，"夏雪凌意有所指，"但是凯曼主张方笑愚参加。"

"那就让他们自己去斗。"唐明轩按了按电梯，"剩下的事情，不管他。"

　　站在一边的莫菲无聊的都要抠手指了，听到方笑愚的事情她忽然感点兴趣了。上次在熊英个展上，他们两人的气氛很不对劲儿。两个人针尖对麦芒的，谁都不肯相让。现在听夏雪凌的语气，他们两个肯定有点什么事儿……究竟是什么事儿呢？居然能到水火不容的地步？

　　是因为事业上的竞争吗？

　　好像不是的。虽然凯曼和明远是竞争对手，但方笑愚对唐明轩构不成任何的威胁。一方面是他们两个人的工作内容完全不同，另一方面就是方笑愚那个人毫无上进心。

　　即便是在百花齐放的设计行业，方笑愚的创作才能也是非常独特的。或许是因为天资优秀，或许是因为家世优秀，这导致了方笑愚懒散又散漫。圈子里有好多他风流成性不务正业的传言，这三年来，他始终没有新的作品面试。

　　以明远的实力唐明轩的能力，事业上他完全是单方吊打方笑愚。而要不是因为事业上的冲突，又能是什么呢？

　　该不会是，唐明轩抢了方笑愚的女朋友吧？

　　有可能啊，有可能，这真的是非常有可能。

　　莫菲站在一边想得入神，她一会儿点点头，一会儿又摇摇头。夏雪凌看她摇头晃脑的样子，冷冷地说："电梯来了，你还不走吗？"

　　"哦，对，我走了。"莫菲看着电梯缓缓开启的大门，她觉得此地确实不宜久留。

　　可唐明轩似乎不太想让莫菲走，他伸手拉了她一把……夏雪凌看着唐明轩的手背，眼睛红的要将上面烧出一个洞来。

　　莫菲不明所以地问："唐总，还有事儿？"

　　"没事儿，我送你下去。"

　　"嗨，不用了。"莫菲笑着摆摆手，"这都送到电梯口了，我自己下去就行了……总不能让你给我送回家吧？”

莫菲只是开个玩笑，唐明轩却当真了。他在西服口袋里摸了摸，说："那你在这儿等着，我去取车钥匙。"

"明轩！"夏雪凌的脚步不稳，她的笑容也变得牵强，"这种事情让杨光去做就行了，你是明远的老总，送人这点小事，哪里……哪里用得着你亲自去呢？"

莫菲不是那么不懂分寸的人，该闪她就闪了："我知道两位都忙，我就不麻烦二位了。电梯在这儿呢！我自己下去就行……唐总要是不放心，我到家给你打个电话，你看这样可以吧？"

"明轩，莫小姐也不是三岁两岁的小孩子了。"夏雪凌笑说，"就像你说的，既然莫小姐不是外人，你要是礼貌太周全了，反而见外了，不是吗？"

夏雪凌口口声声地说着莫菲不是外人，但字字句句却在提醒莫菲，她才是和唐明轩关系匪浅的人。这一声一声的"明轩"，叫得莫菲身上鸡皮疙瘩都起来了。

车轱辘的话反复地说，彼此都失去了说服力。可事情最终还是按照唐明轩想要的发展了，他还是拿了车钥匙带莫菲出去了。

原因是莫菲中途接到的一通电话。

夏雪凌假客气，唐明轩真热情，在这一对儿"cp"中间，莫菲是无比地煎熬。幸好电话及时响起，她接起电话想要溜之大吉，却没想到电话里传来了一声尖叫。

"怎么回事儿？"唐明轩听到了叫声，"这是李师傅的声音吧？"

莫菲也搞不清楚状况，她问："师父？师父？你怎么了？发生什么事情了？"

电话应该是无意中拨出去的，莫菲连着问了好几句，都没有人回答。

那边有人在哭，有人在闹，李师傅突然高喊了一声："陆军！你别想毁了绣坊！"

接着，电话就被挂断了。

莫菲心急如焚，她钻进电梯里就要走。唐明轩又一次拉住她，问："你要干什么去？"

"苏州，找我师父。"莫菲没心情和他们开玩笑了，她抖着手去订票，"绣坊肯定是遇到大麻烦了，我得去。"

从莫菲的反应就能看出事情有多么地紧急，唐明轩也不再啰唆："你等我，我开车带你去苏州。"

"明轩！"夏雪凌极其不赞成，"等会儿还有一个会！你怎么能……"

没有理会夏雪凌的话，唐明轩转身回了办公室。迅速地拿好钥匙出来，他带着莫菲上了车。

莫菲坐在副驾驶，她一直不安地乱晃。唐明轩看了看她，问："刚才我有点没听明白……绣房到底怎么了？李师傅不是说合同可以定了吗？"

莫菲的情绪激动："是！我师父那里是确定了！现在问题不是出在我师父那里！而是那个叫陆军的在里面捣乱！"

"陆军是谁？"唐明轩对这个名字毫无印象，"之前我去绣房怎么没见过他？"

说起这个陆军，莫菲就是一肚子火儿："他是李师傅的侄子，特别贪得无厌。每次绣房赚了钱，他都要来拿……也不知道他在哪里听说绣房要和明远合作的事情，所以这几天他一直在跟师父纠缠，昨天还带着十几个亲戚闹到了我师父家里……我看今天他肯定又来闹了！"

唐明轩点点头："你以前见过这个叫陆军的人吗？"

莫菲的话语里是深深地不安："没有啊！可我知道他总是坏事儿……唐总怎么办啊？合作的事情是不是谈不成了？"

唐明轩安抚着说："你先不要着急，我们去看看。"

莫菲点点头，唐明轩加快了车速。

绣坊的事情比他们想象的还要糟糕。

陆军不知道从哪儿找来了一帮恶棍，绣坊内外都被他们围起来了。几个绣娘都被赶到了门口，可怜的女人们哭成了一片。

"莫菲！"见莫菲和唐明轩来了，吴绣娘哭着跑上前，"这可怎么好……李师傅她不见了啊！"

"什么？师父不见了？"莫菲急了，"那我们快点去找啊！"

唐明轩揪着莫菲的领子，把她拉回来，说："你急什么？先进去看看什么情况，这里的事情不解决，你把李师傅找回来也没用啊！"

对对对，唐明轩说得太有道理了。

莫菲关心则乱，她已经彻底地乱了。脑子里没有一点想法，她只能依赖着唐明轩，按照他的吩咐来。

见莫菲的手掌抖动得厉害，唐明轩牵起了她的手。他冰凉的掌心起到了镇定作用，忽然间莫菲好像心就定了。

"对不起啊！"莫菲愧疚地说，"给你添麻烦了。"

唐明轩轻蔑地看了看陆军找来的流氓："这种程度的事情对于我来说，算不得麻烦。"

流氓挡在门口叫嚣着不让人进，唐明轩理都没理，拉着莫菲往绣坊里走，始终目不斜视。流氓们见唐明轩冷傲、从容、满不在乎，他们怂得不敢来硬碰硬。不自觉地把路让了出来，唐明轩顺顺利利地带莫菲走了进去。

绣坊内的毁坏极其严重，布料和线料都被剪的乱七八糟，丢在院子里。陆军这帮人是缺德到家了，连李师傅辛苦种的植物也让他们给连根拔了。

造孽啊，真是造孽。莫非心里骂道，陆军这个混蛋，早晚得有报应。

陆军已经占据了李师傅的办公室，一副小人得志的嘴脸坐在办公椅上跷着二郎腿。他看上去流里流气的，油腻又下作。

在来之前陆军已经调查过唐明轩了，所以他对唐明轩的出现并不意外："明远想谈什么，你就跟我谈，绣房的事情全都我做主，价格也只有我能定！你啊，就不用找那些娘们了。"

莫非气得想打人，唐明轩却把她给拦住了。没有急着回答陆军，唐明轩先在椅子上坐下了。

唐明轩不笑不说话的时候，看起来总是冷冰冰的。他的姿态慢条斯理，带着几分漫不经心。陆军在这儿喊打喊杀的，可唐明轩完全没把他放在眼里。

估计是被唐明轩的气势给震慑住了，陆军也收敛了些许。虽然他的仪态依旧难看，但他将翘起的二郎腿放下了。

陆军坐得稍微像个人了，唐明轩才淡淡地开口："想要谈合作，总该做下自我介绍吧？我还不知道你是谁。"

莫非忍不住偷偷看了唐明轩一眼，这次她是彻底服了。唐明轩做事四两拨千斤，才短短的两三句话，就彻彻底底地打压了陆军嚣张的气焰。

陆军嗑了嗑牙，说："我叫陆军，是李师傅的侄子，也是这家绣坊的法人。"

莫非骂他不要脸："你说你是陆军，你就是陆军呀！你有什么证据？"

陆军确实是不要脸："我能进来这间办公室就是证据！"

莫非冷笑："强盗还能进来呢！这也说明不了什么！"

"你个小丫头片子！和我抬杠，你找死吗？"陆军说不过莫非，他抬手要打人。

陆军没什么文化，他也不懂得怜香惜玉。每次他来绣坊胡闹，多少绣娘都挨过他的打。莫菲知道，陆军想打她是不会手下留情的……可莫菲想好了，就算是挨打，她也绝对不能后退。

她要保护苏绣坊！她一步都不能退！

莫菲带着慷慨赴义的心情，等着陆军的巴掌落下。可他的巴掌还没落下，唐明轩就已经站起身挡在了莫菲前面。

下午的阳光炽热耀眼，唐明轩挡在莫菲的身前，也遮挡住了光亮。莫菲看了看唐明轩的后背，一瞬间，她竟然有点儿想哭。

莫菲低头看了看唐明轩手背上结痂的伤口，那是在慈善晚宴上，他为了保护自己伤到的。这已经是第二次，唐明轩不管不顾地挡在她的身前，让她远离伤害。

抬头看看唐明轩宽阔的后背，莫菲有了很强的安全感。

真是一个值得去依靠的人啊！莫菲想。

唐明轩身材高大，眸子里闪烁着冷冷地愤怒。如果陆军的拳头落下来，唐明轩一定会要他好看。

陆军识趣地退后一步："唐总，你想收购绣坊的事，我姑妈都跟我说了……我现在就可以回答你，我不同意。"

唐明轩冷声问："理由呢？"

陆军抠抠指甲里的灰，不屑地吹了吹："理由嘛……"

陆军的话还没说完，有一个穿着深色西装的男人走了进来。

男人大概三十几岁，他和陆军差不多高，却比陆军稍微胖一些。他略微有些肿眼泡，眼神飘忽不定。莫菲看到他，脑海立马浮现出"酒囊饭袋"四个字。

显然，这个男人和唐明轩是认识的。他进来之后直奔唐明轩而来，殷勤地打着招呼："哈哈，唐总……好久不见啊？"

莫菲低声问唐明轩："这个是什么人？"

唐明轩转过头，他低附在莫菲耳边说："配角，坏人。"

陆军一见到来的男人，立马弯着腰过来和他问好。男人得意至极，他大模大样地坐到了陆军先前坐着的正座上。

莫菲愣愣地看着男人，唐明轩却已经明白了一切，不屑地轻哼一声。

男人的坐姿没比陆军好到哪里去，他问："我表姨呢？"

陆军笑说："她出门了。"

"等等！"莫菲问，"这位先生要找的表姨是谁？"

男人看向莫菲，油嘴滑舌地问："你又是谁啊？"

"她是你表姨的徒弟。"

表姨，表姨……莫菲想起这个男人来了！他是海耀集团的总经理！

海耀集团和明远差不多，都是国内的老品牌了。在初创时期，海耀也是有自己独特的品牌文化的。虽然不像明远的'颂唐'做得那么专业，可也一直致力于中国风的打造。第一代创始人过世后，海耀集团就落到了眼前这个男人朱海天的手里。

莫菲说他是酒囊饭袋，一点都没冤枉他。朱海天就是一个干啥啥不行，吃啥啥不剩的主儿。在他的领导下，海耀集团年年都有丑闻被爆出。要不是靠着祖上积攒下来的老底儿，现在已经被败光了。

李师傅以前提起过朱海天，都是恨铁不成钢。今儿个一见，他也确实让人生气。

陆军故意冲着朱海天使了使眼色，说道："唐总，既然你都看到了，那我就实话告诉你。绣坊是我们的祖产，要卖的话，也是要整个家族的人同意才行的！"

唐明轩点了点头，问："所以你说的整个家族的人，也包括我竞争公司的朱海天总经理，是这意思吧？"

没想到唐明轩会直接点明，陆军和朱海天闻言一愣。莫菲听出了唐明轩的意思，看着两个跳梁小丑冷笑。

唐明轩的表情淡淡："我说的不对？你们现在演的这出戏，不就是为了给我看的吗？"

"演什么戏？谁演戏？我们这也是……谈生意！"陆军死不承认，继续狡辩。

唐明轩哼了一声："你们如此的煞费苦心，又是何必？恶性竞争，只会让行业越来越糟！绣坊要想长期发展下去，最重要的是让技艺流传，像你们这样想靠着祖业圈钱的……"

朱海天红了脸："唐明轩！你话不要说得太难听了！"

唐明轩哈哈一笑，眸光冷淡："你这种人，也配不上我说的好话。你的海耀公司，也配不上当我们明远的竞争对手。"

唐明轩这一通连消带打，是里子面子都没给朱海天留。当着陆军的面，朱海天是颜面扫地："唐明轩，你别太目中无人了！虽然海耀在财力上比不得明远，但我们家族的实力，可远在你们之上！"

唐明轩颇为中肯地说："海耀别的实力我没看出来，吹牛的本事确实是在我们明远之上。"

唐明轩拉起莫菲的手往外走："我们走吧，不值得在这种人身上浪费我们宝贵的时间。"

"哇！"要不是唐明轩牵着她的手，莫菲都想给他鼓鼓掌了，"唐总你也太帅了吧？"

"是吗？"唐明轩唇角隐隐牵动起笑意，"干吗这么大惊小怪，这种事情你不应该早就知道了吗？"

莫菲仰头看唐明轩，她抿嘴偷笑。唐明轩看了看她，跟着她一起笑了。

"唐总！唐总！"唐明轩真的走了，朱海天倒是傻眼了。也顾不得面子不面子的了，他追着莫菲和唐明轩出来："你等我一下！"

唐明轩和莫菲停住，朱海天笑着看了看莫菲，视线转回到唐明轩身上："唐总，我能和你私下聊聊吗？"

唐明轩："以你我的交情，有这个必要？"

莫菲想要松开唐明轩的手："你们先聊吧！我去那边等你！"

"用不着。"唐明轩握紧莫菲的手不放，"朱总有什么就尽管说吧！反正我听和她听都是一样的。"

都是一样的……该怎么理解唐明轩的这句话呢？

是说他完全信任莫菲吗？

还是说他们两人的感情可以不分你我了？

无论是哪种，都足以让莫菲脸红心跳。

莫菲静静地站立在唐明轩身旁没再说话，见莫菲不会走了，朱海天只好硬着头皮往下说："唐总，你千万别误会。我今天没来之前，完全不知道你和苏绣坊的事情啊！"

唐明轩冷哼，并未作答。

朱海天叹了口气，假模假式地说："不过我既然知道了……君子有成人之美嘛！只要你一句话，明远和苏绣坊的事情，我一定在家族里力排众议，鼎力支持！"

"你到底想说什么？"唐明轩问他。

朱海天笑了笑："我想说……在收购绣坊这件事上，我可以帮你。"

唐明轩没有作答，等着他的后话。

朱海天得意极了："我说的都是真的，帮你就是帮我表姨啊！相信我不说你也知道，这家绣坊马上就维持不下去了。哎，再怎么样，也是同宗同族的亲人，我不能眼睁睁看着他们的绣坊倒闭啊！是吧？"

唐明轩才不信他会那么好心："直说吧！你呢？有什么条件？"

朱海天要的就是唐明轩的这句话："唐总是明白人，我只是想和唐总交个朋友，毕竟大家都是在这行吃饭的，以后有机会，我们常来常往，长期合作……"

唐明轩讽刺道："你们？算了吧！"

朱海天不解："唐总……我之前有得罪过你的地方吗？为什么你对我的敌意这么深？"

唐明轩用手推了下鼻梁上的眼镜，说："既然你直接问了，那我就直接说……三年前，你们海耀抄袭过我们明远的设计吧？"

海耀集团抄袭过太多次，朱海天都不记得了："啊，那个事情其实是……"

对于原则问题，唐明轩是寸步不让的："明远告你们抄袭，法院判你们抄袭成立。可你们海耀只是赔了钱，却没有登报道歉……剩下的话还用我再明说吗？"

朱海天慌了："唐总，冤家宜解不宜结。事情都过去三年了，不如我们放下心中的芥蒂，好不好？这对明远也是好的嘛！"

唐明轩并不这样想："时间过去了，事情还没过去。你们海耀一天不道歉，这个结就永远都解不开。明远不需要没有底线的朋友……明远的生意，就不需要你们海耀操心了吧！"

"唐总，不至于，真不至于！"朱海天唉声叹气着，"不要为了抄袭这种小事儿，影响了我们……"

唐明轩的目光突然变得锐利，朱海天吓的话都没说完。

"小事儿？你觉得抄袭是小事儿？"唐明轩冷笑，"每一件创作品，都是设计师燃烧热情消耗生命创作出来的。你抄袭了他们的作品，和谋杀有什么区别？如果这都是小事儿，还有什么是大事儿呢？"

朱海天还想说什么，唐明轩已经带着莫菲先一步离开。朱海天恨恨地瞪着唐明轩的背影，啐了一口。

唐明轩的这一番话，听得莫菲是热血沸腾："唐总，您可真是心中有大义啊！"

莫菲如此崇拜的称赞唐明轩，唐明轩也有些脸红："先不说这个了，先找到李师傅要紧。"

唐明轩开着车，带着莫菲出去找人。莫菲打了无数个电话，李师傅始终是关机状态。

电话一直打不通，莫菲失落地放下手机："吴师傅和陈师傅也都不接电话……我师父到底会去哪儿呀？"

唐明轩安慰说："你跟在李师傅身边这么多年了，应该没有谁比你更了解她吧？你仔细想想，她平时都喜欢哪些地方？"

"哪些地方，哪些地方……"莫菲焦灼地抓头，"我一时间也想不出来呀！"

莫菲看向唐明轩："唐总，要是明远和苏绣坊的事成不了……"

话说到这里，莫菲已经想哭了。

苏绣坊现在举步维艰，一旦没有和明远合作，那么很快就会四分五裂。师父的心血，好不容易流传下来的技艺，所有的一切都将功亏一篑……莫菲的眼眶一酸，眼泪再也忍不住往下流。

见莫菲哭了，唐明轩的眉头皱紧。他动作温柔地拿了张纸巾递给她，温和地说："我还没有放弃，希望你也不要放弃。我会尽自己最大的努力，请你也这么做吧！"

唐明轩的话让莫菲无比感动，她摒除杂念，努力使自己镇定下来。很快，莫菲想到了一个地方："唐总……有了！掉头！我知道师父在哪儿了！"

莫菲带着唐明轩去了苏州丝绸博物馆，李师傅果然在里面。

今天不是游览日，博物馆内没有多少人。莫菲带着唐明轩去了一个不对外开放的展厅，李师傅和几个手工艺人果然在这儿。

莫菲和唐明轩远远地站着，他们没有主动上前去打扰。李师傅正在心无旁骛地穿针引线修补绣片，旁边的事物无法影响她分毫。唐明轩看着李师傅耐心地打理着苏绣制品，如同爱护婴儿一般的细致，他不禁有所动容。

心急的莫菲想要上前去找她，唐明轩拉住了她。唐明轩对着莫菲摇摇头，没让她再靠前。

博物馆内安静得很，这里明明是现代建筑，里面却有一种历史沉淀下来的宁静。莫菲和唐明轩去到了旁边的"丝华天宝"非遗展厅，他们的脚步声空洞，像是岁月悠扬的鸣响。

莫菲轻声地说："你怎么不让我过去啊？万一我师父走了怎么办？"

"不会的。"唐明轩淡淡地说，"李师傅既然会来这里，那就说明她放不下苏绣……他们那是在做什么？"

莫菲解释道："我师父经常带着弟子们来这里给展品做维护，他们都是这里的义工……是，你说的没错。我师父那么爱苏绣，她不会向那些恶棍投降的！我有信心，她一定会重新振作起来。"

说着话，两个人正好走到了"宋皇后服（五彩袆衣）"前。

莫菲的注意力被展厅内的礼服所吸引，她不由得赞叹出声。唐明轩看着她，问："不给我介绍介绍吗？"

说起自己的专业，莫菲滔滔不绝地介绍道："这件是宋代皇后在受册、助祭、参加朝会时的袆衣，你看它的底色是深青色，整体使用的是五彩翟鸟纹宋锦面料，这是结合了手工龙纹绣边制作而成的。穿着这种服装，头上必须戴凤冠，内穿青纱中单，腰饰深青蔽膝……另挂白玉双佩及玉绶环等饰物，下穿青袜青舄。"

唐明轩歪头看了看莫菲，故意想要考考她："有没有通俗点的说法？"

莫菲调侃道："通俗的说法哪儿适合您总经理的身份呀？对吧？"

唐明轩笑笑。

莫菲看了一眼唐明轩的笑脸，她不好意思地转移开视线："谢谢你没有放弃，我，也会一直努力的……师父他们来了！"

唐明轩听到莫菲跟他道谢，他心满意足地想要多听她讲几句。可莫菲的话转弯太快，唐明轩稍微有些失望。

唐明轩抬头看去，博物馆馆长正送李师傅走出，莫菲笑着跑了过去，唐明轩看着她的背影笑了笑。

李师傅见到唐明轩，面露愧疚之色。眼圈红了又红，李师傅歉意地说："这次真的是很抱歉，让你们白忙了一场！我也没想到家里人会这么反对……唐总，你的想法和诚意，我都认同。可我这把年纪，已经没了年轻人的野心，我不敢去尝试你说得那些计划……而且，我也禁不起陆军这么闹下去了。"

唐明轩没有说话，莫菲急着劝道："师父，你要不要再考虑一下？有什么问题我们可以一起解决，你担心的风险……"

李师傅不停地抹泪："莫菲，你知道的，这个问题已经不是我们协商可以解决的了。真正能代表绣坊跟唐总签约的人是陆军，他才是法人！他带着全族人都站出来反对我，我也无能为力啊！"

"师父，你该不会是想跟朱海天合作吧？"

李师傅叹息："我虽然年纪大了，但也没那么老糊涂。朱海天他爸爸还在的话，或许有可能，可这孩子从小就不成器，估计就算真的合作，他也不会有什么作为……"

"那就拒绝他呀！"莫菲心里难过，她也要哭了，"师父……苏绣坊，绣娘们，他们都在等着你做决定。师父，你的决定可关乎着大家的生计呀!"

李师傅只是叹气,唐明轩也不吭声。莫菲急得跺脚,说:"唐总,你倒是说句话啊!你刚才不是和我说你不会放弃的吗?你现在怎么……唐明轩!"

莫菲急得直呼其名,唐明轩终于笑了笑。他抬起手表看了下时间,提着公文包的杨光跑了进来。

"轩哥。"杨光跑得额头上全都是汗,"包。"

唐明轩从公文包里拿出一沓文件:"李师傅,这是修改过后的合同和合作计划。这次我们把扩大绣坊的规模、招收学员的方案都纳进了计划里。这份合同,我已经签过字了,只要你同意,我们立刻能签约。陆军的事情你不用担心,我会找明远专门的法律团队来处理。如果他再敢做出这样的事情来,下辈子有他吃不完的牢饭。他是苏绣坊的法人,又不是你人生的法人。我们明远看中的是你的技艺,你的热情……你对苏绣付出的一腔心血,不能白白被这些人给糟蹋了。"

"师父,你看啊!你看看啊!"莫菲将文件抓过来塞到师父手里,她哑声说,"唐总为了两边的合作,他真的非常用心。师父,到现在说放弃,不是太可惜了吗?"

李师傅看看手里的合同,脸上泪如雨下。她一把年纪的人了,哭得却像一个孩子,很无助。

今天李师傅累坏了,唐明轩也不想逼着她去做决定。叫杨光先她送回去,他和莫菲沿着街道走进了一处园林中。

傍晚时分,外面下起了细雨。莫菲闷闷不乐地望着小雨,一脸愁容。

"唐总,你说师父能答应吗?"莫菲的眉毛都拧在了一起,"怕就怕陆军那个投机分子,他要是知道师父拿了合同,肯定会……"

唐明轩缓缓往前走去,没吭声。

莫菲追上前去："唐总，我们接下来要怎么办啊？"

雨水顺着屋檐往下流，唐明轩伸手去接掉落的雨珠："这也不是我能决定的。"

唐明轩甩甩手上的水珠，他继续往前走去。莫菲小跑着跟上，问："那万一绣坊真的被朱海天买走怎么办？"

唐明轩没有回答，莫菲不高兴地嘟囔着："我在问你话呀……你倒是回答我一下啊！"

他们两个走入回廊中，外面的雨势渐渐变大了。雨水掉落在湖面上，砸出一朵朵晶莹剔透的花朵。

唐明轩问她："你以前，好像也不认可我收购绣坊吧？"

莫菲顿了顿，转头望天，装傻说："我？有吗？"

唐明轩才不给她装傻的机会，他直接说："你还说我是大奸商来着，就你那句话，我就可以告你名誉诽谤。"

"我不记得了。"反正没证据，莫菲哪里会承认，"唐总，是不是平时骂你的人太多，你给记混了呀？"

莫菲脑子转得快，打岔这种事情她最擅长了。轻轻松松把话题绕开了不说，她还趁机讽刺了唐明轩。

唐明轩拿出手机，他慢悠悠地解锁，慢条斯理地说："我有录音，不信放给你听。"

录……录音？！

不能不会不应该的啊！他是什么时候……

"你别欺负我不懂法啊！"莫菲急了，"非法录音在法庭上是不能做证据的！"

莫菲嘴上不服输，心里却有些惴惴。唐明轩这个人做事情出人意料，也许他真在什么时候录音了也说不定呢？

唐明轩举着手机，他气定神闲地望着莫菲。莫菲比他矮了不少，她垫脚看又看不到，着急地要去抢。

之前骂过唐明轩太多次，莫菲自己也很心虚。咬咬牙，闭着眼，她夸奖说："唐总不是大奸商！唐总是最善良最帅气最有责任心的大商人！我特别崇拜唐总！绝对没有任何诽谤你的意思！"

唐明轩挑挑眉偷笑："你真这么认为的？"

莫菲垫脚看唐明轩的手机："你根本没有录音对不对？"

"现在有了。"

唐明轩按下播放键，手机里传出莫菲急切地夸赞声。

莫菲刚才说话的时候心急，所以没觉得怎么样。现在又听了一遍自己"拍马屁"的话，她脸红的跟个大桃子似的："你骗我！你怎么这样呢！"

"我怎么样？"唐明轩发自内心地开怀大笑起来。

莫菲糗的厉害："有那么好笑吗？你平时也不怎么笑，我还以为你笑点挺高的呢！"

"不是我笑点低，是你比较好笑。"

莫菲忽然发现，唐明轩最近笑得还是蛮多的："那个……其实你笑起来还挺帅的嘛！看你平时一副冷冰冰的样子……"

"你只说前面那一句就够了。"唐明轩打断了她，后面的话他并不是很想听。

莫菲高傲地仰起头："那行吧！本来还想多夸你几句，算了。"

"那你继续？"

"继续什么？"

"夸我。"

啧啧啧，总裁大人居然如此直白的找人要夸奖，也真是不害臊。

不过说起来，莫菲确实是要夸夸他的："你确实是……你跟之前的那些人真的很不一样。"

"哪里不一样?"

莫菲无比认真地说:"你看别的那些商人,都只是为了赚钱。可是你是真心实意地热爱中国元素的设计,尽心尽力的在为中国传统技艺做事情,看见你为我师父做这些,我还蛮感动的。"

唐明轩的嗓音醇厚,他淡淡地问:"那你是因为我对你师父好,你才觉得我好,还是因为我本身就很好,所以你觉得我好?"

这个问题实在太直接,直接的让莫菲有点不知道该怎么去回答。唐明轩淡笑着看她,说:"我想听你说心里话。就类似于,我不会说莫菲是一个精通刺绣的女孩。而是在我心里,你是一个很特别的女孩。"

莫菲和唐明轩挨得很近,她抬头就能看到他眼中的自己。见唐明轩的眸子里有隐隐的期待,莫菲犹豫了一下,一字一顿认真地说:"我觉得,你本身就很好。"

唐明轩认真地看着莫菲,一时间两个人谁都没有说话。有暖暖的情绪在其中流动,莫菲觉得胃里似乎是有什么东西在乱动。

气氛变得热烈,他们之间的眼神也有些胶着。见莫菲的脸越来越红,唐明轩先打破了沉默:"雨停了。"

"啊! 对!"莫菲哈哈一笑,说,"你看这,可不就是天晴了吗?"

夏季的雨说来就来,说走就走。雨水停住后,空气中弥漫着清淡的土腥味儿。唐明轩和莫菲同时望向天空,天际是一抹淡淡的青色,两个人不约而同地被这浑然天成的美妙颜色吸引。

唐明轩自言道:"天青色,雨过天晴那一刹才有的颜色。"

莫菲笑了:"是啊,真是少见呢!"

莫菲拿出手机,随手对着天空带园林景色拍了一张照片。这颜色她越看越喜欢,立马将它设置成了微信头像。

"唐总，我给你讲个故事吧！"莫菲笑说，"听说800多年前啊，北宋徽宗皇帝做了一个梦，他啊，就梦到了这种颜色，就觉得非常地喜欢。醒来之后呢，就给烧瓷匠传下旨意，雨过天晴云破处，这般颜色做将来。"

唐明轩听得认真，莫菲忍不住又偷偷看了他一眼。唐明轩转头望着莫菲，莫菲赶紧移开了眼睛。

因为陆军的捣乱，莫菲和唐明轩又在苏州留了一夜。第二天一早李师傅找到了酒店来，三个人去茶餐厅坐了坐。

李师傅的精神状态不好，看样子她是一夜没有睡。唐明轩没有绕圈子，他开门见山地说："李师傅，你有什么顾虑就直说吧！"

"对不起唐总，又耽误了你一天的时间。"李师傅泪眼婆娑，哑声说，"这次的事情，我真的是……听说陆军已经同意朱海天开出的条件了，以后绣房很可能会和海耀合作。"

莫菲急忙劝说："师父，这事儿不怪你。是那个陆军太过分了！他那样的人，怎么能领导绣房呢？"

李师傅叹了口气："我一把年纪了，苦点累点都无所谓。只是可怜了那些绣坊的师傅们！他们一辈子都是靠着手艺赚辛苦钱……我也是没想到陆军会做到这个份上！可我现在能怎么办？毕竟绣坊登记的是陆军的名字，这个绣坊说到底是他的了……就怕祖宗留下来的产业在他这里都给败光了！"

莫菲也为李师傅着急，伸手握住师父的手，莫菲快要跟她一起哭了。

"李师傅，我有一个建议，不知道可行不可行？"唐明轩淡淡地开口问。

莫菲眼前一亮："唐总你说来听听啊！"

唐明轩沉吟了片刻，郑重其事地说："李师傅，您把绣坊交给我吧！"

莫菲和李师傅一起望向唐明轩，眼神不解。

唐明轩昨天说的承诺，也是经过深思熟虑的："陆军的事情，朱海天的事情，您都交给我处理……您和绣娘们就专心刺绣，好好地做绣品。"

"但是……"李师傅还是很难下定决心。

莫菲紧紧握住李师傅的手，她的目光坚定："师父，唐总已经做好了所有的准备！您相信他吧！"

李师傅叹了口气，她仍在犹豫。

"请您现在跟我去一个地方吧！"唐明轩站起身，"我先去开车，你们到门口等我。"

唐明轩买了单，他转身走出了咖啡厅外。李师傅看着唐明轩走出去的身影，转头问莫菲："莫菲，这个唐总要带我们去哪里啊？"

唐明轩想干什么，莫菲也不清楚。但莫菲相信他，他一定有他的安排："师父，唐总那个人是非常信守承诺的。他既然说要让绣娘们专心刺绣，他肯定都做好了准备。不管是陆军还是朱海天，唐总都会有办法的！"

李师傅忧心忡忡："能行得通吗？陆军那孩子可是非常难缠的啊！"

莫菲转头向刚刚唐明轩离开的方向，笑说："但他也不是随便就能应付的角色啊！"

李师傅望向莫菲表情，也笑了："你对他倒是蛮了解的嘛！"

莫菲有些不好意思地说道："和他架吵了不少……算是了解一些吧！"

"我不是不相信你，也不是不相信唐总，就是……"李师傅只剩下一声叹息，"哎！"

李师傅无奈地摇摇头，莫菲倒是乐观的很："走吧师傅，我们先到门口等唐总。"

唐明轩开着车，带着她们两个人去到了一栋老房子前。李师傅和莫菲疑惑不解地看他，唐明轩一把推开了四合院的黑漆大门。

这里是一个苏式的四合院，堂屋坐北朝南十分宽敞，朝南一面全是一人多高的合页门，门框窗框全是乌木的，古朴雅致；两侧是两间耳房，朝着院子的一面也都是合页门；他们三个人站在四合院的院子，昨天下过雨，青石板铺成的地面还微微发潮。院子里没有杂草，十分干净。

莫菲惊喜地说："这个院子可比我们的绣坊大多了！"

李师傅的眼神闪烁，她的视线不断在院子的各个角落扫过。

"师父，您看！"莫菲在院子里不停地介绍，"这里，阳光可以没有阻挡地照进这院子！这里，方便布料和绣品的晾晒！"

李师傅从院子向堂屋走去，她的眼睛里蓄满了泪水。唐明轩紧随其后，他始终在看着莫菲。

"难怪唐总之前一直问我呢！"对于唐明轩的用心，莫菲很感动，"这里的门窗可以开得足够大，自然光可以很充足地照进来，保证师父刺绣的时候看颜色不会有偏差，对眼睛也好！"

"原来是这样。"李师傅夸赞道，"没想到唐总这么细心……"

唐明轩没有独居功劳："多亏了莫菲。"

李师傅很欣慰地看着两人，但心中的担忧不减："唐总，这里的确是一个很适合开绣馆的院子，但是这个地段、这个面积，我可负担不起。"

唐明轩第一次炫富炫的不让人讨厌："这个您不用担心，我觉得这里非常适合做绣坊后，我就花钱把这里买下了。你们需要什么东西，尽管和我说，我可以找人去给你们买……吃的喝的，穿的用的，您和其他绣娘，不用再为生计的事情操心。"

莫菲和李师傅神情复杂地看向唐明轩，他笑着说："您可以在这里办一家新的绣馆。"

"哎！"李师傅哭得心酸，"我两手空空，拿什么来开一家绣馆？"

唐明轩并不这样想："您不是两手空空的，您的双手就是本钱。没有你们，苏绣坊不过是个空招牌。陆军他们要是喜欢，就让他们拿去好了……我愿意帮助你们绣坊重新开始，也希望您能考虑继续和我们合作。"

李师傅看着一脸真诚的唐明轩，片刻，李师傅终于哭着点了点头。

得到了李师傅的肯定回答，唐明轩终于也松了一口气。望向莫菲，看见她笑容灿烂，唐明轩也跟着笑了。

李师傅先回去了，唐明轩和莫菲并肩走在苏州的街道上。两边是白墙黑瓦的老房子，脚下是石板路，行人的脚步也是不疾不徐的。

唐明轩边走边问她："嗯……你……你是不是报名参加了'时尚中国风'的比赛？"

"你怎么知道？"莫菲记得她没有说过呀！

"我看见你的报名表。"

莫菲板起面孔，故意逗弄他说："看在我帮你这么多忙的份上，我可以要求您帮我暗箱操作，来报答我吗？"

"我可以考虑看看。"唐明轩回答的严肃。

莫菲愣了一下："我开玩笑的啦！"

"我也是。"唐明轩回答的自然又流畅。

莫菲哈哈大笑，她像是发现了什么了不得的大新闻："你这种人也会开玩笑！"

唐明轩跟着莫菲一起笑了："比赛有信心么？"

"那是当然的！"

此时天气大晴，阳光明媚。唐明轩看着莫菲自信满满的样子，眼神里满满的笑意。

莫菲时常想，在国内没有一个地方能像苏州这样。白天的时候，它灵动俏皮，桃花坞的大街上有各式各样的老式小吃在卖，行人穿梭，生机勃勃。可到了夜晚，石头步行街上店铺的霓虹灯闪烁，立马平添了不同的风情。护城河上有小船在划过，惊起无人关注的涟漪。河岸两侧挂着一串串的红灯笼，被风吹的微微摇晃。

这两天下来，莫菲内心中感触良多。夜晚又站在窗边直播，她不解地说："来到一座全新的城市，我们要去过哪些地方，才算是对这里真正地了解？"

河岸边灯笼的红光从民宿的窗口映照进去，将莫菲的脸照得红扑扑的。莫菲的小脸困惑，她说："对于身边出现的人，我们要怎么做，才能算是对他真正地懂得？"

我还没有放弃，希望你也不要放弃。我会尽自己最大的努力，请你也这么做吧……想起唐明轩和自己说过的话，莫菲叹了口气："人和人之间的情感，真是无比的玄妙。或许世间的事儿，老天早就做好安排了吧……我们唯一能做的，就是坚持努力，再努力坚持。每一天都不留遗憾，便能得到自己想要的结局了吧？"

莫菲点开歌单，放AGA唱的《圆》。

"我要谢谢他，让我没放弃。"

绣坊的事情得以顺利解决，莫菲回到上海后就开始认认真真地准备"时尚中国风"的比赛了。

这个比赛是沈佳希偷偷给莫菲报的名，原本莫菲是不准备参加的。可在苏州被唐明轩问起后，莫菲突然有了干劲儿。连沈佳希都感到奇怪，莫菲像是变了一个人，从随意而安变得争强好胜，大有一副一定要抢个名次的架势。

"莫菲，你和我说说，为什么呀？"沈佳希好奇地追问，"你是不是也想去明远集团工作啊？"

"时尚中国风"比赛优秀的参赛者，是会优先被明远集团录取的。正是因为这样，不少人挤破了头要来参加。但莫菲没有那么多的心思，她只是单纯的不想让唐明轩看轻，好像自己真的是个只会缝线的小裁缝一样。

"哎呀，不是。"三句两句也说不清楚，莫菲岔开话题，"我就是……这种事儿就和出去旅游一样啊！来都来了，就好好参加呗！"

"但你之前不是说……"

"哎哎哎！我们来看会电视吧！"莫菲避开了话题，"今天好像是'时尚中国风'的开赛仪式吧？"

莫菲打开了电视，唐明轩果然出现在了电视屏幕上。

电视里，唐明轩和几个老板并排坐在会议桌的一端，他们面前的桌上，都放置着写有各自的职位名称的名牌。会议桌两边站满了举着话筒、摄影机、照相机的记者。投影屏上写着：明远时尚"时尚中国风"设计师大赛开赛仪式。

唐明轩和服装协会会长正低着头，在档上签字。两人签完字，交换了档，握手合影。

画面一转，唐明轩站在会议桌前接受媒体采访。

"明远时尚之所以大力支持'时尚中国风'的设计师比赛，旨在发现年轻的优秀的中国本土设计师，给这些新秀们一个展现才华的舞台，也希望能够为中国本土的时装设计提供良好的发展土壤……"

"哎哟，不错哦！"沈佳希用胳膊撞了莫菲一下，坏笑着说，"唐总真是帅呀！"

莫菲仰头看着屏幕里的唐明轩，他确实是挺帅的。即便是在这种放大镜头前，他也是帅的无可挑剔。

"这种镜头最显人胖了。"沈佳希忧愁地捏了捏自己肚子上的肉，"看来我回去得减减肥了……"

看样子开赛仪式马上就要完成了，可在唐明轩准备说结束语时，会议室的大门突然被打开了！

　　媒体记者的镜头一转，就见方笑愚大摇大摆地走了进来。

　　如此正式的场合，方笑愚的穿着打扮却很随意。他穿的皮衣牛仔裤，里面的衬衫还有些邋遢。大大咧咧地打断了唐明轩的讲话，他来者不善地坐到了唐明轩的旁边。

　　"这不是凯曼的方总监吗?"沈佳希好奇，"他怎么来了?"

　　因为方笑愚的出现，原本中规中矩进行的开赛仪式瞬间被推向了高潮。记者们纷纷将镜头对准了他们两人，一顿猛拍。

　　有记者冲上前去问："方老师……听说您是这次'时尚中国风'的评审之一，您如何看待这次活动呢?"

　　方笑愚咧咧嘴，他像是喝多了酒，语气凶巴巴的："我呀?你问我呀……我是设计师，我当然鼓励创作的比赛了，不过现在的行业风气太浮躁了，想着赚钱的人太多，专心做设计的人太少。所以很多公司都借着这种活动蹭热点，卖噱头……我只是没想到，行业内举足轻重的公司也会做这种事情!"

　　"方总监这是什么意思呀!"电视屏幕里的火药味儿很浓，就连电视机外的沈佳希都感觉出来了，"他这不是在针对唐总吗?"

　　莫菲皱起眉头，她在为唐明轩担心。这么多双眼睛看着，这么多人在盯着，唐明轩也太难了。只要他稍微沉不住气和方笑愚吵起来，就很可能被有心人拿去炒作。

　　而这，正是方笑愚希望的!

　　"哎，唐总也太难了。"沈佳希叹气，"方总监摆明在给唐总挖坑，唐总今天怕是要丢面子了。"

　　"他不会的。"莫菲对他很有信心，"这点小场面难不住唐总的。"

　　唐明轩先是稳了稳，他没有立刻去接方笑愚的话。先是拿起水杯抿了一口茶，唐明轩才笑说："现在国外的品牌更多开始占领中国市场，国内目前很多品牌为了求生只能转型做代工。如果今天能借着这个活动，我们国货品牌能蹭着热点火起来，那这个热点就是正向的，既然是好的东西，我们为什么要打击排斥？呵呵，我还会鼓励凯曼跟着一起来蹭蹭。"

简简单单的几句话，唐明轩就避开了方笑愚的锋芒。可方笑愚并不满意，他不屑一顾地说："凯曼一向风格明确，低调不张扬，并且有自己的底线。我们有很多种方式让自己火起来，不一定要像唐总这样的方式。"

现场的气氛颇为剑拔弩张，莫菲紧张的胃都疼了。好事的记者也同样不肯罢休，问道："唐总，听方总监的意思，他并不赞同举办这次活动，是吗？"

"哈哈哈！"唐明轩轻笑一声，反问道，"方总监一定是跟我们有共识的，否则大家不会共同出现在这个场合，不是吗，方老师？"

唐明轩的逻辑严谨，表现得是无可挑剔。就连记者们也不得不信服，再找不出其他的毛病来。就连方笑愚说着"任何行业都需要力挽狂澜的企业，我想这是我代表凯曼出现在这里的理由。"这种话，也激不起其他波澜来。

关掉了电视机，沈佳希奇怪地说："这个方总监和唐总到底是怎么回事啊？两个人就像是斗鸡一样，掐的真狠呢！"

可不是，尤其是方笑愚的态度，就像是来砸场子的，也不知道唐明轩到底和他有什么深仇大恨。

"莫菲，你下次去问问唐总呗！"沈佳希怂恿说，"我实在是太好奇了，你说他们两个……莫菲！莫菲！你别走呀！"

莫菲能不走吗？这种事儿就算是借她两个胆儿，她都不敢去问啊！

开赛仪式发生的事情，在网上闹得沸沸扬扬。因为方笑愚的一番话，好多阴谋论者怀疑比赛有黑幕。莫菲看了几篇报道，对唐明轩都非常不利。有些激进派话说得还很难听，批评唐明轩时连"独裁霸道"这种词儿都用上了。

看网友们对唐明轩品头论足，莫菲十分地生气。好几次她都忍不住和网络上的杠精们杠了起来，情绪激动起来连她自己都忘了，之前她也是为此骂过唐明轩好多次的。

莫菲很想打电话问候一下唐明轩，可又怕太过唐突。话全都压在心里，搞得莫菲闷闷不乐的。她联系不上唐明轩，直播上 h 也始终没上线。时间晃晃荡荡地过去一周，马上就要正式比赛了。

为了准备参赛的衣服，莫菲这几天都住在了潘素的工作室。周五她整理碎步料的时候，方笑愚意外地来了。

方笑愚三番四次地找唐明轩麻烦，莫菲对他也不是太待见。草草地打过招呼，她就想走。方笑愚笑呵呵地挡住她的去路，莫菲不得不把箱子放在地上。方笑愚像是变戏法一样掏出一把剪刀来，不停地在莫菲眼前晃啊晃。

"什么呀？"莫菲好奇。

方笑愚显摆地晃了晃，说："亚历山大王用过的剪刀，是不是比你那个签在纸上的签名更珍贵？"

"哇！"莫菲兴奋地接过剪刀来看了看，"你哪儿弄来的啊？亚历山大王送你的吗？"

方笑愚目光深深地看着莫菲，大方地说："我从他那里偷来的！现在，送你了！"

"送我？"这么贵重的礼物，莫菲哪里敢要，"不行不行，这无功不受禄的，受之有愧啊。"

"嗯哼！"方笑愚清了清嗓子，说，"就算是给我未来学妹的见面礼。"

莫菲不解地看他，方笑愚笑说："前两天个展的时候，我听潘老师说你要考巴黎服装工会学院，是吧？我就是那所学校毕业的。"

"真的呀?"

方笑愚点点头:"作为凯曼的设计总监,我打算帮你写一封推荐信,这样你被录取就一点问题都没有了。"

莫菲把剪刀还给了他:"我的确想去巴黎,但我想靠自己的能力去法国。谢谢你的好意,不过我不想胜之不武。"

说完,莫菲抱起布料箱子要走。方笑愚没想到自己送的礼物会被拒绝,他追上来说:"你别误会,我是因为肯定你的才华才想帮你写推荐信的,万一主审老师缺少我这样的慧眼,你能不能考上就存在很大的风险了。"

莫菲对自己这次的设计很有信心:"主审老师不认可我的设计肯定有他的理由,真那样的话说明我的设计风格和这所学校并不匹配,我何必硬要去上一个并不适合我的学校呢?"

这样的回答,倒是方笑愚没想到的:"可我认为巴黎服装工会学院真的很不错,能去那里学习对你的帮助会很大。"

莫菲不舍地看看方笑愚手里的剪刀,终是狠下了心来:"谢谢您的好意,我还有事要忙。至于推荐信的事情,我希望靠自己……方总监再见。"

在拒绝了方笑愚后,莫菲痛心了好久。能用到亚历山大王的同款,那是多少粉丝的心愿啊!莫菲居然拒绝了……她是脑子有毛病?她干吗要拒绝呢?

方笑愚走后,莫菲一直活在深深地自责中。不过她没自责多久,方笑愚又找来了。

莫菲下午约了电视台去录比赛的宣传片,她中午就从潘素工作室出门了。走了没多远就遇到方笑愚,他又拉着莫菲去了拐角的那家咖啡厅。

方笑愚坐在靠窗的位子上,窗外的阳光洒进屋内,给他勾出了一道淡金色的轮廓光。看上去温柔几分的方笑愚一边喝着咖啡，一边看着莫菲。

莫菲被他看得不太自在："方总监，您这么着急找我，是有什么事？"

"'时尚中国风'的比赛没几天就要开始了，你的作品准备得怎么样了？"方笑愚关心地问。

一想到方笑愚之前对唐明轩的态度，莫菲有些戒备："干吗？评委现在就开始评分了吗？"

被莫菲紧张兮兮的样子逗笑了，方笑愚说："你别这么严肃嘛！我是评委，当然想多多了解参赛选手啊！而且我也有私心呀！这次比赛的得胜者可以签约凯曼，我想培养一个自己的得力助手嘛！"

哦，原来是这样，那莫菲听懂了："方总监，你这是变相要帮我开个后门吗？"

方笑愚不以为然："怎么？你不想来凯曼吗？还是……你更期待去明远？"

虽然方笑愚说话时像是在开玩笑，但他言语中对唐明轩的敌意藏也藏不住。莫菲心里咯噔一声，她赶紧笑着说："我没有这个意思。不过，我觉得既然是比赛，评委的态度一致对所有参赛选手才公平。"

"你以为我们凯曼的后门是随便开的吗？"方笑愚笑说，"我啊，也是出于惜才爱才的心，是出于对你设计理念的欣赏以及对你实力的肯定……居然这么干脆就拒绝了，搞得我好像公私不分似的。"

"我也是实话实说嘛！"莫菲哈哈一笑，"别介意方总监，我要谢谢你啊，有好事儿先想着我。"

方笑愚勾勾唇："哎！你这么坦白，我都没办法生气了。"

莫菲拿手机看看时间，说："那行了，你要是没有其他事情的话，我得先走了。"

"赶时间？"方笑愚主动说，"用不用我送你过去？"

莫菲拿起桌上的水杯，匆匆喝了一口："还是比赛的事情啊！今天就开始录参赛者的赛前准备工作了，我和我朋友约好了一起拍摄，她在那边等我呢！"

"要拍些什么？"

具体的莫菲也不太清楚："是参赛者关于选面料的一些事儿吧？"

方笑愚不赞同地看看莫菲，莫菲被看得紧张。方笑愚摸了摸下巴，说："你是一个设计师……你就穿成这样去录节目，会不会太朴素了？"

莫菲低头看看自己身上，牛仔裤小白鞋，确实是很朴素……不过现在回去换衣服也来不及了吧？

方笑愚笑笑，他从口袋里掏出手帕。招来服务生借了剪刀，方笑愚动作迅速地将手帕剪出一朵布艺花来……莫菲看得是目瞪口呆。

要不然怎么说人家是天才设计师呢？看看人家这手法，这创造能力，这……

剪完手帕后，方笑愚用咖啡豆袋子用的防潮钢丝将布艺花固定。等全部做好，刚才的手帕就变成了一朵漂亮的胸针。

方笑愚要帮莫菲佩戴一下，莫菲不自觉地往后躲了一步。方笑愚只是笑了笑，他继续上前帮着莫菲把胸针带好。

阳光从玻璃窗映射进来，照在两人中间。莫菲被他的亲近搞得不太好意思，可方笑愚做起这些来却非常的自然。

"谢谢你啊，方总监这个……"

方笑愚满意地看着自己的作品："送你的，世间独一无二的花朵，送给独一无二的设计师……我不会看走眼的，你不要让我失望。"

既然人家心无邪念，莫菲再拘谨下去就尴尬了。她不好意思地笑笑，点了点头。裤兜里的手机震了震，莫菲掏出手机看看，说："哎呀，我要迟到了，方总监，我得走了！谢谢方总监，比赛我会全力以赴的！"

方笑愚的眼光确实很好，有了他做的胸针，莫菲的整体感觉都不一样了。虽然有些迟到了，但莫菲录制过程中发挥得还不错。

比赛的第一阶段算是完成，第二阶段的创作过程就该去明远完成了。

"时尚中国风"的比赛非常地公正，比赛作品的创作全都要在明远集团进行。等衣服完成后，拿到凯曼进行走秀，再由现场和网络上的观众进行投票打分。任何一个环节都无法找人帮忙，全都由自己亲自来。

要去明远的前一天，莫菲又一次失眠了。她躺在床上不停地胡思乱想，想到要遇到唐明轩该怎么办，要和他说些什么。想来想去，天又快亮了。

哎，莫菲坐在床上发呆，她觉得自己大概率想的东西都是白想的。以唐明轩的身份地位，她想见他一面还是挺难的。

有了唐明轩给的员工证，莫菲进出明远确实方便了许多。但现在再来明远大楼，莫菲却有了不同的期待。沿着大楼的指示牌，她拎着东西往设计室走。这里和唐明轩的办公室在完全相反的方向，想要遇到他可能不是太容易的。

莫菲胡思乱想想的头疼，却万万没想到一抬头就见到了唐明轩站在不远处。

早上设计室这边人不是很多，唐明轩一个人站在走廊里看着背影很是孤独。他穿着米棕色的格子西装，靠墙而立，或许是感到无聊，他用鞋子轻轻敲击着地面。

几天没见到唐明轩了，突然遇到他，莫菲心跳不自觉加快。她犹豫了一下是不是该上前打招呼，唐明轩抬起头恰好看到了她。

"唐总，早上好啊！"莫菲脸色微红，她笑着和唐明轩打招呼，"'时尚中国风'的比赛开始了，我来你们的设计室做衣服的。"

没来由的，莫菲竟然有点紧张。唐明轩还没开口问话，她自己就解释了一堆。

唐明轩看着她笑了，他淡淡地说："我知道，所以我是来找你的。"

找她？唐明轩来找她？

那个不可一世无法接近的唐明轩唐总裁居然会主动来找莫菲？

嘿，今天这太阳是打西边出来了吧？

"您找我什么事儿啊？"莫菲笑说，"我这还要去设计室报道呢！"

"放心吧，不会耽误你的……你跟我去办公室一趟，一会儿我让人带你回来。"

唐明轩上前，伸手想帮莫菲提工具箱。他颇为绅士地俯下身去接，莫菲被他的动作弄得脸更红了。

"别了，还是我自己来吧！"莫菲低头小声地对唐明轩说，"你还不知道吧？明远的老总特别喜欢扣员工奖金，咱俩都这么熟了，我不能坑你呀！这要是被老总看到了，你的钱包就要受苦了！"

唐明轩知道莫菲是在为他的面子考虑，他忍不住哈哈大笑。爽朗的笑声在走廊里回荡，莫菲觉得这个早上真是非常美好。

唐明轩带着莫菲走进办公室，办公室的门刚一关上，唐明轩就伸手接过莫菲怀里的东西："你先去沙发坐。"

只有他们两个在，莫菲就不客气了："谢啦！"

唐明轩把莫菲的东西放在一旁，他从办公桌上拿过一个文件夹，交给莫菲。

莫菲接过来："这是什么？给我的？"

"绣坊的采购清单。"唐明轩不会说话不算话的，答应过莫菲的事情他一直记得，"李师傅绣坊的小院子虽然有了，但是里面还缺不少东西，采购部定了张单子……刺绣他们不太懂，还是你来把关比较合适。"

莫菲翻开了文件夹，认真地看起了清单："这些太多了吧？那个小院子放不下吧?"

"我知道。"钱能解决的问题,对唐明轩来说都不是问题,"我会把这片园林再进行扩建。"

莫菲感慨:"你们公司好有钱啊。"

唐明轩笑得一点不谦虚:"还好吧!"

莫菲抬头看了看他,两个人的视线正好碰到一起。他们谁都没再说话,却都在笑。

早上的阳光洒满了唐明轩的办公室,莫菲忽然觉得这里好像变了。不似之前那么空旷冰冷,让人感觉很亲切。

就像现在的唐明轩。

"明轩!"

不和谐的声音意外传来,唐明轩和莫菲闻声一齐抬头看向门口,就见夏雪凌出现在门口,神情讶异。

夏雪凌脸上的表情稍纵即逝,但瞬间又浅笑盈盈:"有客人在?"

唐明轩和莫菲一起站了起来,他又做了一次介绍:"雪凌,你之前见过的……这位是李师傅的徒弟莫菲小姐,她这次参加了我们'时尚中国风'的比赛。"

夏雪凌上前两步,向莫菲伸出手:"莫小姐,我们又见面了。"

莫菲尴尬地笑笑,伸手握了握夏雪凌的手。

夏雪凌没再理会莫菲,她转头对着明轩嫣然一笑:"明轩,你这里结束了吗?新一季的设计准备得差不多了,你要不要和我去看一下?"

莫菲很识趣地去拎自己的东西:"你还有事儿?那我先走了……对了,比赛的设计室在哪儿来着?"

唐明轩看看手表,抬头看向莫菲:"你对新一季的服装有兴趣吗?一起去看看?"

莫菲惊讶："我？可以吗？"

"跟着我来就可以。"唐明轩说罢，便大步向门口走去。

莫菲看到夏雪凌的笑容凝固在脸上，略微犹豫。这种情况下她跟着一起去，似乎不太恰当。莫菲想着如何去拒绝，唐明轩在门口站定回头看她："不跟来吗？"

莫菲的视线在唐明轩和夏雪凌之间转了转，她心一横，这才抱着东西跟上。夏雪凌不知在想些什么，她比他们两个落后了几步。等夏雪凌再走上前来，脸上已经换上了温和恬静的笑容。

设计室中一套套时装被套在人台上，设计师们拿着衣服或是布料来来往往地忙碌着。唐明轩带着莫菲走进了设计室，夏雪凌跟在后面。

一个梳着高马尾的设计师透过人台间的缝隙看见莫菲走进设计室，毫不客气地出言制止："你是哪个部门的？现在设计作品处于严格保密的阶段，外人不能进来的！"

Chapter Ⅲ

合欢色

坐含风露入清晨
夜合枝头别有春

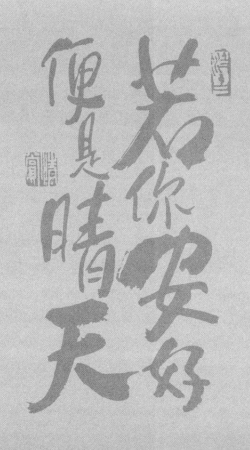

莫菲闻声，有些紧张地站在原地，她解释说："我是那个，我来是因为……"

唐明轩将莫菲护到身边："刘培，她是跟着我来的。"

刘培这时才看见唐明轩，急忙放下了手上的事情，走上前来："唐总好，夏总监好。"

唐明轩点点头，莫菲有些局促地跟在唐明轩身后。

"做得怎么样了？"唐明轩语气淡淡地问。

刘培的眼神还在留意着莫菲，似乎很怕莫菲来偷东西："今天下班前就能完成了，唐总你看这边的……"

说完刘培就在前面领路，唐明轩跟在她的身后向前。莫菲悄悄拉了一下唐明轩的袖子，唐明轩站在原地不解地看她。

莫菲低声问唐明轩："我在这儿应该不太好吧？要不我还是先……"

唐明轩低头看看莫菲胸前挂着的员工证，见莫菲的员工证反了过去，唐明轩伸手帮她把员工证摆正："有什么不好的？你的员工证上不也写着明远设计师吗？"

看不远处夏雪凌的表情越来越难看，莫菲着急地给唐明轩使眼色："员工证上是这么写的，但我……"

唐明轩不觉得有什么问题："之前你在苏州跟我巡店的时候不说得挺好的？这次也是一样，你就大大方方看，大大方方说。"

莫菲急了："这次不一样呀！这次你要我当着人家设计师的面说，你不是让我得罪同行吗？"

得罪人的事儿唐明轩都推给她了，以后还让不让她在设计圈混了啦！

唐明轩抿唇偷笑，他低头小声地说："好好表现……我认识这里的老总，他人帅又大方，你表现得好，他会给你双倍的劳务费。"

说话时唐明轩的唇离着莫菲的耳朵很近，感觉他吹出来的热气喷在耳朵上，莫菲不自觉地哆嗦了一下。

唐明轩站直了身子继续往前走，莫菲也就不客气了。反正狐假虎威的事情她也不是没干过，也算是经验丰富。

跟在唐明轩身后，莫菲认真地看着设计室中的衣服。唐明轩带着她在设计室中看了一圈，莫菲开始还有些紧张，但是认真看了几件时装之后，她就把紧张感抛在了脑后。

"莫菲，你有什么想法？"

莫菲话说得小心："好看倒是挺好看的，就是……没有品牌自身的风格特点。"

夏雪凌笑容满面："莫小姐的意见也太模糊了吧？说得这么模棱两可，是你不够专业，还是你实际上没看出什么问题？"

莫菲话说得客气，但人家夏雪凌是真没和她客气。言语中句句带刺儿，一点面子都没给莫菲留。

夏雪凌这样讲话，唐明轩稍微有些不高兴。他知道莫菲在顾虑什么，引导着莫菲继续讲："有我在这儿，你有什么好怕的？接着说。"

唐明轩是要给他撑腰了！

这大老虎，实在是太给力啦！

有唐明轩的这句话，莫菲也不用藏着掖着了。深深吸口气，她走到了一套衣服前："就说这套衣服好了，职业风，简洁，干练，裙子的垂坠感也很好……只是和2015年 Armani 春夏系列的风格太相似了，有创新的部分也只是在印花和袖口的设计上。"

夏雪凌瞥了身边的刘培一眼，脸色更加阴沉。

唐明轩皱眉，他的脸色也同样不好看："其他的呢？"

莫菲走到了另一条裙子边，说："这条裙子看着是我们中国风的交领设计，领边和裙摆上用得也是中国的锦缎，但是却和2019年 Stella Jean 在米兰发布的新系列很像，连腰上的蝴蝶结设计都是一样的……"

唐明轩看向夏雪凌。

夏雪凌笑容僵硬："莫菲小姐真是厉害，往年各大品牌的设计样式居然都能记得。"

莫菲连连摆手："我没有别的意思，就是想到什么说什么了……要是说得不对，你们也别介意。"

夏雪凌没有看说话的莫菲，她高傲地转头看向了刘培："刘培，这个系列你是主要负责人，你来给莫小姐解释一下吧……小心一点，设计师要爱惜羽毛，万一被扣上抄袭的帽子，你摘也摘不掉。"

刘培心虚地扯了扯衣角："啊，唐总，夏总监，这个其实是……"

设计室中气氛冷冷的，众设计师都盯着莫菲，莫菲面露尴尬……莫菲想，这到底是什么世道啊？抄袭者能理直气壮，揭穿抄袭者反而成众矢之的了？

毕竟是在别人的地盘上"撒野"，就算有大老虎撑腰，莫菲也得收敛些。她乖巧地站到唐明轩身后，不再发表任何意见了。

唐明轩承接住了所有的眼神攻击，他冷冷地说："你们知道明远为什么一直不和海耀合作吗？"

众人看向唐明轩，他说："因为海耀的设计师，三年前抄袭了我们的作品……那你们又知道，我和海耀的维权官司打了多久吗？从发律师函开始算起，整整两年。"

唐明轩走到莫菲说的两件作品面前看了看，冷哼一声："感谢莫菲吧！要不是她提前说出来，等新品发布后被别人报导了抄袭的事情……我要你们付出的代价，就不是辞职那么简单了。"

夏雪凌没想到事情会变得如此严重，她也有些慌了："明轩，这件事情可能有点误会，不如我调查一下再下结论？只听莫小姐一个人说的话……"

唐明轩面无表情地掏出手机，搜索出了莫菲说的两件衣服，拿给夏雪凌看："剩下的话，还用多说吗？"

夏雪凌面红耳赤。

唐明轩环顾设计室，设计师们不敢对上唐明轩的眼神，悄悄侧头。

"雪凌，这些设计尽快重做……莫菲，你比赛的报道时间要到了吧？走吧，我送你过去。"

"啊？啊！"

唐明轩大步走出设计室，莫菲急忙跟上。

新品发布前出现这样的事情，对任何公司来说都是致命的打击。唐明轩没有和莫菲说太多，把莫菲送到设计室后他就先去忙了。莫菲填完信息表，她将白胚布在桌子上展开，拿过尺子，开始认认真真地在白胚布上划线。

红色的划线笔随着尺子在白胚布上留下清晰的线条，交领一条、两条、三条……剪刀顺着红色的线条有节奏地一下一下，将布片从整幅布上裁剪下来。

莫菲将裁剪下来的布片，固定在人台上，一条抹胸拖地礼服裙已经初见雏形，在领口处还做了一个中式的小立领。

"咚咚咚。"

"请进。"

沈佳希从外面打开门，她探头往里看了看，笑着走了进来，手中还端着两份午餐。

"当当当！"沈佳希将午餐举到莫菲面前，"贴心的我来给你送午饭啦！感不感动？开不开心？"

"快！你来得正好，快帮我看看，我这个……"

沈佳希就知道莫菲工作起来就不会照顾自己："先吃饭，先吃饭，你帮我接一下，我手腕要断掉了！"

莫菲看看桌面已经全部被各种布料和工具占满，心疼地说："你先放地上吧！别把我的布料弄脏了。"

沈佳希犹豫一下，转身把饭菜放在了旁边的窗台上："不是我说你，你现在是在明远集团，是在服装设计师向往的金字塔顶端……你能不能稍微在意一下个人形象？"

莫菲这才注意到沈佳希精心整理过的发型和衣服："你行啊！你可以啊！特别打扮成这样……你来明远是参加比赛的还是来钓金龟婿的？"

沈佳希搂过莫菲的肩膀，对着莫菲挤眉弄眼："比赛要参加，金龟也要钓呀……怎么样，和我说说吧，你的金龟，是不是已经上钩了？"

莫菲拿线团丢她："什么金龟？哪儿有金龟？我这是棉线，又不是鱼线……你当我这儿是鱼塘呢？"

沈佳希哈哈笑着："得了吧，你以为我不知道？唐总带你去设计部的事情，明远上下都知道了！"

"啊？"莫菲没想到事情会传得这么快，"大家都怎么说的啊？"

沈佳希往莫菲身上靠了靠："大家都说，唐总冲冠一怒为红颜，就因为你的一句话，把半个设计部的人都开了……你怎么又丢我啊？"

莫菲气急败坏："我倒是想丢那些胡说八道的人！我丢的着么！"

"他们说的不是事实？"

"一句事实都没有！"

沈佳希追问："那你倒是和我说说呀！你们在设计部到底发生什么了？"

莫菲表情纠结，不知从何说起："不说了，吃饭了！我饿了！"

沈佳希憋不住话："你说说嘛！我好奇一早上了……就算他们都是胡说八道的，可我是两只眼睛一起看着唐总帮你拿着大包小包，亲自送你到设计室的！这总没有假吧？"

莫菲装糊涂，在外卖里找了又找："你买生煎怎么不要点醋啊？"

沈佳希也跟着一起去找："我要了啊，醋在……莫菲！我问你话呢！你要什么醋！"

"咚咚咚。"

外面又有人在敲门，莫菲和沈佳希转头看向门口，就看见夏雪凌站在门口，两人的筷子都停在了半空中。

沈佳希小声说："醋来了。"

"莫小姐。"夏雪凌端庄地问，"方便聊几句吗？"

不等莫菲回答，夏雪凌先转身出去了。莫菲和沈佳希面面相觑，也不得不跟着出去。

莫菲走出设计室，夏雪凌就在门口等她。夏雪凌温柔地笑了笑，问："在这里还习惯吗？缺什么少什么，你就直接告诉我，我让他们给你准备。"

莫菲客客气气地拒绝："这儿挺好的。谢谢夏总监。"

"不用说谢谢，这都是我应该做的。"夏雪凌比莫菲还要客气，"早就听明轩说你在绣坊的事情上帮了不少忙，我一直很想谢谢你帮我们。"

夏雪凌的话，让莫菲心里刺刺地难受。听她这话的意思，唐明轩将他和莫菲的事情都和夏雪凌说了吗?

忽然间，莫菲觉得很生气。可转念又一想，她好像也没什么资格去生气。毕竟以他们之间的关系，夏雪凌叫他"明轩"，而她只能叫他"唐总"。

莫菲赌气道："唐总和您都太客气了，明远能和绣坊合作，我也很高兴。"

夏雪凌的笑容扩大了一些："之前我对你有点不好的误会，明轩担心我会……始终没找到合适的机会，我也就没好意思来打扰你。"

莫菲不自觉提高了音量："之前的事情，我也有做得不好的地方，希望夏总监也不要放在心上。"

夏雪凌整理了一下头发，笑道："我就和明轩说，莫小姐也是个爽快的人，他偏不信……回去我要好好地说说他呢! 他也太不了解女孩子啦!"

莫菲不自在地笑笑。

夏雪凌掏出一张名片塞到莫菲手里："这是明远经常合作的彩妆师，比赛的时候，你联系她，她会来帮你的模特做妆发。"

办公室内的流言是传播的最快的，得知夏雪凌来了，附近设计室的设计师全都好奇地探头张望。见夏雪凌递来了名片，隐隐有议论声传来。

莫菲把名片还回去，她说什么都不能接："谢谢夏总监，但我接受你的帮助并不符合比赛的规矩。"

夏雪凌笑笑："你太客气了，这也不算什么大事儿。要有能帮到你的地方，我和明轩一定会尽力的! 你有需要就让我们知道，我们拿你当朋友，你也别和我们见外呀!"

夏雪凌说完便踩着高跟鞋离开，莫菲捏着名片愣愣地站在走廊里。不小心遇上了参赛设计师好奇的目光，她尴尬地笑笑，转身钻回了自己的设计室。

"怎么了？怎么了？"设计室内的沈佳希还在等着问，"夏总监和你说什么了？是不是情敌见面分外眼红，然后你们啊……"

莫菲拿起一个生煎塞到沈佳希嘴里："吃你的吧！"

夏雪凌突然找来，引发了不小的议论。这才是比赛正式开始的第一天，就出这样的事儿，让莫菲很难下的来台。她决定接下来的日子关好房门，再不去惹麻烦。

设计室中只亮这一盏灯，莫菲弯着腰站在灯光里，飞针走线缝着裙边。沈佳希从门外探头进来："莫菲，走吗？"

莫菲直起身看向沈佳希："我想把这个裙边收好，你先走吧！"

"很晚了哎！"沈佳希心疼她，"你要不要这么拼啊？一起走啦，明天再弄。"

莫菲笑了笑："我这里还得一会儿，要不，你先走？"

"我追的剧今天有更新，莫菲，那我就不等你了。"

"明天见。"

沈佳希从门口离开，莫菲继续专注地研究着图纸。她专心缝制着，很快，一件裙子的雏形就缝制出来了。莫菲把裙子挂起来，围着裙子检查，剪线头。拿出手机拍照片，拍完后莫菲忍不住比了个耶的手势，露出灿烂的笑容。

时间确实不早了，莫菲打了个哈气也准备回去了。她收起手机转身，恰巧看到了身后站着的唐明轩……他什么时候来的？他来多久了？

他是不是看到自己刚才幼稚的自拍模样了？

设计室其他灯光都暗了，唐明轩就站在昏暗的角落处。被莫菲发现了，他也走上前来："怎么还没回去？"

"我这就回去了呀！"莫菲反问他，"唐总怎么还不回去？"

"我也要走了，正好下来看看。"唐明轩说，"走吧，我送你回去。"

莫菲摆摆手，说："不用啦！我叫车就行。"

"你现在叫车，天亮都未必能叫到。"唐明轩说。

莫菲不信："总裁大人你平时没有叫过车吧？所以你不了解出租车市场的行情，现在这个时间没多少人了，还是很好叫车的。"

这世界上就没有唐明轩不了解的事情："我看是你不了解明远。"

莫菲也不信邪，她固执地要自己叫车。可真像唐明轩说得那样，她选择叫车后，显示前面等车的人数还有一百多位。

"我的天啊！"莫菲想不通，"都这个时间了，怎么还有这么多人在外面没回家呢？"

唐明轩带着莫菲从楼上下来，他说："所以我才说，你不了解明远。明远的自主加班率，是全行业最高的。"

"真的不是你强迫的吗？"

莫菲很小声地问了一句，唐明轩笑了："我或许能强迫一两个人加班，但我不能强迫所有的人都加班，对吧？"

"这么多人都在加班。"莫菲对大公司上班产生了无限的向往，"有梦想真是好啊！"

有梦想，有活力，知道自己为什么而拼搏奋斗，这种感觉真的是……

"可能也不完全是因为梦想吧！"

"那还能有什么啊？"

"明远自主加班双薪。"

"……"

多亏了唐明轩开车送她回去，莫菲在明远累了一天，坐到车上没一会儿她就睡着了。隐隐约约中，她好像是做了一个梦。她梦到一片花园，草地，还有一只小狐狸和小男孩儿……

莫菲觉得这个梦很有趣，她走上前问了问小男孩儿：你是谁呀？

小男孩儿抬头看看她，傲娇地说：我是小王子。

居然会直言不讳地说出自己就是小王子……这孩子跟唐明轩真是一样的脾气性格啊！

莫菲盘腿坐在草地上，她问：你在这里干什么呀？

小男孩儿说：我在等我的小狐狸呀！

莫菲笑：我就是小狐狸，我是狐假虎威的小狐狸！哈哈哈！

随着莫菲的笑声，梦境开始发生变化。小男孩很快就不见了，唐明轩正从不远处走来。

梦里的唐明轩依旧英俊帅气，他穿着笔挺的西装，优雅又随性。

在梦里见到他，莫菲感觉无比的踏实。她控制不住地想要和他亲近，甚至还主动牵起了他的手。

唐明轩比小男孩还要傲娇：你这是干什么？

莫菲笑说：你就是我的大老虎呀！我要紧紧跟在你的身边。

唐明轩没有推开她，而是问她：我是你的大老虎，那h是你的什么啊？

唐明轩突然提起h，莫菲有一种偷情被抓的紧张和尴尬：h和你不一样！他就是我的朋友！我们两个真的就是朋友！明轩！你相信我！

莫菲费力地解释着，夏雪凌不知道从哪里走出来了：能叫他明轩的只有我！你算是什么东西？你也配叫他明轩？

夏雪凌说得好像有点道理，莫菲愣了愣。就在她愣神的时候，唐明轩不知怎么和夏雪凌凑到了一起，他们两个在花园中接吻。

这样的画面太刺激，太惊悚。莫菲受到了强烈的惊吓，直接将她给吓醒了。

莫菲从梦中惊醒，醒来后她人还在唐明轩的车里。汽车早就到楼下了，唐明轩估计是看她睡着没有叫她。看看时间，他们到了应该是有一会儿了。莫菲想要道谢回家，回头一看唐明轩也睡着了。

唐明轩似乎是比莫菲还要累，他睡得比莫菲还要沉一些。靠在座椅上，他的侧脸线条有些锐利。

他的睡脸安静，完全不像清醒时那么难接触。莫菲想起了刚才做的梦，她小心翼翼地靠过去看了看……还真是一个威风凛凛的大老虎啊！

莫菲想要把唐明轩的脸看得更加清晰，她慢慢地向他靠近。她屏住了呼吸，生怕吵醒了唐明轩。

虽然莫菲的动作仔细，但她却忘了自己身上还带着安全带。被安全带勒了一下，她疼得哼了一声。

唐明轩的睡眠很轻，轻微的响动也还是把他给吵醒了。他迷茫地睁开眼睛，哑声问："你醒了？"

刚睡醒的唐明轩，嗓音更加的富有磁性。莫菲脸红了红，说："不好意思，我不小心睡着了……抱歉耽误了你这么久。"

"你没有耽误我什么。"唐明轩才是想和她说谢谢，"我已经有很长时间没有自己睡着过了。"

"没有自己睡着的意思是指……"

"我需要吃药。"唐明轩自嘲地说，"我必须靠着药物才能睡着，要是我自己躺在床上，我是没办法入睡的……很可笑，是不是？"

莫菲一点不觉得："哪里好笑了！"

"在我看来，这是非常好笑的事情。"夜晚的氛围放松，唐明轩自然地说出心声，"我从不喜欢自己无法掌控的事物，可是到最后，我却连自己的睡眠都无法掌控。"

莫菲不敢相信自己的耳朵，这是那个神气的大老虎该说的话？

听起来……是那样的让人心疼。

莫菲看着唐明轩，目光中多了些许的怜爱。她想了想，安慰唐明轩说："或许，你不要想着去掌控它呢？"

唐明轩侧过身来看向莫菲，莫菲笑说："你可以试一试，不要将睡眠看成是一件多么痛苦的事儿。你就顺其自然好了，该睡的时候就睡，实在睡不着也别勉强。很多事情都是，物极必反嘛……你看你刚才，睡得不是挺好的。"

"是。"唐明轩望着莫菲的眼睛，"那是因为你在身边。"

那是因为你在身边，所以我才能安心的入睡。

那是因为你在身边，所以我才能彻底地放松压力。

那是因为你在身边，所以我才能……莫菲的心跳加速，她不敢再往下去想了。

再想下去，她也不知道她会有什么怪异的想法冒出来。

气氛好像是有点暧昧了。

莫菲紧张的呼吸都有些不顺畅，她必须靠着大笑来缓解："哈哈！唐总你刚才睡得挺香的啊！你做梦了吗？"

唐明轩没有开玩笑的意思，他深深地看着莫菲，认真地回答："有。"

"你做了什么梦？"

"我梦到你梦见我。"

"……"气氛好像是，更暧昧了。

莫菲已经想不出如何岔开这个话题，她解开安全带就想跑下车。在她推开车门的一刹那，唐明轩握住了她的手……这次他的掌心滚烫。

火热的温度炙烤在莫菲的心上，她情不自禁地回头看唐明轩。她很想问问他，他会不会像她梦里那样跟夏雪凌亲近，会不会只愿意做她这只小狐狸的大老虎……莫菲真的很想问问看。

莫菲犹豫着想去问的时候，突然有人在外面大力地拍了拍车窗！莫菲和唐明轩全都吓了一跳，两个人条件反射的松开手！

"莫菲！"穿着睡衣的莫凡气急败坏地在车下叫嚷，"你这么晚才回来，为什么不告诉我一声！我一直在楼下等你！"

"你小声一点！小声一点！"莫菲觉得十分地丢脸，"我这不是回来了吗？"

"几点了！几点了！"莫凡指指空荡荡的手腕，说，"你自己看看，都几点了！你一个女孩子这个时间回来！你知不知道有多危险！你……"

莫凡一时气愤，他没控制好音量。喊得有点太大声，附近的居民有好几家亮了灯。

坐在驾驶位置上的唐明轩笑了笑，莫菲是更加地丢脸。怒冲冲地从车里下来，她照着莫凡的肩膀抽了一下："你有完没完？你嚷嚷什么？"

"我……"莫菲抽得这一下，直接抽散了莫凡的气势。他的语气立马弱了下来，说，"我这不是担心你嘛！"

好好的气氛被打断，莫菲也是气得要命。打他一下还不解恨，莫菲照着他胳膊打了好几下："有你这么担心我的？你怎么不拿个大喇叭，挨家挨户地去通知啊？你干脆告诉所有人，你姐姐夜不归宿好了啊！"

"姐，你误会了。"莫凡委屈巴巴地说，"我其实是……我……"

唐明轩打开车门从车上下来，莫凡像是看到了救星一般。跑到唐明轩的身边躲起来，他可怜地说："姐夫救我！"

"……"

"……"

感谢莫凡的这句话，莫菲今晚上真的是完整了。各个方位的脸，都被他给丢光了。

莫菲结结巴巴地想要解释，什么莫凡误会啦，什么事情不是他想的那个样子啦……被误会成别人姐夫的唐明轩倒是好像不太在意，他淡淡地说："你放心好了，以后你姐姐晚回来，我一定提前通知你。"

呃……

莫菲不知道该怎么回答，莫凡当机立断决定抱好唐明轩的大腿："还是姐夫说话靠谱！"

"莫凡你给我闭嘴！"

唐明轩听着他俩吵闹，越看越有意思。这对姐弟俩真是，闹腾起来是一样的好玩。

尤其是狐假虎威的做法，简直是一模一样。

唐明轩笑着离开了，莫菲心里还是愤愤不平。回去的路上又踹了莫凡一脚，她生气地说："人家根本不是我的男朋友！就是合作关系！你这样搞完，以后我还怎么见人！人家再以为我暗恋他！"

"他不是你男朋友啊？"莫凡不信，"不是男朋友大晚上他送你干吗啊？"

"我都说了，我们是合作关系！人家是因为绅士，才要送我的！"

"这大晚上的，绅士给你叫个车不好吗？还亲自开车送你。"莫凡怕继续挨打，他吹捧着莫菲说，"姐，你这人见人爱花见花开的，他要是喜欢你，殷勤一点，也是很正常的啊！"

要是莫凡这么说，好像也是……

"反正不管怎么样，你下回不能随随便便叫人家姐夫！"

莫凡八卦地问："行，那你告诉我，他下次什么时候再送你回来啊？以后你在明远参加比赛，是不是都要他送你了？"

"我……"

莫菲也不知道。

因为莫凡的话，莫菲对比赛过程充满了期待。可唐明轩实在是太忙了，除了第一天见了两次以外，剩下的时间了他们再没见过。

一转眼，就到了第一次服装展示的直播现场。

电视的走秀和后台走秀还不一样，这里不仅有秀场导演，还有电视台的现场导演。两个导演一起指挥，搞不好就容易发生冲突。一个往东指挥，一个往西指挥，最终苦的还是设计师们。

现场导演戴着耳机一边说话，一边匆匆跑过。沈佳希手忙脚乱地帮着模特穿衣服，莫菲穿梭在自己的模特中间，帮她们整理衣服细节。坐在化妆镜前的白小曼，视线的余光不时看向莫菲，眼神中透着不屑。

莫菲出去看了看，现场设计做得很高端大气。这里舞台正对的是四个座位的评委席，评委席背后就是观众席。观众席的前两排是嘉宾席，嘉宾席的座位上都已经用粉色的纸做好了背签。

观众席上已经有一些观众落座了，嘉宾席上也有几位嘉宾已经到场。众人落座，现场灯光暗下来，后台模特等候在出场口，比赛马上要开始了。

"开始了，开始了！"沈佳希用手扇着扇，她紧张地说，"终于要……"

主持人走到舞台上来，他的开场白盖过了沈佳希的声音："让中国文化绽放时尚之光！欢迎大家来到《时尚中国风》！中华文化源远流长，时尚风潮日新月异。'时尚中国风'青年设计师大赛，将用青春的巧思让五千年文化，成为潮流的先锋！现在让我们有请第一组选手的作品。"

舞台上灯光变换，Led屏幕上出现江南风格的背景图案。舒缓的音乐声响起，一个身穿拖尾晚礼服的女模特款款走来，优雅从容。

一个身穿类似秀禾服的女模特拿着扇子走出来，在T台最前端，做了一个以扇遮面的定点动作。

在她之后，出场的是莫凡。莫凡穿着一身设计感很强的休闲西装走出来，一改往日嘻嘻哈哈的模样，他的表情严肃，专业又认真。

莫凡之后又来了两组模特，在他们都走完之后，三个设计师走到了他们的旁边。沈佳希是第一个发言的，她可能是太过紧张了，主持人还没说话她就说："首先感谢主办方给我的这次机会，说到'烟雨江南'，我联想到的就是'竹喧归浣女，莲动下渔舟'，因此我设计了莲花型的大裙摆。这条裙子最大的特色就是走动时，脚踝在裙摆里若隐若现，正如烟雨中的江南，清纯中带着妩媚。"

第一轮设计师讲解完，舞台上除了照亮 T 台的灯光，其余又全都暗了下来。活泼俏皮的中国风音乐响起，接下来该莫菲上场了。

在莫菲将手机交给沈佳希时，突然来了一条短信。沈佳希替她着急，说："哎呀，谁这个时候来找你啊？你先去讲解吧！回来再看好了。"

莫菲像是得到感应了一般，她抓起手机匆匆扫了一眼……是唐明轩发来的消息。

加油。他说。

虽然只有短短两个字，可莫菲却从中得到了无限的动力。深吸了一口气，她放下手机走向舞台。

在后台看的时候没觉得怎么样，可站到舞台上莫菲也有些紧张了。灯光又亮起，场下的观众们掌声雷动。其他地方都是黑压压的，只有前排坐着的四位评委最为醒目。

方笑愚也是评委之一，见莫菲上台来，他对着莫菲笑了笑。

主持人也走上了舞台："谢谢几位设计师的精彩作品。我们请舞台上最美丽的设计师为大家介绍自己的作品吧！"

主持人将话筒交给了莫菲，莫菲和她的模特向前一步，走到了最前面。

莫菲在人群中看了一眼，也不知道唐明轩现在坐在哪里："评委老师好，观众朋友们好。我是七号设计师莫菲。我的作品的名字叫作'雨过天青'。江南给人的感觉似乎永远都是春天，永远都是清新的，而天青色是我认为最春天的颜色，所以我用天青色作为我设计的主色。同时，我在裙摆上用苏绣绣上了许多代表春天的花朵，而裙子表层，我选用了光泽度最好的欧根纱，它像细密的雨丝，恰如其分地诠释出我们的'烟雨江南'的主题……"

天青色，那是他们一起看到的颜色。

你看到了吗？我把你喜欢的颜色，做成了衣服……

夏雪凌和杨光以及另外两三个设计师在看着现场的情况，到莫菲介绍自己的设计时，夏雪凌频频摇头。

杨光将在唐明轩那儿学到的几句拿出来卖弄："我觉得她在绣花的细节处理得很好，绣花的部分藏在裙摆之中，不会喧宾夺主，让人眼前一亮。她知道'less is more'，上身留白了，品味很好。"

夏雪凌双手抱臂，冷哼道："我同意你们的观点，不过在我看来，她的设计理念还是不够成熟，过分地强调理念上的美，可你们谁能告诉我这件衣服是给什么人设计的？"

杨光就是想卖弄两句，没想到夏雪凌的反应会这么大。他识趣地闭上嘴，可夏雪凌还在说："衣服只是好看，但是没有内涵！这相当于一个美人，美则美矣，毫无灵魂。莫菲的问题，在于她根本还不知道自己想要成为什么样的设计师！"

夏雪凌说得正激动时，唐明轩突然走了过来坐下："怎么样了？"

"你不是有会议参加吗？"夏雪凌敏感地问，"怎么又过来了？"

唐明轩靠在椅背上，淡淡地说："会议提前结束了……已经到莫菲了吗？"

夏雪凌没有回答，杨光笑着说："轩哥，我给你看着呢！莫菲介绍完作品了！马上该评委打分了！"

唐明轩点点头，视线在台上找了又找。终于找到模特旁边的莫菲，唐明轩的视线才定了下来。

"轩哥。"杨光说,"莫菲的主题用的是天青色呢!"

唐明轩笑了:"她果然做到了。"

"什么?"夏雪凌问。

唐明轩笑着摇摇头,他没有回答。夏雪凌攥紧了拳头暗自生气,坐在评委席上的方笑愚看到了坐在不远处的唐明轩。

现场到了评委点评的段落,熊英老师对莫菲的设计理念表示赞赏:"我很喜欢你的设计,很典雅,又不失活泼。线条的设计很跳跃,我甚至能够想象电影明星穿着你的裙子走在电影节的红毯上。"

"哇,很高的评价了。"主持人笑说,"看来这次我们的莫设计师很可能胜出啊!那么方老师怎么看呢?"

方笑愚转了转椅子,一脸严肃地说:"我和熊英老师的意见不太一样。"

"我们的方总监很严格呢!选手的考验来了!"

方笑愚不苟言笑地说:"所有的创作,都是一种语言。设计师通过服装的语言,来和观众沟通。设计里有没有融入感情,有没有真情实感,观众是最能感受到的……比起那些炫技的手法,我觉得这个更是考验设计师的重点。抱歉啊,目前这套服装表达的感情,还没有打动我。"

与其说方笑愚是不喜欢莫菲的创作,倒不如说他是在鸡蛋里挑骨头。即便和方笑愚一起做评委的熊英老师,也是一脸不解。

气氛和场面忽然变得有些尴尬,主持人不得不圆场说:"谢谢熊英老师对新人的鼓励,也谢谢方总监对新人的严格……好!现在让我们来看看各位导师的打分结果!"

85分……80分……87分……方笑愚举起了打分板,打分板上写着75分。

75分,这是这场比赛的最低分数。

现场观众一片哗然，莫菲的脸色也不太好看。自己精心设计的作品被方笑愚打出这样的分数来，在莫菲看来实在是侮辱人。

莫菲垂着头不说话，主持人安慰道："方老师，爱才心切，真的是很严格了！让我们一起来看一下莫设计师的最终得分……好险好险！我们的莫设计师以最后一名的成绩进入下一个环节！不过没关系，这只是第一轮评选的结果！莫设计师，希望你在决赛里有好的表现！"

莫菲对评委和观众鞠躬，简单道了谢，她就离开了。

在舞台上受了如此打击，莫菲有些心神不宁。她从后台出来，踩着高跟鞋的白小曼一路拨开众人出现在了莫菲的面前。

抓住了嘲笑莫菲的机会，白小曼哪里能放过："莫菲，恭喜你呀！最后一名挤了进来。"

莫菲绝对不会把自己的丧气展示给白小曼看，她故意笑着说："是啊，你是该恭喜我。不管我是第几名，我总算是进决赛了，不是吗？"

白小曼嘲笑道："你真是没脸没皮，这种话居然说得出……我刚才在后台都看到了，方笑愚在电视直播里当众批评你的作品。现在你还能笑得出来，我要是你，我下了台就躲起来哭了！"

莫菲收拾自己的东西准备离开，白小曼不依不饶地追上来："你和方笑愚的关系不是很好吗？上次居然能求他带你去慈善晚……这次没求求他照顾照顾你？还是你求完被他拒绝了？"

莫菲忍无可忍地把手里的衣服摔了一下："是啊，方笑愚是在直播里批评我的作品了。他能批评我的作品，是因为我有作品！你有什么？你有的只是小肚鸡肠！尖酸刻薄！"

"你说什么！"

白小曼尖锐的声音引得众人都看向莫菲。

莫菲不愿意再和她纠缠了："白小曼，谢谢你总是这么操心我！我很好，你可以走了吧?"

白小曼冷嘲热讽地说:"莫菲，你摆什么架子?还真当自己是什么天才设计师了?别以为你认识两个评委，就能在这行里站稳脚了!方笑愚，不是你能轻易傍上的!"

莫菲听着白小曼的话很生气，她的眼神却突然看向了白小曼的身后:"方老师!"

白小曼吓了一跳，赶紧回身去看，围观的人也纷纷转过头去，但是方笑愚根本不存在。

莫菲成功耍了白小曼，她这次是真心实意地笑了:"你啊，年纪也不小了，什么时候能学聪明一点?不是谁都天天想着傍男人的，好吗?"

莫菲拿起自己的东西转身就走，白小曼对着她的背影骂:"不知天高地厚的东西!哼!"

好不容易甩开了白小曼，莫菲终于能清静清静了。她一手抱着用编织布袋子包裹好的服装，一手拎着工具箱，垂头丧气地走在路上。一辆轿车从后面开上来，绕到莫菲面前紧急刹车，挡住了莫菲的路。

莫菲被他吓了一跳:"你怎么开车的?这样很危险!"

轿车车门打开，方笑愚笑盈盈地从车上下来:"这是生我气呢?"

"我为什么要生你的气?"莫菲不想和他说话，转身往相反的方向走。

方笑愚追了过来:"上车吧，我送你回去，你这大包小包的，会累坏的。"

"不用了，我自己回去就可以了，也没多远。"

方笑愚笑得没心没肺，就好像刚才在舞台上批评莫菲的人不是他一样:"这是真生气了，都不怎么乐意搭理我了!"

莫菲暗暗责怪自己小心眼，她实事求是地说:"虽然我不认同你的评价，但我也没必要生你的气啊!客观讲，你刚才说的话，也不是完全没道理。"

方笑愚笑了："你是这么想的？我说的那些都有道理吗？"

莫菲心有不甘："大部分……确实是很有道理啊！"

方笑愚弯下腰，接过莫菲手里的东西。莫菲想要把东西抢回来，他双手举过头顶绕开莫菲，把东西放进了后备厢。

"那些东西你要是喜欢，你就拿着吧！"莫菲不想再看到方笑愚了，"我是不会上你的车的！我现在要回家了！"

说完，莫菲转身就走。

方笑愚站在原地看她，却没有急着追来。在莫菲走出几步远后，方笑愚突然开了口："你以为我在熊英办公室夸奖你的那些话，都是假的吗？"

莫菲脚步未停，也没有回头看他。

方笑愚继续喊话道："你以为我在咖啡馆说要培养你为得力助手，都是随便说说的吗？"

莫菲这才站住，她回头去看，身后的方笑愚面露严肃。

方笑愚好像也不是在开玩笑："我希望看到的莫菲，是能创作出打动人心的作品，而不是为了比赛在故意炫耀技法……"

方笑愚走上前，低头看她："你希望我和其他评委一样，坐在台上挖空心思地夸奖你？你来参加这次比赛，只是来接受赞美的吗？"

莫菲表情复杂的看看方笑愚，好像……他说的也挺有道理？

方笑愚拉开车门，对莫菲做了个请的手势："要是你觉得自己没有生气，那就像个成年人一样上车。我会好好和你说一下你的作品为什么只拿到了75分。"

沉默了许久，莫菲终于叹了口气，坐到了副驾驶上。

莫菲报了地址，方笑愚一边开车一边对她说："你这次的剪裁和针法，全都和整体设计的感觉不搭配……尤其是欧根纱的使用，有点太破坏美感了。"

莫菲撇撇嘴，反驳不上来。

方笑愚笑了，他像是哄小孩子一样的耐心道："所以啊，我给你扣的分，扣得清清楚楚，明明白白。要是以我的私心，我能给你打100分……那你能接受吗？你要是喜欢，那我下次就给你打个一百分！如何？"

莫菲连连摆手："不不不！你说的没错！这些确实是我没想到的……是我的问题，很多事情，我太想当然了。"

方笑愚把车停到莫菲家楼下，他笑着说："你要是不懂的话，不如请我去你家坐坐？我从头到尾给你仔细讲一遍？"

"那就免了吧！"方笑愚这人的脾气亦正亦邪，很多时候比唐明轩还让人猜不透，莫菲避之不及，"参赛者本来就应该跟评委避嫌，再见不送。"

方笑愚从车上下来，他从后备厢拿出莫菲的东西，交给莫菲。

莫菲拿了东西回去，方笑愚抓住她的胳膊，语气撩人地凑到她耳边说："你真的不请我上去坐坐？"

莫菲白了方笑愚一眼，搬着东西回家。方笑愚没追莫菲，却是靠在车边，看着莫菲进屋，哈哈大笑。

走进了家门，莫菲把东西随手放在门口，一屁股瘫在了沙发上，她终于不再掩饰自己的疲惫。

"姐！姐！"莫凡喊着问，"你回来了吗？"

莫菲刚在沙发上坐好，莫凡就进来了："姐，你刚才去哪儿了？说好我们一起回家的，你怎么自己回来了？"

"没去哪儿啊！"莫菲漫不经心地说，"你别小题大做了。"

"还说没去哪儿？刚刚在后台，我一转身你就不见了。"莫凡拉过一张椅子坐到了莫菲身边，"事情我都知道了……心情不好是吧？回家了，不用装坚强了，来，弟弟的肩膀借你靠。"

莫菲强撑着微笑："我没事啦！设计师也要经得起批评啊，下一次决赛，我一定不会是最后一名！"

莫凡叹了口气，他把莫菲的头掰过来，放在自己的肩膀上。

莫菲心里感动，她差点哭出来："莫凡……"

"嗯？"

"你每次这样，我都很愧疚。"

"为什么啊？"

"愧疚小时候不应该欺负你。"

莫凡爽朗一笑，并没把这些放在心上："嗨，没事儿，你小时候当面欺负完我，我不都背后骂回来了吗？"

莫菲抬腿一脚踹向莫凡，莫凡躲开。两姐弟一起坐在沙发上，两个人哈哈大笑。

跟莫凡嘻嘻哈哈笑了半天，莫菲心里的阴霾驱散不少。其实别的事情她都不怕，她就是怕……

她怕让唐明轩失望。

之前他们两人在园林里，讨论了那么久关于天青色的故事。以至于如今莫菲看到天青色，就不自觉地想到了他，想起了那个温馨又难忘的下午。莫菲用天青色来设计衣服，就是想当成一个纪念。如果有机会，她要将它送给唐明轩。

可是现在，莫菲精心设计的衣服排在最后一名，这让她怎么好意思去见唐明轩？他有那么美丽又能干的夏雪凌在身边，自己无论哪方面都拿不出手啊！

莫菲的心里很受伤，睡了一晚上都没能好转。无人可以去诉说，她只好一早就打开电台去找h。

幸好h今天在线，莫菲大吐心中苦水："你能想象吗？我居然拿了个全场最低分！全场最低！我真的是没脸再去明远了！我也不想去参加比赛了！明天我就去退赛！我不要再去了啊啊啊！"

莫菲像是祥林嫂一样，她抱怨个不停。h似乎也受不了她的唠叨了，没说什么他就下线了。

"哎，连你也要抛弃我了吗？"莫菲红了眼圈，"还有比我更惨的人么？"

莫菲像个行尸走肉一样在房间里乱晃，从房间晃到客厅，听到有人敲门，她又晃到门口。也没问问是谁，莫菲直接就将门打开了……却发现门口站着的居然是唐明轩！

唐明轩眼睛红红的，黑眼圈也很重。他穿了一身的运动服，可脚上的鞋子和衣服完全不搭。

莫菲毫无准备，她慌张的整理了身上的衣服，问："你怎么来了？"

"我……"

唐明轩欲言又止，莫菲误会了："绣坊那里出事了？师父没打电话给我呀！"

"嗯……有点别的事儿。"

别的事儿？他们之间还有别的事情可以聊吗？

是不是他也认为我的作品很差劲？

是不是他也不喜欢我做的衣服呢？

是不是他也想让我退赛，所以亲自来……

莫菲控制不住她自己，她越想越糟糕："那……那个……你先进来吧。"

莫菲闪了闪身，她把唐明轩让进了屋内，两人站在客厅里，四目相对。

"唐总，你坐吧！"莫菲才想起来招待他，"喝茶吗？"

“好。”

莫菲和唐明轩同时环视了一周房子，莫菲发现屋子里到处都是碎布、杂志、杂物胡乱摆放……偷偷扯过旁边的床单，她故意挡在唐明轩面前抖了抖。

布料抖落出细小的毛毛，唐明轩皱眉：“你在干什么？”

莫菲嘿嘿傻笑着说：“我在做家务啊！没事儿，唐总，你不用管我，你说你的，我把这个床单铺上。”

莫菲抖动着床单，故意扰乱着唐明轩的视线。趁着唐明轩不注意，莫菲把床单一抖，大大的床单直接盖在了杂物上。

看房间里的杂物被遮挡，莫菲笑得自在些了：“唐总，你来找我是有什么事儿？”

莫菲给唐明轩泡了茶，两人终于在屋子里坐下了。唐明轩喝了一口茶，问：“这茶很特别。”

“是黑苦荞，我妈妈寄回来的。”莫菲关心地问，“绣坊有什么问题吗？是不是我给你的采购清单弄错了？”

唐明轩放下了杯子：“你别紧张，李师傅那里一切顺利。”

要不是绣坊的事儿，能是什么事儿？

看唐明轩如此的为难，该不会真的是要她来退赛的吧？！

唐明轩放下了杯子，看着莫菲：“我……昨天比赛结束之后我没找到你。”

莫菲心头一动，她解释说：“哦，我走得比较早。”

“以后录完节目，你就在现场等着，我会让杨光给你送回来。”唐明轩补充了一句，说，“我答应过你弟弟的，以后不会让你太晚回家。”

杨光是唐明轩的私人助理秘书，参加比赛的人谁不知道？莫菲这要是天天坐杨光的车回来，不得被骂惨了？

"不用这么麻烦。"莫菲感谢着说，"杨光也有很多事情要做的。"

唐明轩突然有些生气："那你以为我是没事做才来和你说这些的吗？"

莫菲有些莫名其妙："你今天怎么了？说话没头没脑的，整个人都怪怪的。"

"我觉得我的意思，已经表达得非常清楚了。"

唐明轩的态度强硬，让莫菲有些不舒服："那是你以为吧？我根本就听不懂你在说什么啊！"

"好，那我就说得明白一点……你和方笑愚是什么关系？"

啊？

莫菲沉默了几秒，突然明白了什么，笑了起来："唐总你是不是误会了？你是觉得……我贿赂评委了吗？"

唐明轩看着莫菲皱眉。

莫菲叹了口气："你看过昨天的比赛就知道了，我和方总监的关系绝对没有……我要是贿赂了他，他怎么给我打了个最低分？"

唐明轩愣了一下，神情稍微缓和了一些："所以你以后离他远一点，知道吗？不要随随便便地坐他的车回家，他不是什么好人，他……"

莫菲越想越气，唐明轩后面说的话她完全没仔细去听："不行！下场比赛，我要继续改进！让作品完美无缺，让方笑愚好好地看看！我是有真才实学的！"

听着莫菲说的话，唐明轩的脸色越来越阴沉，终于忍不住问："你就那么在意他怎么看你？"

莫菲一脸讶异地停了下来："当然啊！那还用说吗？"

唐明轩黑着一张脸，莫菲不明白他为什么会这样问："方笑愚是评委啊！他的话决定了我能不能进决赛……他怎么看我，当然非常重要了！"

唐明轩轻笑一声，说："我今天来，就是希望你离方笑愚远一点，这是为了你好！"

莫菲还是不明白："唐总，你是不是睡糊涂了？什么好不好的？你今天的话怎么都颠三倒四的？"

唐明轩无奈又生气地看着莫菲，莫菲也很煎熬："要不你先回家睡觉吧？啊？杨光在楼下等你吧？我帮你把他叫上来？嗯？"

唐明轩气得大步走出了莫菲家，他关门的力气很大，震得莫菲吓了一跳。

直到唐明轩走，莫菲都没明白他在生什么气："什么人啊？这是一早上……来别人家发起床气了？"

莫菲是天生的乐天派，情绪来得快去得也快。到了周一早上她就彻底放下了心中的不快，生龙活虎得来明远集团开工了。

不管其他人如何议论，莫菲全都不理会。她拿着云尺在白坯布上认真地画着线条，粉笔划过，白坯布上出现了一条条流畅的线条，让她的心情大好。

果然啊，不管什么时候，只有努力奋斗才会令人成长。莫菲想。

外面有人敲门，莫菲头也不抬地说："请进。"

一个西装革履的男人走进设计室，毕恭毕敬地说："莫小姐好！我是方笑愚先生的助理，我叫李琦。"

莫菲疑惑地看着李琦，他又说："我是受方笑愚先生的委托，送东西来的。"

"什么东西？"

"请您移步。"

莫菲心中有不好的预感："我能不去吗？"

"莫小姐，我建议您还是去看看吧！"李琦神神秘秘地说，"你要是不去，很可能会后悔的。"

莫菲更犹豫了："其他选手也要去吗？"

"你去看看不就知道了。"李琦说。

莫菲迟疑地放下手中的云尺和粉笔，步子缓慢地走到了门口。

只见走廊上整齐地站着统一着装的两排人，每个人手中都捧着一个盒子，前一排的人捧着大盒子，后一排的人捧着小盒子。其他设计室中的设计师闻声好奇地探出了头，莫菲光是看着这些人就已经觉得头很大了。

莫菲问："这是什么意思？"

李琦抬手拍了两下。

第一排的人打开了盒子，盒子里面是一双双高贵华丽的高跟鞋。

李琦走到了盒子边，介绍说："这双鞋子是 Manolo Blahnik 设计的，他被称为世界上最伟大的鞋匠之一，有人称 Manolo Blahnik 的鞋子有可以挑起情欲的魔力。这双鞋子是 Jimmy Choo 的产品，非常著名的美国电影《穿普拉达的女魔头》中有一句经典的台词'从你穿上那双 Jimmy Choo 开始，你就出卖了你的灵魂'。这双鞋子是 Rene Caovilla 品牌的，他的设计师是英国皇室指定的，曾经为黛安娜王妃设计过鞋子……"

莫菲忍不住插嘴道："可是这些和我有什么关系？"

李琦得意地说："方总监的意思是让你随便挑，他说，你的设计配得上这些世界上最美丽的鞋子。"

设计室内一片哗然。

"这个7号莫菲是什么来路？上次方总监不是给她打最低分了吗？"

"哎呀，这还不明显吗？关系户呗！现在的炒作套路不都是这样吗？先踩一脚，再抬到天上，这样才有话题度啊！"

"对对对，上次夏总监不也特意来找她吗？"

议论声越来越大，莫菲面红耳赤地说："李先生，麻烦你把这些鞋子带回去！我根本不需要！"

李琦点点头："好的，莫小姐，我明白你的意思了。"

莫菲攥紧拳头，气愤非常。看着第一排端着盒子的人合上了盖子，莫菲才勉强松了一口气。

没想到李琦又抬手拍了两下，第二排的人走上前，打开了手里的盒子。盒子里全是成套的各色珠宝首饰！一时间走廊里珠光闪烁！

走廊上围观的人们不由地吸了一口冷气，莫菲气得满脸通红。

李琦走到珠宝边又开始介绍："莫小姐，容我给您介绍一下，这是一套天然翡翠打造的首饰，有耳环一对，挂坠项链一条，手镯一对，您看这个翡翠的色泽饱满盈润，更难得的是，每一颗翡翠几乎都一模一样。用它来搭配中国风的设计，一定会显得雍容华贵……"

"停！"莫菲强行打断他，"别再说了！"

"莫小姐您有什么问题吗？"

莫菲算是一个好脾气的人了，但此时此刻她忍不住发火儿："是我有问题还是你们有问题？你们是想干什么？带了隐形摄像机？想逗着我玩吗？"

李琦尴尬道："这个……莫小姐，你怎么会这么想？"

莫菲气急败坏地说："不是我为什么这么想！而是你们做的事情根本就不可理喻！"

"有什么不好理解的么？"

方笑愚的声音从不远处传来，莫菲循声看去，就看他捧着一小束花，笑容满面地向自己走来。

莫菲气得咬牙切齿，盯着方笑愚没有说话。

方笑愚走了过来，他姿态轻佻地摸了摸盒子里的珠宝："我这不是在帮你吗？这些珠宝配饰，都是我亲自挑选出来，和你衣服搭配的……你不想试试看吗？"

莫菲脸烧得火热，她看了看周围围观的设计师，还有明远窃窃私语的员工，是少有的难堪："方总监，你到底在帮我些什么啊？帮我往身上泼脏水吗？"

方笑愚不解："你怎么会这么想？我怎么可能会给你泼脏水呢？"

"不是吗？"莫菲气得太阳穴一跳一跳地疼，"你这不是暗示我，要你给我走后门吗？还是给别人暗示，你会给我走后门……方总监对人好的方式，是不是有点太别致了？"

方笑愚没有回答，他只是看着莫菲，笑得暧昧不明。

"唐总来了！"

唐明轩从人群中走过来，他冷着一张脸，面无表情。看唐明轩走近，方笑愚是一脸的得意。

而莫菲看到他，却忍不住要哭了。

要和他解释吗？怎么去解释呢？

前两天的自己信誓旦旦地和他说，她和方笑愚一点关系都没有。结果现在，却变成了这样。

莫菲也不想的啊……

唐明轩冷漠地看了莫菲一眼，又转头冷冷地看着方笑愚。莫菲能够感觉出他是生气了，不敢再和他对视，她只好移开了眼。

"方总监。"唐明轩冷冷地开口，公事公办地说，"现在是复赛进行阶段，你作为评委到明远来找参赛设计师，是有违比赛规则的。"

方笑愚更加得意了，他一字一顿地说："我不是来明远找参赛设计师的啊！我是来找我的小莫菲啊！"

莫菲急了："方笑愚，你不要乱说话！"

"别害羞嘛！"方笑愚故意表现得亲昵，"既然这些东西，你不喜欢，我回头再找些更好地来，直接送到你家去！"

"我不……"

不给莫菲拒绝的机会，方笑愚抢白道："和我客气什么？"

说完，方笑愚转身要走。

莫菲插不上话，也解释不清。方笑愚就这样走了，她懊恼不已。胸口憋闷着一口气，她都要被气得晕过去了。事情变成了这样，好像也没什么挽回的余地了。

就在莫菲失望透顶时，唐明轩突然开口："你说你来找谁？"

方笑愚停下，不解地看向唐明轩。唐明轩面无表情，又问了一遍："你说你来找谁？"

方笑愚挑衅一样说："我来找我的小莫菲啊！"

听到方笑愚说的话，唐明轩忽然笑了。他动作斯文地摘下眼镜，眸子里却闪烁着锐利的光："你是我投资节目的评委，她是我选出来参赛的设计师。刚才送你上来的电梯，现在你脚下踩着的15万8千3一平方米的明远大楼……我说的这一切，全都归我唐明轩所有！方笑愚请你回答我，这里有哪样东西是属于你的？"

好霸气！

唐明轩无论是气势上还是逻辑上，都打得方笑愚没有还手的余地。不给方笑愚答话的机会，唐明轩继续冷冷地开口："你能在这里上蹿下跳的胡闹，是因为我的默许。没有我点头，你连大门都爬不进来！我以为以你的学识和教养，你就算再喜欢出风头，也不会做太过分的事情……看来就算是我，也有看走眼的时候吧！"

说完，唐明轩冷冷地看向周围围观的人："都不用去干活么？我请你们来看戏的？"

莫菲尴尬地站在设计室门口，她刚想要退回去，唐明轩抓住了她的手："你，跟我来一下。"

唐明轩没再理会方笑愚，他牵着莫菲的手快步走了。

以前莫菲也和唐明轩针锋相对过，可他从没有像现在这样让莫菲害怕。莫菲一路被他牵着走，连一句解释的话都不敢说。唐明轩开着车，带她去了外滩。等他们停好了车来到江边，外面的天已经黑了。

江两边的建筑物在灯光的装点下显得格外别致，唐明轩和莫菲一起站在江边，江风轻轻地吹动着两人的发梢。唐明轩板着面孔，一言不发地看着江面。莫菲也看着江上的风景，心情复杂不安。

突然，唐明轩转过身看向莫菲："我是不是提醒过你了？让你离着方笑愚远点？"

莫菲歉意的心情一扫而空，她反驳说："你以为我想离着他近吗？是他突然带着东西送到明远来的！"

唐明轩冷着脸："你不会拒绝吗？不会叫保安吗？难道就因为他是评委，你就一直在意他的看法？一直容忍他的胡闹！"

莫菲也很委屈："什么叫我容忍他的胡闹！你哪只眼睛看我没拒绝了？你以为谁都像你一样说话不给人留情面吗？刚才那么多人在场，你……"

唐明轩眉头一皱，又转头看着江面。

莫菲按捺不住，受不了这种尴尬的气氛，她直接问了："你和方总监，你们两个之间是有过什么误会吗？"

唐明轩轻哼一声。

莫菲真的猜得很累："每次你们两个遇到，都不是特别的友好……要是真有什么误会，你们还是说清楚的好。如果你实在不好意思，我可以去帮着你……"

唐明轩听完火更大了："你现在是在帮着方笑愚说话？"

莫菲无奈："你这人……你怎么不讲理啊！"

唐明轩问道："是我不讲理，还是你从来没有认真听过我说的话！我让你离方笑愚远点，你听了吗？我让你别和他接触，你理了吗？我日日夜夜都在耐心地听着你说话，你为什么不能也来关心一下我在想什么？"

莫菲又听不明白了："你什么时候日日夜夜都在听我说话了？"

唐明轩顿了一下，说："没有么？那是谁知道你第二天去苏州，所以特别更改了行程也跟去了苏州？又是谁在车站外面等了一个多小时，就怕你在车站外面叫不到车？是谁！是谁！"

莫菲愣住，她觉得自己的脑子都被江风吹糊涂了："你……你是怎么……你在说什么呀！"

唐明轩苦笑一声问："Je ne compte plus les heures，Berc é e jusqu'aux aurores，Il fait moins froih hehors……这句歌词是什么意思，你现在还没有搞清楚么？"

莫菲的心脏剧烈跳动，她不敢置信地睁大了眼睛。在她的注视下，唐明轩淡淡地说："我再不用度日如年，我再不用失眠到晨光初现，外面正在渐渐转暖……这句，就是我想对你说的话。"

莫菲又惊又喜："你是那个……你是那个电台里的……"

唐明轩难得坦然地承认："是！我就是电台里的那个……每天听着你说晚安才能睡着觉的人，就是我！"

"你……"莫菲一时间找不到合适的形容词，"你不太像啊！"

唐明轩真想敲开她的脑子看看："现在是关心这个的时候吗？"

"啊，我不是说这个。我的意思是……"莫菲是真的不能理解，"你天天精力这么旺盛，你一点都不像失眠睡不着觉的样子啊！"

唐明轩被气得头晕："反正，你不能再和方笑愚接触了！"

今天发生这样的事情，莫菲也很委屈。唐明轩又这样来命令她，莫菲更加地难过："行，就算你是我的粉丝，我感谢你一直支持我的电台……

可你凭什么干涉我的社交生活？管我是怎么想的？"

"我没有干涉！我是在为你好！"

这就是莫菲难以接受的地方："你为什么觉得这是为我好？"

唐明轩的眼神幽暗："因为我比你更了解方笑愚！"

或许莫菲也不是很喜欢方笑愚做的事情，但她还是觉得唐明轩太过武断了："那为什么你那么肯定是了解，而不是偏见？"

唐明轩失望："所以说，不论怎么样你都要跟他一起胡闹对吗？"

"我……"

唐明轩制止她说下去，转身离去。

莫菲一个人从黄浦江边往家走，她的思维已经彻底地乱成一团。

是！我就是电台里的那个……每天听着你说晚安才能睡觉的人，就是我！

那是谁知道你第二天去苏州，所以特别更改了行程也跟去了苏州？又是谁在车站外面等了一个多小时！

我再不用度日如年，我再不用失眠到晨光初现，外面正在渐渐转暖……这句，就是我想对你说的话。

唐明轩的话不停地在莫菲的脑子里横冲直撞，她完完全全快要崩溃了："天啊，我该不会是被霸道总裁……表白了吧？！"

离决赛还有些日子，莫菲的时间变得非常难熬。因为方笑愚闹的那出戏，所有人都坚信莫菲是靠关系走后门进来的。莫菲去茶水间喝水时都有人时不时地说风凉话，问她唐总那么看好她，为什么不给她配一个端茶倒水的助理。

莫菲直接顶了回去，问他们为什么不自己去问问唐总？毕竟在那天之后，唐总已经不理她了。

唐明轩好像是真的生气了，他再也没到设计室来过。莫菲每天在电台上上下下，h的账号也是没有上过线。

"你怎么那么小气啊？"莫菲对着唐明轩的头像抱怨说，"我都没说生气，你还不理人。"

在焦灼又难熬的一周后，终于迎来了决赛的日子。

决赛要求每个设计师设计一个系列的作品，总共是五件衣服。若是现场反应好的衣服，明远会放到网上商城进行销售。获得的收入，将全部发给设计师。决赛的展示顺序，是按照之前的排名来的。莫菲是最后一名晋级的，她将最后一个进行展示。

莫菲坐在化妆镜前，默默地背诵着自己接下来的发言稿。边上的模特、设计师看着她窃窃私语，莫菲全都充耳不闻。离她上台还有一个选手的时间时，沈佳希跑了过来："莫菲！莫菲！出事儿了！你的衣服……"

"我的衣服都送到模特那里去了。"莫菲奇怪，"能出什么事儿啊？"

见莫菲毫不知情，沈佳希实在不忍心告诉她："莫菲，你的衣服……你还是自己去看看吧！"

莫菲跟着沈佳希去了更衣室，本应该被模特穿在身上的服装放在了桌上。袍子上有一块儿难看的污渍，好像是被什么东西腐蚀了。

"莫菲，应该是有人洒了颜料在上面。"沈佳希可惜地看着做好的衣服，问，"怎么办啊？你有没有办法补救啊？"

刚从秀场上下来的白小曼闻风而至，她幸灾乐祸的在旁边看热闹："对啊，莫菲，你想办法补救补救啊！你不是最会刺绣了么？你接着刺啊！刺个什么东西补在那里，再出去耍耍威风。"

如果是刺绣服装，莫菲还能想想办法。但是蜡染这种色彩一旦被毁了，就没有办法补救，只能重做……

莫菲没有心情去和白小曼吵架，沈佳希气冲冲地过去推了她一把："白小曼！是不是你弄坏的？你一向不喜欢莫菲，是不是你在害她？"

若你哭好便是晴天

"我？沈佳希，你是被莫菲给洗脑了吧？"白小曼毫不客气地推了回来，"我要害她，我就不会毁衣服了，我就直接将她给毁了！"

"你毁了设计师的衣服，和毁了她本人有什么区别？"

"沈佳希，没有证据你可别乱说。我要是你们，现在就好好想想等下上台怎么不丢脸吧！"

吵闹间，外面的主持人已经在叫了："下面有请模特为我们展示，莫菲设计师的服装。"

"莫菲，你等着，我去和他们说。"沈佳希很是仗义，"再怎么样，也要给你争取点时间补救补救。"

"对啊，去求求电视台的人啊！"白小曼冷笑着说，"也许他们会大发慈悲给你通融通融呢？毕竟你干这种走后门的事情也不是一次两次了。"

白小曼的话说得难听，但也是大部人这么想的。莫菲看着衣服上的污渍，心想，方笑愚做的事情终究是起了效果。大家都把她当作了强捧之耻，欲除之而后快。

"算了。"莫菲不想做那样的事情，她拉住冲动的沈佳希，"就这样吧！该我上场了。"

"但是比赛……"

"比赛应该继续啊！"知道自己已经输了，莫菲反而淡定了，"不能因为我的个人原因，来影响到其他人。"

周围的议论声小了些，莫菲对着众人鞠了一躬："这段时间给大家添麻烦了，有给大家带来困扰的地方，我很抱歉。"

将衣服放在桌子上，莫菲转身去了舞台。舞台的Led屏幕上出现了泛黄的茶马古道的图片，莫菲的第一个模特走上了舞台。

莫菲的第一套衣服上身是白色交领上衣，下身是蜡染半身裙，第二套衣服是一件蜡染盘扣立领风衣，第三套是一个改良自襦裙的蜡染小礼服裙，第四套上身是一件蜡染衬衣，下身是一条改良宋裤……莫菲的四个模特陆续走下了 T 台，但是第五个模特却迟迟没有出现。

观众席上的观众们翘首期盼着，可等了半天都没见到人影。方笑愚望着空空如也的舞台，眉头皱了起来。

现场导演一边观察着舞台，一边小声地对着耳机说话。模特没有再出现，拿着话筒的莫菲从后台走了出来。

现场安静了下来，观众们的眼睛都牢牢注视着独自走上舞台的莫菲。主持人快步走到了她的旁边，问："莫设计师，怎么是你上来了？"

熊英问："为什么你只有四套衣服？"

莫菲鼓起勇气，她说："各位评委老师，观众朋友们，很抱歉。因为我的最后一套主秀的服装出现了瑕疵，所以，我只有四套服装。"

熊英皱眉："但是我们的比赛要求的是五套衣服，你只展示四套衣服对其他选手不公平。"

莫菲稍顿，她已经想清楚了所有的后果："老师们，我明白的。但是很抱歉，我只有四套衣服展示给你们了。"

方笑愚的眼睛亮亮的："要是这样的话，你很可能会输掉比赛。"

莫菲笑得释然："我宁可输了比赛，也不愿意展示出有瑕疵的作品……这是我作为设计师的自尊心。"

台下的导演在指挥莫菲下台了，莫菲明白她丧失了评选的机会。

她输了。

"各位老师，谢谢你们这段时间的指导和帮助。"莫菲的嗓音哽咽了一下，她准备退场了，"我……"

"请等一下。"方笑愚打断了莫菲的话，"虽然只有四套衣服，但是我对你的设计很感兴趣，你先讲讲你的设计理念吧！"

莫菲看着方笑愚，心中很是感激。准备了几天的发言稿，终于能在这里讲出来了:"我的设计名字是'茶马古道'。'茶马古道'曾经是中国西南与世界交流的通道,也是抗日战争时期大后方的生命线,在这条古道上发生过无数美丽悲壮的故事,随着时间的推移,这条古道渐渐丧失了通商的作用,逐渐衰落。但是近几年,随着人民生活水平的提高,旅游业发展了起来,茶马古道又迎来了新生。"

茶马古道的设想,是莫菲跟唐明轩一起想出来的。在不知道h就是他时,莫菲和他聊了许多创意理念的问题。唐明轩不懂设计,但他很有想法。他觉得中国风的服装设计在魂不在形,如果没有强大的精神内核支撑着,那么作品才是没有灵魂的。

方笑愚笑着问:"你讲的内容很精彩,但我看不出来这个典故跟职场风有什么关系?"

"我能先说一说,我对'古道西风'的另一种理解吗?"

"请讲。"

知道这是最后一次展示了,莫菲属于超长发挥:"我认为'古道'是'循古道',传承中国优秀的精神质量和技艺;'西风'是'借西风',借鉴西方服装结构上的长处。之所以用现在的表现形式,是我觉得,中国的职场女性在生活中拥有温柔贤惠的力量,在职场中也未必会输给男人,女性独有的魅力是'古道西风'最好的代言人。"

莫菲的讲解深入人心,现场观众为她奉上了热烈的掌声,熊英笑着说:"我喜欢你用了蜡染的布料,蜡染布料也是茶马古道上很有特色的元素,但是我觉得,蜡染的工艺还不够到位,你蜡染的图案其实可以更细致一点,这会让你服装上的蜡染图案带来的柔美和剪裁的干练形成更好的对比。"

"谢谢老师的肯定。"莫菲对着熊英鞠了一躬,"关于面料的问题,我之后有更多的时间,一定会更加仔细地制作布料。"

熊英惊讶："这个面料是你自己做的？"

莫菲点点头："对，我用传统的草木染做的。"

方笑愚笑着说："我能看看你最后一套主秀作品的设计图吗？"

莫菲迟疑了一下，拿不准是否应该展示。后台的沈佳希替莫菲感到着急，她直接拿着图纸找导演去了。

很快身后的大屏幕上出现了莫菲的设计图，但是设计图上却有两件相似的衣服，一件有领子，没有腰带，一件没有领子，有腰带。

方笑愚笑道："我只想看你最后一套主秀的作品。"

莫菲笑了笑："这其实是一件衣服。"

现场发出阵阵疑惑不解的声音，莫菲走到了设计图边，指着衣服的细节向大家解释："这件衣服在白天的时候是一件立领的大摆连衣裙，作为忙碌的职场女性，可以穿着它上班办公，但是到了晚上，这个领子可以拆卸下来，变成一件V领的晚装，系上腰带，去参加聚会。"

方笑愚仔细研究了一下莫菲的设计图纸，说："你这次的设计非常有想法，但是有想法和实现想法是两回事，如果我再给你一天时间，你能把这件衣服救回来吗？"

"哇！"主持人大惊，"方总监为了人才，竟然想要改变比赛规则……"

莫菲心动了一下，但很快就拒绝了。要是这样的话，她就真的成了比赛中的关系户，是对所有认真参赛选手的不公平："谢谢评委老师，但是一天时间我来不及重新印染布料，重新制作完成……我在这里，仅向诸位评审老师以及所有的观众致上最深的歉意！"

莫菲向着评委观众深深鞠躬，不留任何遗憾的退场了。

从台上下来后，莫菲就直接回了家。她连比赛最终的结果都不知道，而且那些名次对她来讲已经不重要了。

回到家中，莫菲将自己关在房间里。莫凡担心她有事儿，不停地在外面敲门。一会儿要给她送吃的，一会儿要给她拿喝的，搞得莫菲更加心烦。

唐明轩和方笑愚不停地在给她打电话，估计都是来问比赛后台的事情的。莫菲谁的电话都没有去接，她关掉手机躺在床上呼呼大睡。莫凡后面说了些什么，莫菲全都没听清。敷衍地应了几声，她翻身又睡着了。

清晨的街道冷风有点大，行人都缩着脖子，匆匆而过。在这么一个大冷天里，早早醒来的莫菲准备出去晨跑，结果一出门，就看见不远处的唐明轩。

唐明轩穿着一身白色的运动服，他侧面看去有些消瘦。站在冷风中，他看起来是那么的孤独。几天没看到，莫菲还真挺想他的。尤其是昨晚上的事情后，莫菲再看到他的身影竟然有点想哭。

想和他说说发生了什么，想和他讲讲自己的委屈。

想告诉他自己是多么的没用，两套与他有关的设计，全都被她给搞砸了。

莫菲往后退了一步，她想转身跑回家里。可在她退步的同时，却被唐明轩看到了。

唐明轩抬头看到她，两个人一瞬间都有些尴尬。莫菲退回的脚步又挪了回来，在唐明轩的注视下，她不得不故作镇定地走过来。

"唐总，这么早啊！"莫菲拘谨地对他挥了挥手。

唐明轩也有点不好意思："我给你打了一晚上的电话，你都没有接。我有点担心，就过来看看。"

莫菲轻咳一声，掩饰了尴尬："可能家里信号不好吧！再说我这么大的人了，有什么好担心的？我又不是小孩儿。"

"在我看来，你就是个小孩子。"唐明轩淡淡地说，"你不接电话，我就会很担心你……昨天晚上的事我都知道了。"

"哦。"

唐明轩安慰她说："我了解情况后就安排了公关部门处理……可能这几天网上还会有一些负面信息，但是很快会平息的。"

莫菲点点头："那谢谢你了。"

唐明轩又说："这件事情发生在比赛过程中，那就不是你一个人的事情。不管发生了什么，你都不需要自己去承担……你还有我，莫菲，你可以信任我的。"

莫菲抬起头，不知道该说什么。

"这几天，你就不要上网，不要看新闻了。这件事情现在也已经在调查中了，我一定会查清楚，给你一个公道的……这是我们明远举办的活动，我不会让你受委屈的。"

"谢谢你哦。那还有别的事情吗？"

见莫菲的反应冷淡，唐明轩有些失望："那个……也没什么了。"

其实唐明轩来说这些，莫菲心里也感到失望。上次他们两个人闹得不欢而散，唐明轩还没有把话说清楚就消失了一周。

这一周他干什么去了？他准备以后怎么处理他们的关系？这些事情，他通通没有去说。

是他不想说，还是他并不在乎？

他究竟是如何看待莫菲的呢？只是把她当成一个孩子？一个合作伙伴？还是一个无聊时候消遣的网友呢？

莫菲想要知道问题的答案，她希望他能给她一个交代。哪怕是他直截了当地告诉她，他喜欢的人其实是夏雪凌都没关系。莫菲很不喜欢去猜他的心思，那样实在是太累了。

既然唐明轩不想聊这些，莫菲也没办法主动去问。笑着点了点头，她转身回去了。

唐明轩叫住她："莫菲，你先等等。"

莫菲有些烦躁："什么事情以后再说吧，我先……"

唐明轩回到自己车边，从后座上拿出一个纸箱子给她："昨天我赶到的时候你已经走了。你走得太着急，个人物品都落在了比赛现场……我给你收拾了一下送来了，你看看少不少东西，要是少什么东西你和我说，我让杨光给你送来。"

莫菲接过了纸箱，看到里面的碎布和针线，她眼圈红了红。躲开了唐明轩的视线，在唐明轩要说话前，莫菲转身往楼上走。

"莫菲……"

听到唐明轩叫她，莫菲的眼泪掉了下来。她没好意思转过身来，只是说："谢谢你来看我。"

说完，莫菲就快步跑进了屋里。

莫菲打开房门，差点撞到要出门的莫凡。莫凡看看莫菲手里抱着的东西，很是奇怪："姐，你不是晨跑去了吗？怎么抱这么多东西回来啊？"

莫菲把纸箱放在旁边桌上，深吸口气。

莫凡注意到她的不对劲儿："姐！你眼睛怎么这么红！你该不会是在楼下和唐总吵架了吧？他凶你了？给你凶哭了？"

莫菲皱眉："你怎么知道唐明轩在楼下？你刚才都看到了？"

莫凡嘿嘿一笑，说："姐，其实吧……我说了你可别生气啊！"

"我不生气，你说吧！"

"其实，我昨天就看到唐总在楼下等着了。"

昨天？！莫菲急得跺脚："那你怎么不早说？！"

莫菲跑到窗边，打开窗户往下看。可此时楼下空荡荡的，唐明轩的车已经开走了。

莫凡跟着莫菲过来："我昨晚上就看见唐总的车在楼下……姐，唐总是不是在楼下等了你一夜啊？因为比赛的事儿他来找你的吗？"

莫菲继续看着楼下，叹了口气。

莫凡真心实意地说："姐，说实在的，唐总可真关心你啊！"

见莫菲一直不答话，莫凡决定让她静一静："姐，那你在家好好休息……我先去上班了啊！"

莫凡开门离开，莫菲关上了窗户，坐在椅子上，她看着纸箱里的东西愣神。

唐明轩到底是喜欢还是不喜欢她呢？莫菲搞不懂。

可是通过刚才的事情，她想明白了一件事儿——她是喜欢唐明轩的。

因为喜欢他，想要更了解他。

因为喜欢他，想去多关心他。

因为喜欢他，巴不得吸引他所有的注意力……莫菲真心地希望，他也能这般的喜欢她。

唐明轩说要查出始作俑者来，可这件事情并不容易。后台鱼龙混杂，什么人都有，想要查清楚罪魁犹如大海捞针一般。事情查来查去没有了下文，莫菲也坦然接受了自己的失败。

不过在秋季来临时，莫菲终于迎来了好消息。她之前报考了多次的巴黎服装工会终于给她回了信，寒假一过她就可以去法国读书了！

这样天大的好消息，莫菲很想去告诉唐明轩。可几次打开聊天对话，她犹犹豫豫着还是没有发。

距离上次他们两人见面，又过去了一个星期。唐明轩是音信全无，不知道在忙些什么。

莫菲很想他，可想了又想，还是没有告诉他。现代人的失联，往往就代表着断交。莫菲识趣得很，她不愿意去自讨没趣。

唐明轩，还有 h，虽然莫菲没有和他们恋爱过，但她却像是失恋一般魂不守舍。

也许沈佳希说的是对的，网络太虚无缥缈了。这种网恋就像是自己和自己的游戏，到最终剩下的只有她自己。

恋爱的苦涩，远渡重洋的压力，为了排解这两种情绪，莫菲发了疯似的工作。每天都泡在潘素的工作室，她几乎没怎么出过门。大部分时间都在人型台前缝缝补补，生气了就拿它当唐明轩扎。

周末这天沈佳希他们都出去看秀展了，工作室里只有莫菲在。莫菲在给裙子补扣的时候，突然有人伸手蒙住了她的眼睛。

那人的掌心温温热热的，上面有淡淡的柠檬鼠尾草的香味儿。这种味道让莫菲十分的陌生，她凶巴巴地说："谁！放手！不然我拿针扎你！"

方笑愚松开双手，跳开两步远："开个玩笑而已，至于下这么狠的手吗？"

莫菲没好气地白了方笑愚一眼，对着方笑愚举了举拳头："你这是什么玩笑？一点都不好笑！"

方笑愚笑嘻嘻地凑到莫菲面前："看到我，你就一点不高兴吗？"

"不高兴！"莫菲转过身继续忙自己手里的工作。

方笑愚打量她一下："是不是生我的气啦？"

莫菲停下手里的动作："我生你气干吗？"

方笑愚笑了："真的？我不信，那你说说看，你是怎么不生我气的？"

莫菲想了想："虽然你上次在明远门口让我下不来台，但是也在比赛现场帮了我……大家算是扯平了吧！"

方笑愚不答应："扯平哪儿行啊！扯平的话，我在你心里哪儿还有分量。这样吧，我告诉你个好消息，拉升下自己的存在感……白小曼被我开除了！"

虽然莫菲跟白小曼的关系不好，可是白小曼的专业水准她是认可的：

"为什么？她不是走得挺好的吗？"

方笑愚理直气壮地说："我怀疑你的衣服就是她弄坏的！所以我就把她开除了呗！"

莫菲没想到方笑愚身为凯曼的总监，决定居然做得如此随意："你们找到证据了？"

"她之前有前科，在熊英秀展上她就弄坏过你的衣服。"方笑愚自认为有理有据，实际上听起来就是在泄私愤，"我是没有证据，但我怀疑一定是她做的，所以我就把她开除了！"

莫菲急了："您别开除她呀方总监，那衣服也不一定是她弄坏的！"

方笑愚惊讶："你确定？就算衣服不是她弄坏的……但她还是对你说了风凉话，这样喜欢嚼舌根的女人会有损我们凯曼的形象的，留不得！"

莫菲傻眼了："那也不能开除啊！"

"那要怎么办呢？"方笑愚笑着问她，"还留她在凯曼，让她到处煽风点火招惹是非吗？"

莫菲不作声了，她往人台上钉上几枚别针。方笑愚随手拿起了放在边上的线团，丢着把玩。

"你今天就是专程来告诉我这件事的？"莫菲问他。

方笑愚神秘兮兮地笑了笑，说："不是！这两天，我认真地想了想，如何让你永远不受白小曼这种人的欺负！"

"啊？"

"做我女朋友怎么样？"

"噗！"

莫菲还以为方笑愚说什么，她很不给面子地笑了。方笑愚不高兴，他抱怨着说："我和女孩子表白的时候，听过人说'好'，也听过人家说'不要'……你这个'噗'是怎么回事儿啊？"

"你觉得呢?"

方笑愚笑嘻嘻地说:"你当了我的女朋友,我就能保护你了呀!"

莫菲无语了:"你这么喜欢保护人,你怎么不去当警察?"

莫菲转身要走,方笑愚笑了笑。

"你被毁掉的衣服……我们一起重新做好不好?"

莫菲转头看他。

方笑愚不高兴:"这么不领情的表情是怎么回事儿啊?再怎么说我也是国际知名的设计师……我也不比熊英老师差吧?"

那件衣服是属于莫菲和唐明轩的回忆,她不想让方笑愚参与进来:"我要是想做,我会自己做!不麻烦您老人家纡尊降贵了啊!我还有很多事,再见,不送。"

方笑愚也不是那么自讨没趣的人,等莫菲转了一圈回来,他人已经走了。莫菲站到窗口处往下看了看,方笑愚正在后面的停车场……唐明轩竟然也在。

唐明轩穿着深灰色的西装,手里拎着一个纸袋。他站在方笑愚的车旁边,表情严峻。

方笑愚走上前,嘲弄地说:"呦,唐总,特意等我呢?"

唐明轩的反应冷淡:"看见你的车了……正好有几句话想和你说。"

"等很久了吧,真是不好意思。"方笑愚的表情一转,冷声说,"可惜啊,我不是太想听你说的话。"

方笑愚要开门上车,唐明轩抓住了他的胳膊。方笑愚推开唐明轩的手,他脱下身上的外套丢在一旁的垃圾桶里:"麻烦你站我远点,我这个人有洁癖,我不喜欢人渣。"

在莫菲的印象里,方笑愚这个人总是笑呵呵的。哪怕是发火的情况下,他也是彬彬有礼的。可是现在对待唐明轩,他就像是换了一个人。莫菲在楼上看得紧张，很怕他们两个动手打起来。

唐明轩似乎已经习惯他们这样针锋相对了，他冷冷地说："是吗？巧了，我也不喜欢情绪化的蠢货。"

"你想和我说什么？"方笑愚问。

唐明轩冷声说："我告诉过你，你对我有什么不满，直接找我的麻烦没关系……不要牵连无辜。"

"你说莫菲？"

"我就事论事。"

"那你指的是我妹妹方倩？"

唐明轩愣了一下："我说的是现在。"

方笑愚看了一眼工作室方向，笑了笑："那就难办了……我这个人就是喜欢公私不分啊！"

唐明轩被他的态度给激怒了："方笑愚，我现在郑重地警告你，我已经忍你很久了……就算当年的事情是我的错，这些年我也还够了！"

方笑愚挑衅地笑："唐总对自己还真是宽容啊！我就不行，我这个人记仇的很……你玩弄我妹妹，辜负我妹妹，害得我妹妹现在下落不明……你让我妹妹受过的伤，我全都会找你讨回来的。"

"你对付我可以，但你别把你对付其他女人的那套用在莫菲身上……她不是你以前交往过的那些女人！"

方笑愚笑着嘲弄："唐总这个口气，你是了解女人，还是了解莫菲？"

唐明轩劝说道："方笑愚，到此为止吧！别让事情变得无法收场。"

方笑愚不理会唐明轩，他打开了车门，上车离开。

见唐明轩往工作室的方向走来，莫菲急忙关上了窗户！她心跳的飞快！暂时无法消化自己刚刚听到的事情！

方倩是谁？她和唐明轩到底是什么关系？方倩是方笑愚的妹妹？她被

唐明轩给玩弄了？抛弃了？

比较来看，方笑愚才像是会玩弄女孩子的人吧？唐明轩那种性格，怎么可能会……

莫菲百思不得其解，唐明轩已经走上了楼。也没什么开场白，唐明轩直接问："方笑愚找你什么事？"

唐明轩这样直接质问的口气，让莫菲心里很不舒服。一想到方笑愚还知道为了她出气，唐明轩这几天却是不闻不问，莫菲瞬间一股无名的怒火涌出："他能有什么事儿？就来说了些有的没的。"

唐明轩今天也来了脾气，他不依不饶地问："他说的有的是什么？没的又是什么？"

唐明轩看着莫菲，不让她回避问题："他说喜欢你吗？"

莫菲愣了一下。

唐明轩追问说："你是怎么回答他的？"

"唐总……"

"你会接受他么？"

"唐明轩！"

唐明轩的语气生硬又直接："不要喜欢他，也不要听他说话！以后最好不要见他！你……"

莫菲不满地问："为什么？"

唐明轩的态度坚决："我说不要就是不要！"

莫菲为他这样的态度感到心寒："我是你的宠物吗？"你想见就见？想不见就不见？

唐明轩沉默着没说话，莫菲鼻子一酸："凭什么我就要事事顺着你，什么都听你的？"

"我不是那么说的。"

莫菲生气："但你就是这个意思！"

唐明轩说不出来话。

莫菲强忍着没有哭出来："唐明轩，唐总！方笑愚来和我说什么，我又回答了他什么，这些都不关你的事儿！你也不能干涉我这些！"

唐明轩解释道："我不是想干涉你，我是为你好！方笑愚他那个人……"

莫菲不想听他说的话："想怎么处理事情，是我的权利。想怎么交朋友，是我的自由……可你的为我好——完全不给别人自由。"

唐明轩看着莫菲，眼神纠结又复杂："莫菲，其实……"

莫菲深吸口气："唐总，请你走吧！这件事情，我不想再聊了。"

见莫菲的态度坚决，唐明轩也没再说什么。将手里的纸袋放在桌上，他默默地离开了。

等唐明轩走了后，莫菲才打开袋子看了看。里面装的是莫菲最喜欢吃的牛轧糖，她以前跟h说过的……莫菲拿了一块糖放在嘴里，吃着吃着就哭了。

离莫菲出国的日子越来越近，但他们两个人的关系却越来越僵。唐明轩不主动来找她，莫菲也不好意思去和他打招呼。尤其是知道方倩的事情后，莫菲的心里就像是有一根刺一样。想问又不能去问，扎得心里难受。

到了出国的前两天，莫菲终于忍不住了。思来想去了许多天，她拿着唐明轩给的员工证去了明远。

莫菲给自己找的理由很充分，她就是来还卡的。就算唐明轩问她，她也能有个理由，有个借口。可莫菲计划的充分，变化来得更快。她到了明远楼下，正巧被夏雪凌给碰到了。

"莫菲？"夏雪凌意外，"你怎么在这儿？是明轩叫你过来的吗？"

"啊，我那个……"莫菲一时间没想好合适的说辞，"不是……是我找唐总有事。"

夏雪凌笑了笑："唐总现在正在开会，有什么事你和我说也是一样的。省着你跑来跑去，怪麻烦的。"

"我……"

"跟我还客气什么？"夏雪凌优雅地甩了甩头发，"明轩都和我交代过了，他拿你当妹妹一样看待……既然如此，那我也会把你当成是我亲妹妹一样看待的。"

妹妹，妹妹，又是妹妹。

方倩是妹妹，莫菲也是妹妹，他唐明轩快成贾宝玉了，妹妹还真是多啊！

莫菲有些赌气地拿出员工卡，递给夏雪凌："这是唐总之前给我的，以后我不会需要了，麻烦你帮我还给他。"

夏雪凌接过员工卡，笑着说："好，我会交给人事部的，反正比赛已经结束了，你应该也不会总来明远了。"

莫菲气鼓鼓地说："对，我是不会来了，我要去法国了，谢谢夏总监和唐总这段时间的关照。"

"哦？你要去法国了？"夏雪凌微笑，"你客气了，祝你一路平安！"

"夏总监，再见！"

莫菲说罢，转身走出了明远时尚的大楼。

重新站到明远时尚的大楼外面，莫菲的心情已经和之前完全不同了。她拿出手机，点开微信，点开唐明轩的头像，迅速地在对话框里输了一行字：我后天晚上九点的飞机。

莫菲顿了几秒钟，然后删掉了那行字。无奈地摇摇头，她终是什么都没说。

消息没能发出去，莫菲心里始终是心神不宁的。可架也吵完了，员工证也还了，她似乎没什么理由再去找唐明轩了。两天后莫凡送她去机场，一路上莫菲都是心神不宁的。在行李托运完，莫菲还是忍不住给他发了一条信息。

我晚上九点的飞机。莫菲说。

隔了能有半个小时的时间，唐明轩回了一条：我正在忙，你要去哪儿?

莫菲回他：法国。

唐明轩又没有消息了。

一直到莫菲坐上飞机，唐明轩都没有任何的信息。莫菲坐到座椅上，机上的广播念着："欢迎您乘坐本次航班，本次航班是由中国上海飞往法国巴黎，飞机即将起飞，请您将您的手机、手提电脑等其他电子设备，关机或是打开飞行模式……"

莫菲拿出手机，打开了微信，看着唐明轩的头像……却还是按下了关机键。

哎！莫菲默默地叹了口气，心想，老话说得好，初恋的都不懂爱情。这次无疾而终的爱情结束后，还有更广阔的森林在等着她。

但是……

莫菲看着深夜的机场跑道，不争气地想起了和唐明轩有关的一切。他的冷，他的好，他的自恋，他的帅气，他的成熟稳重，他的幼稚无聊。他身上的气质那么独特特别，以至于莫菲想不出除了他之外还能喜欢谁。

飞机缓缓滑动，很快就一飞冲天。莫菲在三万尺的高空默念唐明轩的名字，泪如雨下。

好在巴黎的学习生活还算紧张忙碌，莫菲下了飞机后就投入到全新的生活里，这缓解了她不少的伤心难过。莫菲的新室友米多多是个做代购的小姑娘，法语不太好，人却很活泼。她的男朋友程杨也是设计师，算起来还是莫菲的半个学长。

巴黎的留学圈子不大，说起来大家多少都有些沾亲带故。海外华人一家亲，有事儿没事儿彼此都帮衬一些。

见莫菲每天都是闷闷不乐的，米多多经常带着她出去玩。

莫菲去学校报道的那一天，是米多多和程杨陪着她的。报道结束后，他们三个人一起去了露天咖啡座。程杨对着喷泉广场在练素描，米多多和莫菲有一句没一句地闲聊。

虽然巴黎的景色很美，但莫菲的心思并不在这儿。她时不时地看看手机，手机界面还是和唐明轩的微信聊天窗口。

米多多好奇探头看："这人谁呀？你男朋友？"

莫菲尴尬一笑："不是啦！就……朋友啊！"

米多多不信："你别骗我了，你最近天天看着手机发呆。就算不是男朋友，也肯定是你喜欢的！"

莫菲叹气："人家可能有女朋友。"

"有就是有，没有就是没有。"米多多心直口快，"女朋友也是可能有的吗？他怎么和你说的？"

莫菲坦诚道："我没问过他啊！"

事实上她和唐明轩在一起，谁都没有聊过这个话题。只是莫菲觉得从他最近的态度，以及上次她去明远时夏雪凌的说法……他们应该是恋爱了吧？

米多多不信邪："你都没问过他，你怎么知道他可能有女朋友啊！也许没有呢？"

莫菲迟疑："就……他身边有一个顶级大美女，他们两个在一起还很般配。我总能看到他们两个同进同出，他们没理由不恋爱啊！"

米多多无奈地叹气："我说亲爱的，你是不是也太实心眼了？别人说他有女朋友，你就信了？你都不问问他，全靠自己臆想就直接确定了？”

莫菲支支吾吾，回答不上。米多多拿过手机，坐到莫菲旁边给她分析：“像你们这种处于暧昧期的男女关系，我最会处理了……你这样，你拍几张美美的照片，然后发到朋友圈里。你看看他什么反应，你就清楚了。”

“啊？我把照片发朋友圈里就行了？”这靠谱吗？

米多多很有经验地说：“那是啊！你想啊，你发了美美的照片，他给你点赞了，那就是对你有兴趣。他要是评论了，那就是喜欢你。但他要是给你发消息过来……”

“怎么样？”

米多多笑着说：“那就是爱你爱得不行不行的，没救了呀！”

莫菲不信：“他才不是那样的人……我看，是你想拍照片了吧？”

米多多对着莫菲咔嚓咔嚓一通猛拍。米多多拍完莫菲，又把镜头转向自己和程杨：“程杨，你给我和莫菲拍一张。”

程杨只得把速写本放下，配合米多多拍照。他满脸宠溺地看着米多多，伸手揉了揉她的头发。一旁的莫菲跟着一起笑了，却有一点落寞。

莫菲拿起手机，在朋友圈中分享了一张广场的照片，写道：再见上海。你好巴黎。

重新点开聊天记录看了看，距离她和唐明轩最后一次对话已经过去了五天。

发完了朋友圈后，莫菲一直等着唐明轩来找她。可等了一天，唐明轩都没有任何的消息。晚上莫菲躺在沙发床上，看着窗外的月光发愣。拿出手机点开电台，莫菲犹豫了一下，从直播改成了录播。

莫菲说：“嗨，我已经到法国了，现在住到了宿舍里。我交了个新的朋友，她叫米多多，人也很好……你最近还好吗？不回我的信息，是还在生我的气吗……是我误解你了？还是，你再也不想见到我了呢？

看了看录播的界面，莫菲自嘲地笑笑："我在说什么啊？录这样的东西，怎么可能播出去……他就算听到，也不会在意吧？"

米多多打着哈欠出来倒水喝，莫菲急急忙忙藏起手机。米多多看到客厅有手机的光亮，好奇莫菲竟然没睡："你们艺术家真的是很奇怪，大半夜不睡觉，倒是在这里看月亮！"

莫菲笑说："你怎么还没睡？"

米多多唉声叹气："做生意呀！现在正是国内办公室里女人们交流购物心得的好时间，我哪能错过呀？那你呢？不会又倒时差吧？"

莫菲点点头。

米多多坐到莫菲身边："我也不太困！我们说说话吧……你发完朋友圈，那个男人给你回了吗？"

莫菲摇摇头。

米多多说着话，爬到了莫菲的沙发床上，和莫菲蜷到了一起："那不对呀！正常男人，都该有反应了！"

莫菲失望了："所以我说啊！他可能是有女朋友了。"

米多多反驳："有女朋友还找到工作室去？还给你送牛轧糖？"

"他就……来问候问候！"

米多多扑哧一声笑出来："你俩什么关系啊？他要特地带你爱吃的东西来问候你？要不是喜欢，谁会劳心费力地记住你喜欢吃什么东西？你动动脑子，能说得通吗？"

莫菲叹气："他要是没女朋友，那才是说不通。你没见过那个女的，长得特别漂亮！"

米多多对莫菲说："你也不差呀！"

莫菲有自知之明："问题是他们俩还从小青梅竹马，家世相当！在外人眼里，就是一对儿神仙眷侣！"

米多多也为难了："那……这就有点难办了。"

"是吧？是吧？你也这么觉得的吧？"

米多多挥挥手："嗨，我们怎么觉得的不重要啊！重要的是，你喜欢他吗？"

"我……"

"实话实说，喜欢不喜欢？"

莫菲赌气道："我现在不喜欢了！"

米多多笑道："那就行了啊！既然你已经想得这么清楚了，那还有什么放不下的呢？从明天开始，忘记他！法国的森林等着你！"

米多多一边说着，一边对着空气张开了怀抱，莫菲被米多多夸张地表演逗笑出声，心情好转了些许。

莫菲心心念念地想着唐明轩，却没想到先遇到的竟然是方笑愚。莫菲周五下课往自行车停车场走的时候，方笑愚突然跳了出来！

方笑愚应该是在路边等了好一会儿了，他的耳朵都有点冻红了。莫菲定睛一看是他，吃惊喊道："天呐，方总监，我是眼花了吗？这里是法国哎，你怎么会在这里？"

方笑愚得意地说："看你那傻样，被我吓住了吧？"

莫菲无语："你这样跳出来，谁都会被吓到吧！方总监，你来法国旅游吗？"

异国他乡遇到朋友，莫菲对方笑愚也热情些了。方笑愚笑着看她，说："错了，再接着猜。"

"哦，我知道了。"莫菲说，"你来工作的，你们凯曼的总部在法国。"

方笑愚摇摇头："继续猜。"

外面挺冷的，莫菲没心思和他逗闷子了："不猜了，反正你来法国肯定是有事情了。方总监，那什么，遇到你很高兴，我等下还有事儿，以后有时间我们一起喝咖啡。"

"哎哎哎！你又用这招糊弄我？"方笑愚佯装伤心，"你就这么对我？我万里迢迢飞到这里来，可是专程来见你的。小莫菲，你不感动吗？"

莫菲离着他远远地："不感动，绝对不感动。"

方笑愚加强了语气："你不相信我？我真的专程来找你！在我心中，你可是独一无二的'缪斯'……"

莫菲翻了个白眼，方笑愚稍微正经了些："好吧，言归正传，我们来说正经事儿好了……我的新作品，想和你一起来设计。"

"我？不行不行！"莫菲拒绝说，"我还是学生呢！我的水平照您可差远了！"

"我说你行，你就行。"方笑愚又来了不管不顾的霸道，"既然是我的作品，那我就说了算！"

方笑愚可以这样说，但莫菲却不能这样去做，对此，她很有自知之明："谢谢您的好意了，可我确实是能力有限……方总监，见到你很高兴，我等会儿还有事儿，我就先走了啊！"

莫菲很清楚，方笑愚就是一个难缠的家伙。要是被他缠上了，他非得没完没了不可。也不等方笑愚答话，莫菲跳上自行车走远了。方笑愚在后面叫她，她都没敢回头。

为了更好地了解法国的风土人情，莫菲每周五晚上都会去当地的华人餐馆打工做兼职。法国人很喜欢晚上出来吃宵夜，等莫菲下了班已经累得骑不动自行车了。莫菲疲累地坐在公交车上，她困得不停地打哈气。眼睛微闭着，强撑着没睡。

到了宿舍楼下，天已经很晚了。莫菲掏出钥匙准备开门时，从角落暗处跳出来一个男人！

白天莫菲被方笑愚吓了一次，她以为又是方笑愚在胡闹。可对方走到光线里莫菲才发现，这个人她根本不认识！

巴黎的治安并不好，莫菲听米多多说她刚到这里就被抢过一次。看对方是个白人流浪汉，莫菲估计也是来劫财的。

长这么大，莫菲是第一次遇到抢劫的。她哆哆嗦嗦地掏出钱包丢了过去，用蹩脚的法语说："这是我的钱，你拿着走吧！"

流浪汉打开莫菲的钱包数了数，里面的钞票数额让他非常满意。但他拿了钱没有急着走，转头对莫菲起了别的心思。

莫菲嘿嘿一笑，她突然拔脚往前狂奔。流浪汉快速追了上来，最后将莫菲堵在墙边。

莫菲紧张害怕地问："你想干什么？"

流浪汉不回答，他直接向莫菲伸出了脏兮兮的手。莫菲不敢去看，她闭上眼睛尖叫……唐明轩，你来救救我啊！

莫菲心里无助地念着唐明轩的名字，她觉得自己又可怜又好笑。远在上海的唐明轩也许早就把她忘了呢？哪里还能来救她？

就在莫菲绝望之际，忽然一丝熟悉的香气飘来。那淡淡的木质香气是如此的独特，以至于莫菲永生难忘……唐明轩淡漠的声音在耳边响起："你要是敢碰她，我就剁了你的手。"

听到唐明轩声音的那一刻，莫菲还以为自己出现了幻觉。她不禁有些恍惚，她是多久没有听到他说话了？

是三天五天？还是三年五年？

一日不见如隔三秋，便是如此了吧？

莫菲偷偷地睁开眼，原来她不是在做梦，是唐明轩真的出现在了她的面前。他穿着黑色的羊绒大衣背对着她，肩膀看着又宽又厚，让莫菲感觉十分的踏实。

他来了，他真的来了。

他来了，那就好了。

说时迟那时快，唐明轩已经拿起预先准备好的棍棒打向流浪汉，一时间情况混乱，他们两个人扭打在一起！

莫菲已经无法思考，只能惊声尖叫大喊着："不要打了！不要打了！"

流浪汉打架的经验丰富，眼看着唐明轩落入下风。见唐明轩的脸上挨了一拳，莫菲忙冲上前去捡起地上的砖头，朝着流浪汉的后脑勺打去！

莫菲哭着尖叫："不要打了！"

流浪汉被莫菲分了神，唐明轩趁机踹了他一脚。知道自己再没有赢的可能，流浪汉落荒而逃。

"你没事吧？"莫菲扔掉手里的砖头，她跑过去查看唐明轩的伤势，"怎么办呀？都打坏了……我带你去医院吧？"

莫菲看着唐明轩脸上的伤，她完全被吓坏了。眼泪不停地往下掉，她的手指发抖："你这都伤了，都流血了……疼不疼啊？"

唐明轩伤得不重，就是看起来有点吓人。他本想安慰莫菲几句他没事儿，但见莫菲如此心疼他，他只是淡淡地说了一句："还好。"

"还好什么还好！"莫菲急了，"你都这样了还说还好呢？快走，去我家，我给你处理下伤口。"

"嗯。"

"你腿伤到没有？"莫菲紧张地蹲下去查看，"要不然我扶着你吧？我……"

唐明轩拎着她的外套帽子将她拉起来，他顺势将身体靠在莫菲身上："好像是有点儿……"

"你就靠着我吧！"莫菲扶着他往前走，"我家不远的，很快就到了……那个混蛋太可恶了，居然把你打成这样！"

莫菲絮絮叨叨地咒骂着流浪汉，唐明轩听了只是想笑。看她如此的关心自己，唐明轩又往她身上靠了靠。

宿舍门打开，米多多惊讶地看着满身泥血的莫菲扶着唐明轩走进了公寓内。米多多愣了一下，说："这不是手机上那个……他追到法国来了？"

唐明轩虽然满脸是血，但他仍旧礼貌地向米多多打招呼："您好，打扰了。"

米多多花痴地笑了笑，她偷偷拉莫菲到旁边说："可以呀！他这可比照片上帅多了啊！"

莫菲现在哪儿有心情管什么帅不帅的，她拿着湿毛巾帮唐明轩轻轻擦去脸上的血迹："还好，都是泥，你要是伤成这样，真是吓死我了！"

唐明轩抓住了莫菲的手腕，望着莫菲："我没关系，只要你没事就好。"

米多多站在旁边偷笑，莫菲害羞地把自己的手挣脱出来，继续帮唐明轩擦去血迹。

唐明轩很冷静地说："不过，这件事要尽快处理。这次是我遇到了，万一下次他们来的时候我不在，你不是太危险了？"

莫菲叹了口气："已经报警了。"

"巴黎的治安肯定不比国内，以后类似的事情还是会发生的。"唐明轩在公寓内看了看，说，"这样吧！我给你们租一个环境好点带保卫的公寓，能比这里安全些，莫菲，你以后放了学就回家，天黑就不要出去了。"

听说唐明轩要租好的公寓给她们，米多多眼睛立马亮了。

莫菲惊魂未定："谢谢唐总的好意，可我不能接受，我……"

米多多偷偷掐莫菲，不让她往下说。莫菲不理，坚持道："今天多亏了你，但我不能接受你别的帮助了……我在这儿住得挺好的，今天的事情不过是意外。"

米多多恨铁不成钢地推了推莫菲，她的动作太大，唐明轩的视线从莫菲身上移到了米多多的脸上。

"嘿嘿，一直也没顾得上介绍。"米多多大方地说，"我是莫菲的室友米多多，您是……"

唐明轩淡笑着："你好，我叫唐明轩，我是莫菲的……朋友……"

米多多了然："啊，朋友，朋友……朋友好啊！大家都是这样嘛！一点点从朋友，再变成男女朋友……"

"多多！"莫菲不让她胡说八道往下讲了。

米多多调侃道："你们都害羞什么呀！我说的不对？他是男的，你是女的，你俩做朋友，不就是互为男性女性朋友嘛？"

莫菲头疼得很："不聊了，很晚了，唐总也受了伤……杨光到了吗？还是我送你回去休息？"

刚发生完那样的事情，唐明轩哪里舍得让莫菲再出去。看了眼手机，他说："杨光在楼下呢！那你也早点休息吧！"

唐明轩说着话，站了起来。莫菲坐在沙发上没有动，米多多急得又推了她一把。

米多多给莫菲使眼色："快啊！送唐先生出去啊！"

莫菲想问问唐明轩为什么来，要来多久，可时机一直不太对。楼上米多多一直在看着他俩，莫菲没好意思问。等下了楼杨光已经在了，莫菲又不能问了。

看到莫菲扶着唐明轩走出公寓，杨光立刻迎了上去："轩哥，这是怎么弄的？我说了我跟你一起来嘛！这是伤到哪里了？莫小姐，辛苦你了，还是我来吧！我们老板又高又壮，你哪儿能扶动？"

杨光积极得很，主动要将唐明轩从莫菲身边接过来。莫菲考虑到唐明轩身上的伤，说："没关系，我送他上车……"

"不用不用！我来就行！这就是我该干的活啊！让我来！让我来！"杨光很坚持，他抢着将唐明轩扶了过来。

唐明轩有气说不出，他大力地想甩开杨光的手。杨光却抱他胳膊抱得紧，说什么都不肯松："轩哥，我能扶动你的，你不用担心……我看你刚才那么虚弱，要不然我来背你吧？"

唐明轩不耐烦地瞥了杨光一眼："闭嘴！"

好久没有看到这一幕，莫菲是说不上的感动。她站在旁边，忍不住偷笑："那你们路上小心一些。"

杨光殷勤地说："我知道了！你快回去吧！快回去！不用看我们走了你再上楼了！"

唐明轩暗自生气，莫菲对他摆摆手："谢谢！再见。"

唐明轩故作自然得点头和莫菲道别，他默默地看着莫菲上楼。直等莫菲的身影消失在楼道里，唐明轩才一把推开了杨光："谁让你来这么快的？！"

"啊？我……"

唐明轩自己上了车，独留杨光站在街上吹冷风。

杨光很委屈，什么时候做个积极肯干的好员工也要挨骂了？

莫菲回到楼上，米多多正在门口等她。莫菲连鞋子都来不及脱，米多多急忙拉着她到旁边沙发坐："快说说！快说说！晚上是怎么回事儿啊？这个唐总，是从上海追来的吧？"

唐明轩为什么会突然出现，莫菲也不知道。可一想到他，莫菲的嘴角就控制不住地上扬："他可能有事儿吧？所以就……"

"快点从实招来！"米多多不肯罢休，"他是怎么知道你住在这里的？"

这个莫菲也不知道，但莫菲相信，如果一个人想找到另一个人，真的不是什么难事儿。

互联网那么发达，微信，QQ，微博。只要想找，总会从蛛丝马迹中找到的。

世界那么小，他们两个人的交友圈子或多或少有些重叠。只要耐心去问，总能问出些什么来的。

对于莫菲来说，唐明轩会来法国并不稀奇。他是明远集团的老总，买张机票简直是轻而易举。

难得的是他有这个心，他有想要来见她，想要找到她的心。

对于莫菲来说，这样便足够了。

"今天太晚了。"莫菲心疼唐明轩身上的伤，"明天我问问他。"

"明天干吗啊！"米多多认为打铁要趁热，"今天就是好时候啊！你现在就问问他，万一聊得火热，你就让他回来，你们两个就在这个房间里来个鸳鸯蝴蝶梦，然后啊……"

"哎哎哎！我电话响了。"莫菲赶紧说，"我先不和你说了，我去接个电话！"

"莫菲！你别打岔啊！"米多多喊着说，"你倒是考虑考虑我的建议嘛！莫菲！"

莫菲想打岔是真的，有电话打进来也是真的。莫菲拿出手机看看，打来的是一个陌生号码，中国上海的。

"喂，你好。"莫菲接起电话，问，"你是哪位。"

夏雪凌的声音从电话里传来："莫菲，打扰了，你现在说话方便么？"

"夏总监？方便方便，我现在在家！"莫菲奇怪，"您……找我是有什么事情吗？"

夏雪凌客气地问："你在法国学习还顺利吗？"

"挺好的，谢谢夏总监关心！"

　　夏雪凌能来关心她，真是太阳打西边出来了。莫菲没什么好和她聊的，估计她也是一样。果然寒暄了没几句，夏雪凌就将话题拐到唐明轩身上去了："明轩这次去法国，他……有去找你吧？"

　　莫菲一阵反感："夏总监，您想说什么？"

　　"既然你也是个聪明人，那我就不绕弯子了。"夏雪凌冷冰冰地说，"莫菲，我知道，你对明轩一直有一些想法。我要说的是，麻烦你把你的那些小心思和歪脑筋，都用到别的男人身上吧！"

　　夏雪凌说她没绕弯子，可莫菲却是一点都没听懂："请您开门见山一点吧！"

　　"莫小姐，我在米兰布雷拉美术学院学了四年的油画，为了能帮到明轩，我放弃了做画家的梦想转去学服装设计和商业管理。"夏雪凌警告着说，"我在明远这些年，我和明轩的关系大家有目共睹……你以为凭你可以破坏我和他之间的关系吗？"

　　莫菲从来没有以为过什么，她也没有想去破坏什么。对于唐明轩的情感，她一直小心翼翼地放在心中，没有提起过。是，莫菲知道他们两个有多般配，可莫菲也没阻止他们两个般配呀！她就是在心里喜欢着唐明轩，连这都不可以么？

　　他们这样的有钱人，是不是一个比一个霸道啊？莫菲生气地想，不仅什么事情都希望按照他们的意志来，连人家心里怎么想的也要左右吗？

　　莫菲气得想骂人，可她转念又一想，这事儿不太对呀？

　　如果他们两个的感情真是那么好，唐明轩怎么会明目张胆地到法国来找她？怎么会找她还让夏雪凌知道？

　　唐明轩刚见过莫菲，夏雪凌就火急火燎地打电话来警告，肯定就是没办法了。

　　她对唐明轩没办法了，才会把办法想到莫菲身上来。

莫菲乐了："你为唐明轩付出过什么，那是你的事情，你不需要告诉我。但是，有一点，我想提醒一下夏总监。那就是唐明轩有自己的判断能力，他要选择和谁在一起，在我看来，那并不是你能左右得了的。"

夏雪凌被莫菲的话激怒了："莫菲，我还真是小看你了。没想到你心机这么重。"

"夏总监，咱俩彼此彼此吧！"莫菲笑说，"你打这通电话来，不就想让我知难而退，想让我自己放弃吗？你绕那么多弯子，你不觉得累吗？"

电话里，夏雪凌大声控诉着自己的委屈和不甘："你还是把事情想得太简单了。你以为只要有爱情就可以了吗？你以为这样你和明轩就能在一起了？"

"对啊，不然呢？像您这样吗？强扭的瓜不甜，我想你应该知道吧？"莫菲反问说。

夏雪凌冷笑："好一张利嘴，只是，莫菲，我想问问你，除了爱情，你还能给明轩什么？当明轩在事业出现困难时，你能帮他吗？你不能，但我可以……不要因为你一时犯蠢，就毁了明轩！毁掉明远！"

莫菲也被夏雪凌给说生气了："夏总监，你把我说得也太厉害了吧？我只是一个小小的留学生而已，我没能耐毁掉明轩，也没能力去毁掉明远。"

"你要是真的能安分守己，我倒是谢谢你了。"

莫菲还要怎么安分，她都跑到国外来了，躲得还不够远么："我要是你，根本不会打这通电话……真正有自信的人，根本就不需要虚张声势。"

夏雪凌八成是被气疯了，一向优雅的她直接将电话给摔断了。莫菲听着听筒里的忙音声，咬牙把手机扔到一边："什么人啊！"

唐明轩到法国来，应该是有事情要忙。在第一天救下莫菲后，他又不出现了。莫菲本想给他发两条微信问候问候，可每次想到夏雪凌打来的电话，她便不想去问了。

虽然莫菲分析着夏雪凌是虚张声势，同时也很怕她说的都是真的。万一人家两个人真有点儿什么感情，那自己不是尴尬了吗？

就这样，莫菲没去问，唐明轩也没再出现。过了两天在学校里，她倒是再次见到了方笑愚。

方笑愚每次都能在自行车停车的地方等到莫菲，莫菲骑着一辆自行车从他身边经过，方笑愚跳上前去追自行车。看莫菲快要骑走了，方笑愚伸手拉住了车尾部。

莫菲被吓一跳，她急忙停车。回头看到是方笑愚，她气愤地说："你在这里干什么？这样拉我的车很危险的！"

方笑愚却觉得这样很好玩："瞧给你吓得，你胆儿这么小，怎么敢独自来巴黎上学？"

莫菲没好气地白了他一眼："赶紧撒手，这么拉拉扯扯像什么样子？"

方笑愚松手，笑嘻嘻地看她："小莫菲，我说你也不是属猫的，不要每次见到我都是一副炸毛的状态好吗？我看你对别人也挺好的，独独对我不友好。还是，我可以理解为……你心虚？"

"我为什么要心虚？"莫菲觉得他莫名其妙。

方笑愚抱胸，倾身看她："据说，有的人在表达感情的时候。心里越喜欢，嘴上就越讨厌，你是属于这一类型吗？"

"我哪一类型都不是，方总监，我上班要来不及，再见了。"莫菲要跨上自行车，方笑愚拽紧把手不让她走。

莫菲生气了："方笑愚，你到底要干吗？"

"你是不是要打工去？"方笑愚笑着说，"我陪你去打工吧！"

莫菲真的很不喜欢他死缠烂打："我说你这个人怎么都听不懂人话？

你再这样我就翻脸了，喂，你干什么？你……"

方笑愚把莫菲的共享单车往路边一靠，上了锁，然后把莫菲的手提袋扔到自己车上。莫菲冲上前去想拦下，却被方笑愚一把抓住。

莫菲恼火道："方笑愚，我生气了！"

方笑愚还是笑嘻嘻的样子，他不管莫菲说什么，拉着莫菲到副驾驶座前，拉开车门，他推她上车。

"我说你是属猫的吧，又炸毛了。你刚才不是说上班要来不及了吗？我送你过去啊！"方笑愚说。

莫菲这话都说了好几次了："我不用你送，我自己能行。"

"你还把不把我当朋友了？"方笑愚问，"真把我当朋友，你就放轻松一点，别总是一副提防的样子，好像我要加害你似的。"

方笑愚紧随其后上了车，他踩下油门，车开得又快又猛。莫菲无奈，只好系上了安全带。

方笑愚开车和他做事一样，横冲直撞，毫无章法。莫菲辨认着面前的道路，指给他看："走那边，不是这儿……你拐错车道了！"

"巴黎我比你熟！"方笑愚笑说，"这条路去你打工的餐厅更快！"

莫菲惊讶地歪着脑袋看着方笑愚："你怎么知道我在哪里打工？"

方笑愚笑了笑："我当然知道啦！黄老板嘛！华人圈子很小的，你这点行踪我都不用费心打听就能知道了……你知不知道你们的黄老板是第几代华人？"

莫菲努嘴："第……三代？"

方笑愚笑道："第五代啦！不夸张！听说早期的留学生，都在黄老板家吃过饭……他们以前在 PLACE h'ITALY，后来才搬去的十三区。"

"你还真是百事通啊，怎么什么都知道？"

方笑愚得意地说："开玩笑？我谁呀！老巴黎！不信你去问黄老板！"

莫菲眼神怀疑地看着方笑愚。

方笑愚问她："我的话就那么没说服力？"

莫菲看向车外："你觉得呢？"

方笑愚车开得猛，从学校坐到餐厅，莫菲都快晕车了。好不容易到了餐厅门口，莫菲下车对方笑愚说道："方总监，谢谢你送我过来上班。送到这里就行了吧？再往里面就是餐馆了……外人是不允许进去的！"

"行。"方笑愚笑着露出一口小白牙，"那你进去吧！"

莫菲转身往餐馆里走去，可她走了几步不得不回头，见方笑愚还是在身后紧跟着她。

莫菲无奈了："咦，不是说了外人不能进吗？你又跟进来干吗？"

"我不是跟着你，我是饿了，打算在黄老板这里吃个饭。"方笑愚回答地坦然。

莫菲指指门口："你看到门上挂着的牌子了吗？现在还没到营业时间呢！"

方笑愚从善如流地说："那我回车上等一会儿呗，你快进去上班吧！"

"巴黎这么大，你就非要在这里吃饭吗？"莫菲劝他，"这里还得好一会儿才营业，你要是真饿了，就去找营业了的餐馆吃啊。"

方笑愚摸摸鼻子，犹豫着："你说得好像有道理，那我走了。"

说完，方笑愚转身开车离去。莫菲看着车远去，这才转身进入餐馆。

今天餐馆的生意相对冷清，莫菲洗完最后一只碗才七点多。她将橡胶手套摘下来，黄老板边关着灯边走进来："莫菲啊，活儿要是做完就早点回家吧！"

"黄老板，你今天要早关店吗？"这才七点多啊！

黄老板笑笑，指了指前面："不是，我是看你有朋友来，想给你放个假嘛！"

朋友？

莫菲从窗口处往外看了看，坐在外面等着的还是方笑愚。

"真是败给他了。"莫菲摘下手套向外跑，"黄老板，您不用给我放假，我还按照平时的时间下班就行！"

莫菲跑出来，方笑愚正坐在桌前慢悠悠地喝着咖啡。看见莫菲出来，他笑着打招呼。

方笑愚在笑，但莫菲笑不出来了："你有没有觉得自己很无聊？"

"没有啊！"方笑愚回答地坦然，"看着你进进出出的，我感到很快乐。"

莫菲被他搞得很烦躁："你的咖啡喝完了吧？麻烦你赶紧走，不要影响别人。"

"我影响谁了？"方笑愚理直气壮地说，"我一没偷、二没抢，三还没拦路挡道……"

莫菲一下子说不出话来。

方笑愚站起身，凑近了莫菲："还是我站在这里对你有影响？可我跟你有什么关系呀？你怕什么影响？"

"再！见！"

莫菲转身要走，被方笑愚挡住去路。方笑愚笑着看她，说："哎！在你们这儿喝了几个小时的咖啡了，工作了大半天……我真的饿了，你陪我去吃饭好不好！"

"我还没下班呢！"就算下班了，莫菲也不会和他吃饭的。

方笑愚装作可怜的样子："看在我们是朋友的份上，小莫菲……"

莫菲转身走进厨房拿出一袋春卷，扔给方笑愚："春卷！今天剩下的！"

方笑看着纸袋里的春卷，表情狐疑："这不是你给流浪狗吃的吧？"

莫菲闻言怒，伸手要抢回纸袋："不吃就饿着。"

方笑愚却不还，伸手拿了一根春卷放在嘴巴里。

莫菲没好气，转身就朝厨房走去。方笑愚一边嚼着春卷，一边看着莫菲的背影。

莫菲背着书包，从厨房门口处偷看吃着春卷的方笑愚，犹豫着是不是要从前门走。

黄老板看出莫菲的纠结，走上前问："他是什么人啊？看着有点面熟，以前是不是来过我们店……他骚扰你？要不要我帮你赶走他？"

"不用不用，我从后门走就行。"莫菲想了想，"不过今天，就麻烦您关门上锁了。"

黄老板点点头："没事儿，你走你的吧。"

莫菲冲黄老板一笑，朝厨房后门走去。绕到正门处，看到仍坐在店里的方笑愚似乎在找她。

莫菲在窗外按了按车铃，方笑愚朝外面看去，见到莫菲在外面，他愣了一下立刻起身。

被方笑愚烦了一天，莫菲终于痛快了一回，得意地冲方笑愚笑道："方笑愚！我先走一步啦！"

说罢，莫菲蹬车便骑走。等方笑愚追出来，莫菲已经拐进小巷不见踪影。

莫菲骑着单车出现在黑乎乎的巷口，看见一个人影在公寓外徘徊。她警觉地下车，慢慢推车过去。上次的流浪汉还没抓到，莫菲可不敢大意了。她随时随地准备着逃跑，等到了视线可以看清楚的地方才发现是唐明轩。

唐明轩穿着千鸟格子的外套，整个人却显得更加清冷。他手里拎着纸袋，莫菲还在想里面是不是又是牛轧糖。他额头上的伤口被处理了，但几天过去淤青更加明显，一块儿青一块儿紫的，瞧着有些难看。

唐明轩转过身来，莫菲看他就觉得心疼。抽抽鼻子掩饰自己的情绪，莫菲笑着问他："你什么时候来的？"

唐明轩冷淡的语气中也有明显的委屈："你让我等了很久。"

"对不起啊，我不知道。"想起夏雪凌的那通电话，莫菲不自觉地和他疏远些了，"那，你是有什么事吗？"

唐明轩眼神关切地看着她："来看看你是否安全。"

莫菲看向唐明轩的伤处，忍不住关心说："好点了吗，还疼吗？"

"疼。"

莫菲愧疚不已："对不起，害得你受伤了。"

唐明轩盯着莫菲看，他的眼神有几分灼灼："比起对不起，我更想听你和我说点别的。"

莫菲干笑一声，打岔道："别的呀……别的是啥？我现在没什么钱，要是请你吃饭的话只能是……"

唐明轩站住，抬头看莫菲："莫菲，其实有件事情，我一直没有跟你说，我……"

莫菲，其实有件事情，我一直没有跟你说，我和雪凌已经准备结婚了，所以我以后不想和你接触了……这段时间米多多讲了太多狗血八卦的故事，以至于莫菲自动脑补出了唐明轩后面要说的话。

这些事情可以是真的，但莫菲却没有办法去面对。急匆匆地打断唐明轩的话，莫菲笑说："啊，那个什么……哎算啦，法国的天气比上海好啊好像，我锁车。"

莫菲推着自行车，快步往前走，唐明轩站在原地没有动："每次说正经事情，你都只会打岔。"

莫菲抬头和唐明轩对视了几秒钟，有些脸红。承受不住唐明轩火热的视线，莫菲先转开了头。

在唐明轩要开口说话时，从街道的前方照射过来一束强光。突然而至的光线刺眼，莫菲下意识地闪躲。

唐明轩顺着光线照来的方向去看，方笑愚站在光线的源头，笑着看他们。方笑愚走近，笑着看向莫菲："不是说好今天我接你下班吗？你怎么不等等我呢？自己回来多危险，总是让我担心，一点都不乖。"

担心唐明轩误会，莫菲急着解释："谁和你说好了？根本就是你自己……"

方笑愚转头看向脸色不好的唐明轩，笑着打断了莫菲的话，示威道："谢谢唐总送我的小莫菲回来啊！没有在黄老板那里接到她，我担心了一路呢！"

"黄老板？"唐明轩挑挑眉。

方笑愚得意："啊，那是莫菲打工地方的老板啊！她不舍得我在店里一直等她，她就让我先去吃饭。那我哪儿能放心啊？莫菲心疼我，还给我他家的春卷吃，味道特别棒……你居然不知道？"

唐明轩脸色不好，看他不高兴，莫菲心里也不太舒服。

"行啊，唐总，你送到这里就行了，楼上是她们女孩子住的地方，你一个外人上去也不方便。"方笑愚在那儿自说自话，"你先回去吧，我会安全把小莫菲送上去，然后再……"

莫菲真的生气了："方笑愚！你不许再胡说八道！"

被方笑愚的胡言乱语气到，莫菲抓起包就往他身上打。方笑愚沉浸在自己的得意中，忽然被打，他吓了一跳。

方笑愚没有回过神来："莫菲，你这是……打是亲骂是爱？"

莫菲气呼呼："你为什么要乱讲，根本就不是那么回事！"

"难道你没有给我春卷吗？这是我乱讲吗？"

唐明轩看向莫菲，她有种有口难言的急迫："那……你……那不是你说，给流浪狗吃的吗？"

被莫菲的样子逗笑，唐明轩扑哧笑了出来。带着几分得意，唐明轩迈步往楼道里走。可他正在春风得意之时，也被莫菲拍了一下。

没想到自己也会被打，唐明轩满脸不解。莫菲看看唐明轩，她的火气没消："我说他没说你吗？"

"我又没有乱讲话。"

对莫菲来说，唐明轩讲的那些还不如方笑愚的胡说八道呢："你是没有乱讲话，但你比他还要让我心烦！你们两个走！全都走！以后不要再来烦我！"

莫菲一着急连放在车筐的手提袋都忘了拿，快步跑上楼去了。

唐明轩看着莫菲的身影消失后，他叹了口气。方笑愚看看唐明轩，笑了。

方笑愚的笑容一点点变冷，说："你还真是紧追不舍呢，看来不是一般地认真啊。只是千里迢迢赶来，吃了个闭门羹，没想到吧？"

"紧追不舍的人，是你才对吧？知道我要来法国，所以你定了早一班的飞机是吧？"唐明轩冷哼，"我没想到的是，有生之年还有机会看到你被女人打，虽然这一点都不意外。"

方笑愚不以为意地笑笑，他坐到车里对着唐明轩挥挥手："那么，唐总，再见了。有我在，你的巴黎之行不会无聊的！"

方笑愚的汽车开走了，楼下只剩下唐明轩自己。他看了看莫菲的自行车和落下的材料袋，将自己手里的手提袋连同莫菲的一起放在一楼门边，帮她收好，也离开了。

莫菲上楼洗过澡后才发现自己的材料袋忘在了下面，她不敢一个人去取，只好拉着米多多一起。

米多多穿着睡衣，她边走边念叨："你多大的人啦？材料都能忘了拿……"

"辛苦你啦，陪我下来取。"莫菲抱歉地说，"前两天刚被骚扰完，我自己害怕嘛！"

米多多理解道："行了，你站在这里等着吧！我去给你取。"

"谢谢多多。"

米多多推开门出去取，回来时手里却拿着两个袋子："莫菲，这也是你的？这个是什么啊？袋子看起来不便宜呢！"

莫菲认出了这是唐明轩刚才拿的手提袋："可能是牛轧糖吧？"

"牛轧糖用这么贵的袋子？你是疯了吗？"米多多眼疾手快得打开了手提袋，看到了里面的东西，惊呼道，"这是苏州的漳缎吧？莫菲！你这么有钱！居然能买得起这种布料！"

"漳缎？！"

莫菲走近看了看，还真的是漳缎！她左右找了找，楼下早就没唐明轩的影子了。

从手提袋里面取出一捆苏州漳缎，米多多嘴里的话不停："莫菲，没看出来呀！你是个有钱人呀！这种布料，程杨也用过的。上次我不小心弄坏了一块，他跟我怄了一个礼拜的气呢！你这……你的漳缎都是成捆的！豪气呀！你准备这么多，是要做什么的？"

莫菲愣愣的："这个……这应该不是我的吧？"

米多多停下动作："放在你车上不是你的？那是谁的？"

莫菲欲言又止，米多多懂了。

"是唐总给你送的吧？他老早过来等你，我让他进来都不进来。你们在外面，做什么了？"米多多追问道。

"这这这这……"莫菲结巴着说，"这光天化日下，能做什么？！"

米多多坏笑："哦……那是希望在没人的时候……"

莫菲伸手拿过米多多手上布料，放回了提袋里，米多多拦阻她："你放回去干吗啊！我还没欣赏够呢！"

"欣赏也没用，我明后天就给他还回去！"

米多多不舍得："别呀！还回去干吗啊！莫菲！莫菲你别想不开……你听我给你算！这个漳缎的价格啊，差不多能有你六个月的房租……莫菲！你再考虑考虑！"

莫菲不听米多多说的，她抱着手提袋回去了。以她现在和唐明轩这样不清不楚的关系，莫菲说什么都不会要他这么贵的礼物。

米多多心疼这些漳缎，她软磨硬泡着让莫菲把东西留下。就么点事情，两个人说到了快天亮。多亏了第二天是周末，莫菲不用去上学。她躺在床上打算睡到自然醒，可七点多就被搬家的邻居给吵醒了。

邻居们的起居作息，永远都是一门玄学。只要是你想睡个懒觉，不是有邻居搬家就是有邻居装修。莫菲躺在床上怄气地想，这邻居八成和方笑愚是一个八字属性的，天生就和莫菲犯冲。

莫菲躺在床上装死，米多多兴奋地在客厅里叫她："莫菲，你快来看啊！隔壁搬来一个大帅哥！"

莫菲把被子蒙在脸上，她努力地想将刚才的梦境接上。米多多见叫不起来她，干脆直接冲了进来。掀开莫菲的被子，趴在她的耳朵上说："别睡啦！楼下的帅哥超帅呢！走走走！我们去看看！"

"啊！"莫菲痛苦地大喊，"我想睡觉啊！"

莫菲头没梳，脸没洗的被米多多拉下了床，她又没什么兴趣地跟着米多多下了楼。莫菲实在是不明白，为什么米多多会对帅哥抱有如此大的热情，在她看来简直不可思议。

莫菲打着哈气出来，睡眼惺忪的她迷糊中好像看到方笑愚在指挥搬家工人搬家具。不太确定自己是不是在做梦，莫菲试着喊了一声："方笑愚？"

方笑愚扭头看到莫菲，他随即笑出："莫菲，你这是刚醒吗？看起来脸也没洗，肯定也没刷牙吧？喂，你就算想见我，也不用这么急切吧，我这个人有点洁癖的。"

"莫菲。"米多多撞了撞莫菲的胳膊，"这人谁啊？和你什么关系啊？难怪你一直没推进和唐总的关系呢！是不是因为他呀？"

莫菲对米多多翻了个白眼，转头问方笑愚："你在这儿干吗呢？"

方笑愚贴近莫菲："很明显，我这是在搬家！你是来帮忙的吗？"

"你搬这儿啊？"莫菲退后一步。

方笑愚伸出手来，准备和莫菲握握手："对啊，搬到你隔壁，和你做邻居哟，好邻居，我们认识一下吧！"

莫菲打掉他的手："昨天挨打没挨够吗？现在送上门来给我打？"

"你起床气也太大了吧？一早上就这么凶！"方笑愚可怜巴巴地吹吹自己的手背，"你看，都给我打红了呢！"

莫菲气得瞬间清醒了："是我凶，还是你欺人太甚？法国那么多房子，干吗非要搬到我隔壁来！"

方笑愚振振有词地说："是我要租房子，你隔壁的房子刚好出租……所以我就搬来了。"

Chapter IV

豆蔻色

豆蔻枝头双蛱蝶

芙蓉花下两鸳鸯

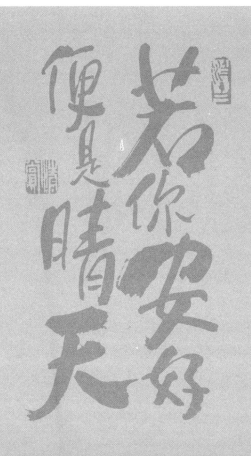

米多多凑上前问："帅哥，你要来我们隔壁住呀？"

方笑愚笑着点点头："欢迎吗？"

"欢迎欢迎！"米多多热情地说，"我们当然是热烈欢迎啊！"

"等等，把'们'去掉！"莫菲才不欢迎呢！

米多多劝说："莫菲，你这样就不对了。大家都是朋友，不要伤了和气嘛！"

"现在开始，我跟他，不再是朋友！"莫菲话说得斩钉截铁。

方笑愚也不生气："那正好，既然我们不是朋友，那我住哪儿和你更没关系了啊！房子又不是你的，我又不是跟你租房。较真起来，好像和你也没关系啊。"

米多多小声说："好像……莫菲，帅哥说得有点道理啊！"

"可不是嘛！"

莫菲无奈了："你们……懒得跟你们说了。"

莫菲语落，转身要走。方笑愚用身体挡住莫菲的去路："来都来了，那就帮帮忙吧！那几个包，你帮我一起拿一下。"

"你还是不要浪费你请搬运工的钱，我上楼了。"莫菲跑上了楼，方笑愚看着她的背影笑。

米多多笑说："你要拿什么，我帮你啊？"

莫菲走了，方笑愚忽然变得非常客气："我哪儿敢劳烦美女你啊？你上去休息吧！有事儿我找你。"

米多多看完了帅哥，也准备撤了："好！反正以后住的近，有事儿你直接敲门就行。"

方笑愚笑着点点头。

莫菲进门本想直接躺下，但想想方笑愚住到了对面，她起来将客厅里的窗帘全都拉的严严实实的。

米多多蹭了过来："姐妹你这是生气了？还是纠结了？"

莫菲走到模特架旁，拿起针线摆弄起模特人台身上的立裁衣服。米多多笑了笑，坐在莫菲身边："隔壁那么帅的一个大帅哥，为了你搬来的，你就一点都不心动？真连一点机会都不愿意给他？"

"我和方笑愚没有可能，我生气只是气他的胡搅蛮缠！"莫菲心里清楚得很，"他压根不喜欢我，他根本就是为了……"

"为了什么？"米多多好奇地问，"中间还有什么隐情不成？"

莫菲想起了"方倩"这个名字，她明白方笑愚现在对她做的事情根本不是喜欢。

"咚！"

有什么东西砸在了窗户上，莫菲走过去看了看。对面的方笑愚趴在围栏上，他笑着和她们打招呼："两位姑娘，你们好呀！你在403，我在405！以后我们就是邻居了，请多多指教！"

莫菲连骂人都没力气了："真是一个神经病。"

站到窗边的米多多朝隔壁挥着手，转头向莫菲说道："方笑愚跟你打招呼呢。"

莫菲忙把米多多从窗边拉走，关上窗子，拉上窗帘！

有生以来第一次，莫菲觉得自己总结得如此精准。她说的没有错，方笑愚就是一个神经病。

搬到莫菲家隔壁还不算，他找准了机会就来缠着莫菲。

早上莫菲刚解开自行车的锁，方笑愚就推门出来了。莫菲瞥了他一眼，推车就要走。方笑愚快步追上来，他扶住了莫菲的车把："巴黎这么大，咱俩都能不期而遇……不得不说是前世修来的缘分啊！"

莫菲看向大街上来来往往的行人，冷漠道："要这么说，我和这条街上的人都是前世修来的缘分……咱俩呀，没什么特别的。"

"冷酷。"

"没错。"

方笑愚笑笑："你要去哪啊，我送你吧！"

莫菲推着自行车就走："你忙你的去吧！"

"我听说你之前被流氓打劫了？"方笑愚笑着说，"你看看，所以我说你需要一个护花使者。以后你去哪儿，就可以带我，我能保护你啊！"

"你啊？"莫菲笑了，"快算了吧！有你跟着，我有随时被气吐血的可能。你快饶了我吧！我又没有法国的医保。"

莫菲蹬上自行车便走，方笑愚说："哎，你是不是去上课啊，我去上班，咱们真的顺路！"

顺路？那才是有鬼了呢！莫菲骑着自行车，头也没回地挥了挥手。

莫菲之前回家得躲着流浪汉，现在回家得躲着方笑愚。莫菲严重怀疑自己和法国的风水不合适，所以到了这儿后一直都不太顺。

晚上莫菲回来，远远地就看到了唐明轩的车。车上的杨光率先下来和莫菲打招呼，他热情地说："莫小姐，你放学了啊？"

莫菲刹住车，她单脚点到地上，诧异地问："你们这是……要去哪儿？"

"本来应该是在去机场的路上，但车到半路，唐总又让掉头过来，他说要当面和你说再见！"杨光说完后看了看车里，低声提醒莫菲说，"唐总今天白天就来了，他正好在楼下遇到了方总监，两个人……"

"又吵架了？"

杨光点点头。

他们两个人默默地交换了一个眼神，唐明轩从车里下来了。杨光嘿嘿一笑，说："那个，唐总，我上车等你。"

莫菲觉得自己真的没救了，不管之前对唐明轩有多气，只要看到他的脸，她就可以忽略不计了。

见唐明轩脸上的伤口愈合的不太好，莫菲难掩心疼："你脸上的伤有好好处理一下吗？都肿了，有没有冰敷啊？"

莫菲觉得自己有点失礼，手伸了一半就停住了："要不我上楼拿点冰块给你。"

唐明轩拉住她："不用了，莫菲，我来是因为……"

话刚说了一半，夏雪凌的电话突然打了进来。莫菲一看手机显示的名字，心里有点不舒服："你接吧！"

"喂，雪凌？"

雪凌雪凌，叫得可真亲切啊！莫菲暗自吃了一口干醋，酸的牙疼。

夏雪凌的声音从听筒里传来："设计稿你看了吗？"

"我知道了，我会尽快回去定下来。"

唐明轩简单说了几句，便挂断了电话。

莫菲想要把手拿回来，唐明轩却拉着不肯放。莫菲红着脸，有些赌气地说："很晚了呀，我要回家，唐总不是也要去机场吗，别误了飞机。"

"嗯，我这就回去了。"唐明轩冷淡地提醒说，"不要跟方笑愚那个人走得太近，他对你不是真心的。"

"你这话什么意思啊？我和他有什么吗？"

唐明轩看着她说："我只是提醒你，你不要这么激动。"

莫菲下自行车，推着车子走到车尾，把自行车停放好后，她转身看着唐明轩："唐总，你特地跑回来一趟就是为了告诉我，方笑愚他对我不是真心？"

是，这是唐明轩无论如何都不能放心的事情："莫菲，你相信我，我从小就认识他，我太了解他那个人了……"

莫菲打断他："可是，唐总，在你眼里，我是不是连一点辨别是非的能力都没有？我连怎么做事儿都要你教是不是？"

"你现在是为了他在和我吵架？"唐明轩皱了眉，"你喜欢他？"

莫菲实在是跟他说不清楚了："你有没有听我说的话？我根本不是那个意思！"

唐明轩不自觉提高了音量："他现在跑到法国来，又搬到你隔壁住，我担心他会伤害你！"

莫菲更气了："唐总，你在说什么啊？为什么和你说话……有时候我觉得很累。你总是这样，说话做事都以自我为中心。你想理我了，我就必须要围着你转。你不想理我了，就一直见不到人。如果我不按照你的意志去做，就好像是我年轻不懂事儿。好，那我现在问你，要是我莫名其妙跑来跟你说，唐总，你不要理夏雪凌，她对你可能不是真心的，你会不会生气？"

唐明轩解释说："雪凌和方笑愚不一样，方笑愚对你是有目的的，莫菲，我要怎么说，你才能明白？"

这种事情，唐明轩越解释莫菲越生气："是啊，我不明白啊，为什么我过得好好的，你要来干预我的生活，我惹不起你，好，我跑到法国来，我还是躲不开你，为什么就不能让我安宁的生活！"

唐明轩惊讶："你……原来是在躲我？"

"对！"

"为什么躲我？"

"因为！"

还能因为什么？还不是因为喜欢你！

喜欢你，太爱你，可同时又觉得自己配不上你。

你是那么好的一个人啊，走在人群中都会闪闪发光。那样闪耀的你，和这样平凡的我，怎么能走到一起呢？

喜欢就是错，所以不可说。

唐明轩盯着她，等着她的答案，可莫菲却避开了眼："夏总监叫你早点回家，您赶紧去赶飞机吧！"

唐明轩上前一步，拉住了想走的莫菲。

她抬眼望他，他低头亲吻了她。

唐明轩的亲吻来得猝不及防，却又无比温柔。他们的唇齿相碰，莫菲能够感觉出他小心翼翼地爱护。他的呼吸萦绕在她的鼻端，莫菲能够闻到他身上淡淡的木质香气。就像是大雨过后的树林，让人感觉安静和清新。

莫菲的身体有一些颤抖，她的感官全都被唐明轩占据和控制。等到一吻结束，她听到他在耳边说："我喜欢的人是你，从来没变过。雪凌是我的工作搭档，我们真的只是朋友。"

莫菲眼中蓄满了泪水，她呆了，傻了，整个人都晕乎乎的了。吸了吸鼻子，她哑声说："时间不早了，你去赶飞机吧！"

见她这个样子，唐明轩眼里满是怜爱的爱意。他伸手摸了摸莫菲的头，温声说："等我国内的事情处理好了，我就过来。"

莫菲呆呆地点了点头："哦，好。"

看着唐明轩的汽车开走，莫菲都没有回过神来。距离宿舍还有一段距离，她连自行车都忘了骑。迷迷糊糊地往家走去，她觉得刚才发生的一切都像是在做梦一样。

快要到宿舍前面漆黑的小巷子时，莫菲停了下来。紧张地看看前面的路，莫菲感到十分的奇怪……前面的马路怎么这么亮呢？

街边坏掉的路灯还是没有修好，不知道是谁在街边拉了一条长长的彩灯。彩灯一直挂到了米多多家公寓的楼下，照亮了莫菲回程的路。

莫菲心怀疑惑地走回来，回头看了看五彩斑斓的街道，她开心地笑了："好漂亮……"

不仅是小巷子里，就连莫菲每天停自行车的黑暗角落，也有人贴心的准备了小夜灯。莫菲开心地上楼去，楼道里也是灯火通明！

楼梯的扶手上缠了一圈一圈的小彩灯，光彩夺目。莫菲顺着楼梯看去，彩灯一直到她住的楼层为止。

莫菲敲敲自己晕乎乎的脑袋："我这是……走错了？"

住在一楼的房东太太听到动静开门出来，见到是莫菲，她热情地用法语打招呼："莫菲，你回来了！"

"你还没有睡？"莫菲好奇地说，"我想问一下，这些灯是怎么回事儿？"

房东太太惊讶："莫菲，你不知道吗？这些是你男朋友准备的啊！"

"我男朋友？"莫菲有点害怕，"该不会是方笑愚那个疯子做的吧？"

房东太太解释说："不不不，是那个高高帅帅的中国男人，之前保护你被打伤的那个……他和我说，你晚上打工回来，没有灯你会不安全。所以啊，他才为你准备了这些。"

"唐明轩？！"莫菲瞪大了眼睛，脸又一次地烧了起来，"他……他还说什么了？"

房东太太掏出一封信递给莫菲："这是他留给你的……电费他已经付过了，莫菲，你就享受他给你的浪漫就行啦！"

莫菲对着房东太太笑笑，她急忙坐到楼梯上拆信去了。

唐明轩做事老派传统，他没有给莫菲发冷冰冰的微信短信，而是用书写来表达自己的心意。他选了漂亮的信纸，打开后上面还有淡淡的茉莉香味儿。刚劲的字体，写得却是绵绵的情意。

他说，我不能保证你在巴黎的每一天都是晴天，但我希望这些灯，可以照亮你的每一个夜晚。唐明轩。

莫菲看着唐明轩写的字，惊喜地尖叫，转圈："原来他也喜欢我！哈！"

这一切对莫菲来说好像是在做梦一样，又或者说，她长久以来做的梦已经实现了。

晚上洗过澡后，莫菲躺在床上傻笑。拿过手机想看看唐明轩有没有给她发消息，却意外地看到了个陌生的好友申请。

莫菲点开资料看了看，照片是一个短发的漂亮女生。从她的照片背景看，应该是凯曼的模特。

凯曼的模特……该不会是莫凡惹上什么风流债了吧？

莫菲通过了好友申请，那姑娘立马发了一堆消息过来。

姑娘的性格爽朗，她叽叽喳喳地说个不停："小姐姐，你好，我是唐明轩的表妹，陆珠，我也是莫凡的同事。"

啊，陆珠，莫菲好像是有点印象。之前她好像和莫凡关系很好，经常和莫凡一起出去吃饭来着。

莫菲没想到她竟然是唐明轩的表妹，正想着应该如何去打招呼，陆珠就说："我从莫凡那里要了你的联系方式，希望你不会介意。我来找你，是有些事情想和你说的。"

陆珠说了长长一条，接着发过来一张照片。照片里是唐明轩躺在床上睡觉，怀里还抱着他们在苏州买的小狐狸。

　　莫菲看到唐明轩熟睡的样子，她忍不住有些想笑。她怎么都没想到，一向冷傲的大总裁居然有如此可爱的一面。陆珠黑起自家表哥来，是完全不会手软的："小姐姐，你别看我表哥照片里一副娘娘腔的样子，但他是真的喜欢你。你出国留学的时候他是想去找你的，可是那时候我姑父病了，所以他哪儿都去不了。为了能早点去见你，他起早贪黑地加班。你没发现吗？他整个人都瘦了一大圈呢！"

　　还真是，唐明轩真的比之前瘦了不少。

　　"这些事儿他怎么不告诉我呢？"莫菲心疼地问，"他要是早点告诉我，我也就不生他的气了。"搞得这几天他们两个一直在闹别扭，莫菲对他的态度也不是很好。

　　陆珠笑着说："我表哥那个人你还不知道？天塌下来他都不会多讲一个字儿的。不过你们两个来日方长，现在让他吃点苦头也好。"

　　莫菲真是太喜欢陆珠了！她到底是不是唐明轩的亲妹妹啊！

　　"谢谢你和我说这些。"莫菲发了一个笑的表情。

　　陆珠笑得龇牙咧嘴："不用客气，咱们两个互相帮助嘛！小姐姐我很喜欢莫凡，以后他有什么事儿，你也要及时地告诉我啊！"

　　"没问题。"

　　两个女人就这样愉快的决定了，为了自己的爱情，毫不犹豫地出卖了自家兄弟。

　　和陆珠聊了半天，莫菲似乎认识了另一面的唐明轩。看了看中国时间，估计他应该到家了，莫菲打开电台，开始了直播。

　　"嗨，大家好，最近一直都没有上线，一部分原因是课程实在太忙，一部分原因是……心情不是太好。"

　　莫菲顿了顿，说："在我刚来法国的时候，我试着忘掉一个人，放下一段感情。我总觉得他就是小王子，早晚要回到属于自己的星球。我不愿

若你安好便是晴天

做可怜的小狐狸，一直默默地在原地等待……可今天发生了一些事情后，我忽然间发现，并不是那样。"

莫菲走到窗前，外面的街道上是唐明轩为她挂起的长长彩灯。莫菲笑了笑，说："他没有离开我，还试着靠近我。他倾听我的心声，在意我的想法……这么长时间以来，并不是我在自作多情。原来，我喜欢的人，也确确实实地在喜欢我。"

拿出唐明轩给的信，莫菲伸手在信纸上摸了摸。

"既然你点亮了我的夜晚，那么以后，就让我来守护你的梦吧！"

就这样，莫菲和唐明轩开始了跨国恋情。

如此远距离的恋爱，上来就被米多多唱衰。米多多不停地给莫菲打预防针，告诉她远距离恋爱的心酸："别人就不说了，你就看我和程杨就行了。我们两个是高中同学，恋爱十几年了。可也还是受不了异国的距离，我只好放弃工作来找他了。"

莫菲是个好学生，恋爱的事儿她也颇为不耻下问："那你来找他，对感情有帮助吗？"

"当然有啊！最起码能见到面啦！"平时乐观的米多多也不忍叹气，"你想啊，当你郁闷难过的时候，你是不是需要爱人的拥抱？当你寂寞空虚冷的时候，你是不是渴望爱人的亲吻……总之，很多情侣间的矛盾，只要见一面就能解决的事情，对于异国恋情侣来说，简直比登天还难。"

莫菲不是太能理解，米多多问她说："姐妹，你想想，你愿意为了唐总放下学业回国去当少奶奶吗？"

莫菲想了想，她是不愿意的。

米多多又问她："姐妹，你再想想，唐总能够为了你，放下事业来法国吗？"

莫菲想了想，他应该是不能的。

234

"所以啊!"米多多劝她想开点,"你还要在这边上个一年半载的学,你们两个的恋爱远景可不太乐观啊!"

莫菲听完也有点丧气了。

不过这些恋爱的忧愁,莫菲并没有和唐明轩多说。每天他们两人视频的时候,莫菲都是开开心心的。她知道唐明轩的工作忙压力大,如果再让他为了爱情的事情烦心,莫菲实在不舍得。

可没想到唐明轩比她要主动的多,分开后不到一周的时间,唐明轩又来法国了。

唐明轩来之前没有告诉莫菲,他说自己晚上要开会,所以莫菲就没跟他视频。等莫菲下课出来,意外地看到唐明轩就在门口等着。莫菲激动地跑过去抱住他,扑到他怀里就哭了。

"怎么了?"唐明轩轻轻摸着她头上的小辫子,"今天是不是被老师批评了?"

莫菲嫌自己丢人,趴在他怀里小声说:"想你想的。"

"我们才没通话多久啊!"唐明轩笑她,"能让你想成这样?"

是,他们确实一直在通话。无论白天晚上,只要方便就会视频聊天。可即便是这样,莫菲还是很想他。

她想得自己心都疼了。

"走吧!"唐明轩不舍得她在这儿吹冷风,"我带你去吃好吃的。"

"去哪儿啊?"莫菲哑声问他。

唐明轩想了想:"我在塞纳河上包了一条船,我们去那儿吃晚餐好不好?"

"那种地方都是钱味儿。"莫菲抱怨说,"有什么好吃的啊?"

"你想去哪儿?"

莫菲仰头看他,小脸红红的:"我说去哪儿就去哪儿吗?"

"好。"唐明轩就是为了她来的法国，怎么可能会不听她的？

莫菲眼睛闪闪亮亮的，她笑说："那我带你去一个好地方吧！"

莫菲带着唐明轩来了巴黎的艺术桥。

唐明轩和莫菲两人站在桥边，往前看，是无尽夕阳。看着秋冬萧索的景色，唐明轩有些失望："你拒绝我的游轮、大餐，就是为了来这儿吹冷风？"

"我来这儿是有任务的！"莫菲一本正经地说，"我们老师安排的颜色设计作业，就是来这儿欣赏美景。"

"作业？你们老师是谁？安德烈？"

莫菲笑问："你怎么知道？"

"在你们学校只有他能安排这么有深度的作业了。"

莫菲苦恼地说："你明白他的用意？我刚接到作业时都不是特别理解呢！"

唐明轩笑了笑，他指指前方："巴黎最初的城区就是从那边的西岱岛开始的，大概是在公元前3世纪吧？第一批来巴黎定居的人，就搬到了这里。后来中世纪时，巴黎市区开始向塞纳河两岸发展……不过不管怎么发展，这里始终是巴黎皇权和教会权力的中心位置，来这里，才能体会到巴黎精神的所在。你们老师让你们来这儿，可以说是用心良苦。"

莫菲对唐明轩的学识崇拜不已，她指着天空说："哎，你看，天上的红色！"

唐明轩看向了西边："夕阳吗？"

莫菲点点头："是啊！中国人以前说红色，都用'赤'代替，'赤'字的古文，从炎、从土，火光上窜……这是夕阳的颜色。"

"你准备用这个颜色做设计？"

莫菲认真地思索着说："当然啊！中国风，当然要用真正代表中国的红色了！中国的正色应该是'赤'和'朱'，它们不像西方三原色的洋红那么偏冷。《诗经·七月》中说，'我朱孔阳'，传统的赤色、朱色，就像故宫的红墙，融入了一点土黄，颜色温暖，浓郁而淳厚……对我来说，那才是属于中国的红色，因为我们中国人是包容的、温和的……"

桥上风吹得有些冷，唐明轩自然地将莫菲的手塞进口袋里帮她捂暖："这么说，你的作业已经完成了？"

莫菲叹了口气："还没有……其实，在用色上我还有点拿不准。"

唐明轩耐心地开导她："你有没有注意到自己的问题？"

"什么意思？"

唐明轩说："你那么懂得传统的颜色却做不出中国风的设计，为什么？因为你给自己设置了太多的限制。"

"我没有……"

"你听我说完。"唐明轩打断了莫菲，"中国风的设计，不在形式，在精神。所有传统技艺，所有传统元素，只是载体而已，你不需要强求。"

莫菲不懂："可是没有元素，没有技艺，我要怎么去体现中国风呢？"

唐明轩深望着莫菲："你来，你看着这片夕阳会想到什么？"

莫菲试探地说："夕阳无限好，只是近黄昏？"

"这就对了！"唐明轩笑了，"'中国'早就写在你的血液里了，写在你的灵魂里了。所以你现在要做的不是学习更多的传统技艺和元素，你要做的是打破你给自己的条条框框。"

莫菲看着夕阳，此时一架飞机正缓缓地划过天际……

莫菲脸上渐渐浮现出了然的表情："'落日熔金，暮云合璧，人在何处？'这落日熔金，暮云合璧，像不像是延伸出一套宫廷式的渐层套色连衣裙……"

"不错，不错。"唐明轩欣慰地说，"很好你懂了！"

莫菲鞠躬感谢:"是!谢谢唐总你!"

唐明轩看着晚霞,笑了笑。莫菲也不再说话,静静地陪坐在一边。远处的高楼亮起了灯,星星点点,仿若银河。

为了能来见莫菲,唐明轩几乎牺牲了所有的休息时间。每周都会坐十几个小时的飞机跑巴黎,莫菲看着都心疼。他经常是下了飞机在机场转一圈就走,连吃个饭的时间都没有。临近明远的新品发布会,唐明轩忙得连轴转。莫菲从陆珠那里听到风声后,说什么都不让唐明轩来了。

"你还想不想让我春节回去了。"莫菲都快以命相逼了,"你要是再不听我的话,我就算回去也不让你见到,我说到做到!"

唐明轩这才安稳了一个月,没再往巴黎跑。

不知道是不是之前积攒的事情太多,唐明轩连着几天都没怎么和莫菲联系。他们两个有六个小时的时差,经常是她睡了,他要起来工作。两个人连视频的时间都没有,米多多好奇地打听他们两个怎么不腻歪了,是不是经历了感情上的冷淡期?

莫菲不清楚,她倒是深刻地体会了一下相思之苦。思念像是钝刀子割肉,折磨的她有些患得患失。

周一早上莫菲去上课,出了门就见一个中年男人在方笑愚门口绕来绕去。莫菲感觉应该是和方笑愚有关系,但避免和方笑愚产生牵连,莫菲快步下了楼。

"等一下!"中年男人看到莫菲,他追了上来,"等一下小姐,请问,你认识方笑愚吗?"

中年男人长得面善,笑起来很有亲和力。估计是方笑愚的长辈,莫菲客客气气地打招呼说:"您好,您找方笑愚吗?"

"是,我是在方家做事的,你可以叫我钟叔。"钟叔笑着说,"你知道笑愚去了哪里吗?"

这个莫菲真不知道。

在莫菲和唐明轩恋爱后，方笑愚就消停了很长一段时间。偶尔夜里他好像醉酒回来了，吵吵嚷嚷一通，很快又安静了。不过要说见面的话，莫菲正经有一段时间没见过他了。至于他去了哪里，莫菲更是不知道。

莫菲摇摇头："抱歉，我不太清楚。"

"是吗?"钟叔叹了口气，"哎，这孩子，今天生日也不回家……对不起小姐，打扰你了。"

见钟叔要走，莫菲急忙拦住他："这位大叔，有件事情我能问问你吗? 你……你知道方倩吗?"

莫菲提到方倩的名字，钟叔的表情瞬间变了。他的脸上写满了忧愁，不禁开始抹泪："作孽啊，方倩那么好的姑娘……"

关于方倩的事情，莫菲没有问过唐明轩，也没有问过方笑愚。不是她不想问，而是她知道，从他们任何一方口中说出的话都不会客观。

钟叔就不一样了，他年纪大，看问题也透彻。他只是心疼方倩，但话说得十分公正："倩倩是笑愚的妹妹，以前她和笑愚都很崇拜唐总。倩倩性格内向，不爱争不爱抢，和小朋友在一起玩的时候总会吃亏……笑愚那时候年纪也小，他哪里会照顾人。是唐总一直在倩倩身边，保护着倩倩。"

童年的感情纯真真挚，到了成年后，这样的感情慢慢地发生了变化。方倩爱上了唐明轩，她一心一意地想要嫁给唐明轩。

"哎。"钟叔和莫菲一起坐在楼梯上，他惆怅地讲给莫菲听，"那时候明远的生意正好出了点问题，唐总的妈妈知道了倩倩的心意，就想利用两家联姻来帮助明远渡过难关。可唐总说什么都不同意，他当众拒婚，说自己只拿倩倩当妹妹，是不会娶她的……倩倩那孩子想不开，到了晚上偷偷地走了。"

会发生这样的事情，也是莫菲没想到的："她走去哪里了？"

"不知道，她没说，我们也找不到。"钟叔心疼地说，"倩倩失踪后，笑愚就记恨上了唐总。他觉得都是唐总的错，倩倩才会发生这样的意外……其实我倒是能理解唐总的想法，他真的只是拿倩倩当妹妹，怎么能娶她呢？"

唐明轩那个人固执得要命，他认准的事情没有任何人能轻易动摇。可是方倩到底是因为他的原因而失踪了，三年来他十分的愧疚。想尽了各种办法去找寻她，方倩始终音讯全无。

"小姐，你是怎么认识倩倩的？"钟叔好奇地问。

莫菲直言不讳道："其实，我是……唐明轩的女朋友。"

钟叔笑了笑："原来是这样，那希望我的话能解答你心中的困惑，如果笑愚有得罪你的地方，还请你原谅他……他可怜得很，小的时候妈妈去世了，刚成年没多久妹妹也失踪了。"

"哎。"莫菲叹了口气。

钟叔说："他的日子也不好过啊！"

莫菲急着去上课，她就先和钟叔告辞了。她安慰钟叔不用担心，等她见到方笑愚一定会替他转达的。

"谢谢你，莫菲。"钟叔感谢地说，"你真是个好姑娘，我祝你和唐总百年好合。"

钟叔不停地道谢，莫菲倒是十分不好意思。方笑愚神出鬼没的，她也未必能见得到，帮得上忙。

莫菲坐在教室里等上课，她拿着手机犹豫不决，是不是该给方笑愚打个电话。

打吧，很怕变成之前那种纠缠不休的情况。

不打吧，钟叔泪眼婆婆的模样确实挺可怜。莫菲犹豫了好长时间，直到快上课了，她还没想明白。

听到老师走进来，莫菲将手机收起来，一抬头，意外看到方笑愚跟着安德烈一起进来。

方笑愚西装革履，举止优雅地站在了安德烈的身边。莫菲惊讶地看着方笑愚，方笑愚也对着莫菲笑了笑。

安德烈用法语说道："上午好。"

"上午好。"

安德烈介绍说："今天的课程，我为大家请来了凯曼的设计总监，方笑愚先生。我想大家对凯曼都不陌生，对方笑愚先生也有一定的了解。方笑愚是凯曼最年轻的优秀设计师，尤其是在中国风的设计方面，他有很深的研究。我想，同学们都很期待今天的课程吧，那我话不多说了，现在，把讲台交给他吧！"

教室里响起了热烈的掌声，几个女学生明显对方笑愚很感兴趣。安德烈离开了教室，方笑愚站在讲台前微笑着扫视了一遍学生，目光到莫菲那里稍微停顿，他对着莫菲作自我介绍："你好，我是方笑愚。"

莫菲低下头不再看他，方笑愚继续说："刚才安德烈提到中国风，那么，今天我就来给大家讲讲什么是中国风？真正的中国风包括哪些元素？"

"最近几年，中国风在世界舞台上流行。由于设计师水平良莠不齐，这导致有一些设计师认为，只要设计的作品所围绕的信息或者诉求跟中国有一点关系，就可以肆无忌惮地使用中国风元素。在我看来，中国风不是这样理解的。我们想要借用的中国传统文化元素，在这个前提下，我们要先了解不同朝代的工艺，了解不同地域的特色，只有做到深入了解，我们才能让每一种中国风元素充满自己独特的魅力。所以，同学们，你们想要做出真正的中国风，就一定先了解中国风的文化。"

方笑愚讲课时神采飞扬，教室里的同学做着笔记，几个女学生追着方笑愚的一举一动，还有人在白纸上速写他的肖像。

莫菲看了看方笑愚，她对他的专业知识一直是赞赏的。莫菲想，这才是凯曼方总监该有的样子，而不是那个被仇恨蒙蔽了双眼，快要失心疯的男人。

一节课上完，方笑愚被热情的女学生们包围，大家纷纷向他提出关于中国风的问题，方笑愚耐心作答。女学生们散去，方笑愚收起讲台上的讲义夹往教室外走去，莫菲等在走廊里。

方笑愚意外："你……是在等我？"

出于人道主义的关怀，莫菲觉得自己不应该走。毕竟钟叔那么嘱咐她，要她帮着和方笑愚说一声，于情于理，莫菲都该和他说几句。

"对啊，你今天的课讲得很不错。"莫菲真心实意地夸奖说。

方笑愚笑道："能得到你的夸奖，还真是不容易呀！"

出乎意料的，方笑愚今天没有缠着莫菲。似乎他真是来讲课的，下了课他便准备走了。

看方笑愚要走远了，莫菲叫住他："我有一件事情想告诉你。"

"什么事？"方笑愚笑着问，"忽然发现我比唐明轩还要帅，所以爱上我了吗？"

莫菲没有开玩笑的意思："我今天来学校时，有一个叫钟叔的人找我了，他说今天是你的……"

方笑愚的笑容沉了下来："你要说的就是这件事情吗？"

"对啊，他说今天是你的……"

方笑愚再次打断："那我不想说，可以换个话题吗？"

这时安德烈走了过来，方笑愚朝他挥手："安德烈。"

"方，下课了吗？晚上我请你和同学们一起吃个饭。"安德烈热情地说。

方笑愚的表情有些为难："吃饭啊？今天可能会有点……"

安德烈不容方笑愚拒绝："不是我想请你，是同学们想请你。今天交流的时间太短，同学们拜托我一定要把你留住，他们还有很多问题想和你这个大设计师再交流交流，你一定要赏光。"

方笑愚推脱不了，只得点头答应。安德烈叫住了准备离开的莫菲，说："莫菲，你也一起来吧！"

莫菲看向方笑愚，他的表情好像并不是太高兴。

安德烈选择的餐厅比较热闹，客人们的穿着打扮都很轻松随意，不远处有人在唱着法语歌，气氛融洽。

安德烈和方笑愚走在最前面，莫菲和其他同学跟在后面。西装革履的方笑愚走在其中，倒是没显得太拘谨。他扯下领带，笑容放松。

服务员指了指窗边没人的位置，他们几个人坐了过去。玻璃窗外是繁华的唐人街，即便到了夜里也是人来人往。

安德烈拿来菜单："你们想吃点什么？"

"既然是你要请客，就你来点好了。"

安德烈从服务员手中接过菜单，递给了方笑愚。方笑愚没有去接菜单，而是问："你今天怎么突然这么客气了？"

"你猜猜看？"安德烈的表情神秘。

方笑愚正要说话，餐厅里瞬间关了灯。黑暗突然来临，众人低呼一声。

在一片惊讶声中，法国服务员推着餐车过来了。餐车上放着蛋糕点了蜡烛，烛火一点点移动到了他们桌前。

其他宾客跟着一起欢呼，受气氛感染，大家一起鼓掌。安德烈站起来，兴奋地大喊："方！今天是你的生日！祝你生日快乐！"

"方总监！"几个女同学跟着起哄，"祝你生日快乐！"

莫菲坐在方笑愚的斜对面，在昏暗的光线中，方笑愚的脸色看起来怪怪的。虽然他依旧在笑，但看起来丝毫不快乐。

对方笑愚情绪变化无知无觉的安德烈还在说着："虽然你在异国他乡，但作为你的朋友，我不会让你觉得寂寞的……大家一起来为你庆祝生日，你开心不开心？"

方笑愚不说话，其他人七嘴八舌地祝方笑愚生日快乐，在一片祝福声中，方笑愚越来越沉默。

"方总监，许个愿吧！许完了愿望，你就可以吹蜡烛了！"

"是啊，方总监，这个蛋糕是我们一起去选的呢！你喜欢吗？"

"方总监，你……"

方笑愚突然起身："抱歉，我还有事情……大家慢慢吃，我先走了。"

没有理会众人的尴尬，方笑愚快步出了餐厅。餐厅的灯被打开，众人面面相觑。

安德烈不解："我说错什么了？难道，我记错他的生日了吗？"

莫菲看向窗外，方笑愚已经走出了餐厅，他的身影迅速地融入人群里，不知道去往了何处。

这场生日宴过的是相当尴尬，同学们安慰了安德烈几句，就早早回家了。莫菲手里拎着工具箱往回走，她快走到门口时，被坐在台阶上的方笑愚吓了一大跳。

方笑愚应该喝了不少的酒，楼梯间的酒味儿很重。楼梯就那么大，莫菲也不可能不被他看到的走过去……莫菲走上前，说："你为什么好好的就跑掉了，人家安德烈好心给你过生日……"

方笑愚愣愣地叫她："莫菲。"

莫菲真心实意地说："你也太辜负安德烈的一番好意了，你都不知道，你走了之后，他有多下不来台。"

方笑愚抬头看她："莫菲！"

莫菲停下了喋喋不休的话，不解地看向方笑愚。方笑愚给了她一个醉醺醺的笑容，说："我并不感谢安德烈为我做的事情，因为我根本不想过生日。"

"就是因为这样，才不想接钟叔的电话的吗？"莫菲叹了口气。

方笑愚诚恳地回答："是。"

莫菲有些生气："既然这样，你就躲在家里不要出来的啊！不想过生日还跑出来，这样弄得不清不楚，大家都很尴尬。"

方笑愚的脑袋靠在楼梯的扶手上，他可怜兮兮地说："我不能自己待在家，尤其是今天这种时候……我会很想我妈妈和妹妹。"

莫菲不知道该如何安慰他，方笑愚继续往下说："我确实不喜欢过生日。以前我妈妈还在的时候，她、我还有我妹总是一起过生日……后来我妈走了，就只剩下我妹妹陪我。过去这三年，我妹妹也不在身边，我已经不过生日了……可是今年的生日，我不想自己过。"

"对不起啊！"莫菲感到歉意，她觉得自己想得太简单了，"我没想过这些。"

方笑愚摇摇头："你说得没错，今天的事情，确实是我做得不对。等明天，我会去和安德烈道歉的。"

莫菲在方笑愚旁边坐下，笑说："我刚才有点着急，其实，也没有那么严重啦！安德烈可以理解你的。"

"你们晚上玩得开心吗？我走了就开始后悔呢！据说那家的鱼做得特别好吃。"方笑愚撅起嘴巴，就像是一个小孩子似的。

莫菲想了想，说："是啊，你是应该后悔，确实是蛮不错的……嗯，要不我送一条鱼给你！"

方笑愚不信她："你在开玩笑吗？"

　　莫菲打开旁边的工具箱，她从里面拿出一个中国结。用剪子剪掉了一个小结，莫菲把中国结拆了开来，手指翻飞，用中国结的红线开始编织。方笑愚盯着莫菲目不转睛，眼神十分温柔。中途手机响了他都没有接，看都没看直接挂断了电话。

　　"怎么了？"莫菲怀疑又是钟叔打来的，"接电话呀？"

　　方笑愚摆摆手："推销电话，不重要。"

　　莫菲点点头，手中的编织渐渐成形，是一条红色的小鱼。

　　方笑愚夸赞说："你手艺不错啊！"

　　莫菲笑得谦虚："和方总监之前做的布艺花比起来，还是要差一些。"

　　想起过去的事情，两个人一起笑了。

　　莫菲在工具箱里找出打火机，她将小鱼的线头用火烧断，趁着线头还热，拇指和食指一捻，将两个线头固定在了一起。摘下了自己的两只耳环，挂在了红色小鱼上，红色小鱼瞬间变成了一个别致的车挂。

　　莫菲双手奉上："送你。祝你长命百岁，富足有'鱼'！"

　　方笑愚闻言哈哈一笑："谢谢！我一会儿就把它挂在车上。"

　　"晚上在餐厅里，你多留一会儿多好。吹完蜡烛再走，你是不是能许个愿望啦？"莫菲遗憾地说。

　　方笑愚不在乎："现在许愿也是一样的啊！我的愿望很简单……我要是说，我想让你陪我过之后的每一个生日呢？"

　　莫菲感觉气氛有点不对劲儿了，她急忙转开话题："以后会有你喜欢的人，陪你一起过生日的。"

　　方笑愚的表情失落。

　　莫菲收拾起工具箱，准备要走，方笑愚突然叫住了她："莫菲，我知道你和唐明轩在一起了，可我不在乎……我希望的只是你每天不要对我视而不见，故意躲着我，回避我。"

　　莫菲停下手里的动作，叹了口气："既然你说起来了，我们就谈谈吧！就像你说的那样，我已经和唐明轩在一起了。很多事情你不在乎，但是唐明轩在乎……而我，在乎他。"

　　方笑愚可怜地撇撇嘴，莫菲笑了笑："因为我在乎他，所以我才回避你。我不想引起不必要的误会，让他不高兴。"

　　"你就因为唐明轩拒绝我，你会后悔的。"方笑愚口齿不清地说着醉话，"作为一个男人，我真的比唐明轩差那么多吗?"

　　莫菲觉得方笑愚大概率是断片了，很可能他们今晚上说的话，明早起来他都不会记得。

　　可是有些话，莫菲一定要说清楚，她最不喜欢的就是感情模棱两可的状态："方笑愚，你是个非常优秀的设计师，也是个非常义气的朋友。在各个方面，你都不比唐明轩差……只是感情这种事情，不是能够比较的。"

　　方笑愚不服气："怎么会不能比较呢? 莫菲! 我是设计师，你也是设计师，在电视台比赛的时候你就应该知道，我是能读懂你的设计的。这些都已经证明了我们是有默契的一对! 可你和唐明轩呢? 唐明轩的眼中只有生意，他根本不懂你! 不懂你的设计! 只有我，我才是最了解你……"

　　莫菲生气了："方笑愚! 你不要再说了!"

　　方笑愚像是做错事情的孩子，他愣愣地看向莫菲。

　　莫菲认真地看着方笑愚，严肃地说："你总说唐明轩眼中只有生意，可在我看来，你才是眼中只有工作。方笑愚，生活里不是只有设计的，在此之外，我和唐明轩还有很多相似之处……我承认，我喜欢和你没有负担的相处，喜欢和你一起做衣服做设计。但除此之外，再没别的了，你对我来说，只是个很棒的朋友，就是这样而已。"

　　方笑愚还要说什么，莫菲却站起了身："时间不早了，你也早点回去休息吧！祝你生日快乐，晚安。"

莫菲说的这些话，也不知道方笑愚听进去多少。回去之后莫菲就开始后悔，毕竟是人家生日，自己的话说的未免太重了。

想想也是，她非和醉酒的人较真儿干吗呢？明天一早起来，他肯定全都忘了。

莫菲犹豫得很，她拿不准是不是该给方笑愚道歉。第二天她早上起来刚洗完脸，出去买早饭回来的米多多就带了一个重磅的新闻回来："莫菲！不得了了！方笑愚搬走了！"

"搬走了？！"莫菲大吃一惊，"他搬到哪里去了？"

米多多耸耸肩，她也并不知情："我从楼上上来的时候听房东太太说的，说他连夜就搬走了，家具全都不要了……他没和你说吗？"

莫菲摇摇头。

"哎，走了也好。"米多多撕了一块儿面包丢到嘴里，"省着天天看你和唐总恩爱，徒增伤心。"

"……"

虽然莫菲和方笑愚表了态，但她并不觉得这事和她有关系。晚上她和唐明轩视频时说了方笑愚的事情，唐明轩的态度竟然和米多多惊人的一致。

"走了好。"唐明轩言简意赅地说，"他留下来就是一个祸害，他走了我也能省心点，正好我最近挺忙的。"

"还是在忙发布会的事情吗？"莫菲心疼地问，"你最近有没有好好睡觉？"

唐明轩确实是挺忙的，没说上几句话，杨光就来找他了。他挂断了电话，莫菲有些心神不宁的。她跑去问陆珠唐明轩最近休息的如何，陆珠回答地也是含糊其词。

"莫菲姐,你这几天小心些。"陆珠欲言又止,"你可小心点雪凌姐。"

夏雪凌? 小心她干什么?

莫菲在法国离着她十万八千里呢! 她还能来找她的麻烦不成?

"莫菲姐,你千万不能掉以轻心啊!"陆珠担心地说,"失恋的女人疯起来,那可是谁都拦不住的啊!"

夏雪凌始终是一副千金大小姐的端庄样子,莫菲实在是想不出来她疯起来是什么样儿。差不多过了三天后,莫菲终于有答案了……夏雪凌给她电话了。

这是夏雪凌第二次主动打电话给她,莫菲正好在上课。为了接她的电话,莫菲翘掉了半节课,接通了电话,里面却是唐明轩的声音。

"这么多年没来,这里还是老样子。"

听到唐明轩的声音,莫菲心里一紧。她吃了夏雪凌那么久的醋,她没办法不去介意他们两个单独出去"重温旧梦"。

"你还记得吗?"夏雪凌的话里有着隐隐地期盼,"这里是我们两个唯一一次单独出来旅行的地方。"

唐明轩的态度依旧冷淡,他说:"当然记得,其实那次不能算是旅行吧! 应该说是你离家出走。"

夏雪凌苦笑一声:"可对我来说,却是非常难得的回忆……这么多年,很多事情都变了,只有这里没变。"

"到如今,已经是物是人非了。"

夏雪凌不甘心:"明轩,既然你能找到这里来,就说明很多事情没有变! 你能记得这里,说明你还在乎我……当年我跑到这里,只有你能找到我,到了现在,还是一样的!"

"是,雪凌,我对你的情感,十多年来从没有改变过。"

听到唐明轩说这话,莫菲气得想去骂娘了! 好一个唐明轩! 他背着她都在说些什么话!

不过唐明轩的话，总要绕个几圈才能听明白。莫菲仔细地品了品，想了想，唐明轩说他的感情十多年没变过……是不是在说他一直拿她当儿时的玩伴?

嗯，应该是。莫菲提醒自己冷静，不要慌。看看夏雪凌到底在卖什么药，等搞清楚了再生气也不迟。

夏雪凌的声音哑了哑，说:"其实当天，我爸妈就知道我和你去了哪里，之后回家还挨了我爸一顿狠打……现在想想，挨一顿打也值得了。我们在这里无忧无虑玩耍的那一周，是我最开心的日子了。即便是现在，我也再没有过那样的心情。"

"其实，你现在也可以过得很开心的。"唐明轩诚恳地说，"只要你想。"

夏雪凌沉吟了片刻，问:"吴总的销售方案都确定了?"

"确定了。"

"新的设计都投入生产了?"

"是的。"

唐明轩有条不紊地回答完，夏雪凌瞬间有些歇斯底里:"所以，你来是要告诉我，明远的工作就算是没有我也能进行得很好吗? 是吗? 你想说，我对明远和你都是可有可无的吗? 明轩……你来是要开除我吗?"

夏雪凌的声音听起来痛苦至极:"你是说真的? 就因为我任性了这一次，你就一点情面都不顾地要开除我?"

啥? 要开除了? 这是怎么回事啊?

莫菲听了个稀里糊涂，感觉唐明轩似乎也生气了:"雪凌，是我不顾情面，还是你太任意妄为? 先不说你我的事情，就说你利用整个公司团队对你的信任和依赖，来逼我来找你，这就不是个成熟的举动……你应该知道，我这个人一向公私分明。"

夏雪凌激动起来："我在你眼里，就只是公司的下属吗？！"

唐明轩冷声说："就是因为你不只是下属，我才会把你剩下的工作全都处理完，来这里找你！雪凌，作为朋友，我信任你。作为合作伙伴，我也信赖你。但是你就这样一走了之，你希望我怎么办呢？"

夏雪凌哭得委屈："可你以前不是这么对我的！你从法国回来后，你整个人都变了！你的心里眼里，只有那个莫菲！你为了那样的女人，你抛下了我！"

唐明轩也生气了："雪凌！我不许你这样说！你应该也知道了，莫菲，她是我的女朋友！"

夏雪凌不接受："她凭什么做你的女朋友？她了解你吗？她能帮上你吗？她只是个毫无名气的设计师，她能帮上你什么呢？不，明轩，她什么都帮不上你！能在事业上帮助你的只有我！通过这几天的事情，你难道还不明白吗？只有我！只有我能帮上你的忙！只有我！"

唐明轩无奈地叹了口气："是，你说的没错，在事业上，你是我非常得力的助手。而我选择和莫菲在一起，不是因为她能帮上我什么，而是我喜欢她……我喜欢她，想和她在一起，就是这样而已。"

"雪凌，你对明远的重要性，没有任何一个人能取代。"唐明轩颇为语重心长地说，"不过，明远也不是我一个人的！身为明远的领导者，我不允许再发生这样失控的场面。不管失去谁，我永远都会有备选，这是一个领导者必须拥有的能力！而你，同样是一个领导者。你不仅任性违反公司规定，还怂恿手下擅离职守……我对你这次做的事情很失望。"

唐明轩好像是从椅子上站起来了，一阵窸窸窣窣地声响，夏雪凌应该是哭着追上了他："明轩！我只是想让你看见我啊！这么多年我在你身边，你一直都在漠视我！漠视我的努力，漠视我的付出！自从莫菲出现后，你更加不在乎我的感受！你心里眼里都是她，事事都围着她转！我不管说什么做什么，我都比不上她！我不知道我还要怎么做才能让你看到我，就像……就像我们第一次来这里时，你会把我放在心上！"

唐明轩诚恳地说道："雪凌，我说了，我们是朋友，这点从来都没有改变过。我不是漠视你，我是信赖你……雪凌，但你要清楚，我对你的信赖，不是你在公司里可以为所欲为的资本，你在糟蹋我们之间的情谊。"

夏雪凌悲怆痛哭起来，泣不成声："明轩，我知道我做得不对……能不能再给我一次机会？我不想离开公司，不想离开你……明轩！别让我离开明远！"

"不是我想让你离开公司。"唐明轩的回答也很痛苦，"雪凌，是你主动离开的。"

夏雪凌哭得大声，唐明轩说道："雪凌，我不会开除你的。不然的话，我也不会把你留下的工作悄悄处理好，然后再来找你……在公司和下属面前，我给你留足了面子。剩下的事情该怎么做，是留是走，你自己决定吧！"

电话进行到这里，就被夏雪凌给掐断了。

夏雪凌给莫菲听这通电话的用意是什么，莫菲始终没有明白，她也没有去问唐明轩。大概过了一个月后，她听说夏雪凌从明远辞职了，她才大概懂了。

像夏雪凌那样自负的女人，她肯定以为唐明轩会去找她。唐明轩那么在乎明远，她突然离开，以事业威胁，唐明轩说不准就会妥协了。一旦唐明轩的妥协被莫菲听到了，他们两人的感情肯定玩完了。只是夏雪凌终究不懂唐明轩，他这样的男人除非自己愿意，否则没有任何事情能威胁得了他。

到最后，夏雪凌打的这通电话反倒弄巧成拙了。估计是觉得在莫菲面前颜面扫地，不到一个月她就辞职了。

莫菲以前不太喜欢夏雪凌，不过这通电话后她却对夏雪凌改观了。说到底，她也不是什么坏人。默默付出那么久，爱的男人却不爱她，也是怪可怜的。

出于女人对女人的理解和同情，莫菲没有和唐明轩提起电话的事情。唐明轩不告诉她，她也当不知道。

寒假到了，期末考试一结束她就早早跑了回去。莫菲事先没有告诉唐明轩，她准备去明远来个突然袭击，好给唐明轩一个意外惊喜。可没想到她的惊喜没送成，唐明轩倒是给了她一个大大的惊喜！

莫菲从机场刚一出来，就看到了等着接机的唐明轩。唐明轩二话不说，脱下大衣就将莫菲给裹住。一边给她包好，一边皱眉批评说："这么冷的天儿，你怎么穿这么少？也不怕冻到？"

其实莫菲穿得不算少，只是视觉上看起来单薄些。她穿着皮短裤，马丁鞋，还穿了光腿神器的打底裤……这些东西，都不是唐明轩能理解的。

"我穿得不少了！"莫菲被唐明轩裹得快要喘不上气来，"我这个……我这身造型都要被你给弄乱了！还有，你怎么来了！你怎么知道我今天回来了！"

"你的造型我已经看过了，美得很。"和风度比起来，唐明轩更在乎的是她的温度，"不止你在我身边有眼线，我在你那边也有间谍啊！所以你什么时候我都了如指掌，你别想偷偷跑回来一个人玩。"

"间谍？谁啊？谁？"莫菲第一个想到的就是陆珠，"好啊，唐明轩，你在这儿和我玩碟中谍？从实招来，陆珠是不是你派来的卧底？"

莫菲没套出唐明轩的话，却先把自己的底牌给交代了。唐明轩冷笑一声，说："碟中谍？陆珠？原来是这样，陆珠就是你的眼线啊！"

"……"

唐明轩把莫菲包裹得严严实实，不知道的还以为是什么明星出街防止走光。一路将莫菲送到车上唐明轩才松手，莫菲坐在副驾驶上按压着头发上摩擦起的静电。

"你也太不解风情了。"莫菲抱怨着说，"我是要给你送惊喜的，你知道也应该说不知道啊！还跑来接我，你……"

莫菲的话没说完，唐明轩就靠了过来。将她按压在座椅上，唐明轩对准她的脸蛋儿一顿猛亲。

算起来，他们两个人有一个多月没见过了，彼此都想的厉害。莫菲被唐明轩亲的脑子都有点缺氧了，就听他哑声说："你妈还不知道你回家了吧？"

"啊！"唐明轩的声音磁性，听的莫菲是脸红心跳，"我做戏都是做全套的，告诉你们两个的时间都是一样的。"

"那就好。"唐明轩急不可耐地发动汽车，"那我们走吧！"

"哦。"

莫菲以为唐明轩是要送她回家，所以也没多想。直到汽车下了高速往南走，她才觉得不对劲儿："我们这要去哪里啊？"

唐明轩不答她："去看看你就知道了。"

莫菲有些奇怪，但也没想太多。唐明轩一路从机场开到了一个高档小区楼下，带着她下了车："这里是我新买的地方，上去看看吧！"

"你在这儿新买的房子？"莫菲好奇地东看看，西看看，"这儿地方不错啊！小区绿化也挺好，挺贵的吧？"

唐明轩只是说："你喜欢就好。"

"你买房子，我喜欢不喜欢也不重要啊！"莫菲傻乎乎地往电梯里走，"你住几楼啊？

唐明轩买的中间层，十五楼，视野好，采光也好。到了傍晚，远处的天际线呈渐变的颜色。一眼望去，让人心情舒畅。

房间大概两百多平，四居室，落地窗的大客厅。莫菲新奇地在唐明轩家走走逛逛，到浴室里一看，她瞬间有些生气："唐明轩！你是不是背着我有别的女人了！"

唐明轩还处在久别重逢的喜悦中，他搞不懂莫菲怎么突然来这么一句："我天天光是想你就已经够忙的了！我上哪儿有别的女人去！"

"你还不承认！"莫菲哭哭啼啼地指着洗手台上的双人牙刷，说，"你看，你都带别的女人来过夜了！这些就是证据！牙刷！拖鞋！还有浴袍……唐明轩啊唐明轩！你真是好狠的心啊！"

莫菲哭得伤心，唐明轩都要被她气笑了。抓着莫菲的手把她拉进怀里，唐明轩紧紧地抱住她："你是不是缺心眼啊？我要是有别的女人，我还带你来这儿？"

"可是这些东西……"

"我都是为你准备的！"

明白过来唐明轩的意思，莫菲瞬间红了脸。她害羞地想要闪躲，唐明轩趴在她的耳边说："之前答应你弟弟的事情，我怕是做不到了……今天晚上，我不能送你回家了。"

莫菲侧了下头，唐明轩的吻落在了她的脖颈上。他的亲吻像是一簇簇的火苗，瞬间将莫菲给点燃了。莫菲心中的情感全都被唐明轩指引，顺着他的引导……最终融为一体，合二为一。

累了一天一夜，莫菲睡到第二天中午才起来。等她洗完澡，唐明轩已经买好了午饭。两个人依偎在沙发上，一边看电视，一边吃着小笼包。

"你这沙发不错啊！"莫菲拍了拍沙发的皮面，说，"躺着挺舒服的。"

"你喜欢就行……毕竟这里是我们家。"

"嗯?"

唐明轩避开莫菲的问题："你有六天可以不用回家，我可以去请六天的假……这六天你想干什么？"

"六天，六天……"莫菲回国最想做的事情就是见唐明轩，现在见到了，她开始考虑其他的事情来安排，"呀，我回来还有作业呢！"

唐明轩愣了一下，他万万没想到在自己精心准备的爱巢里，莫菲能想到的第一件事情竟然是……写作业？！

"什么作业？"唐明轩问她，"怎么没听你说起过？"

莫菲想了想，时间还挺紧张："你那么忙，我哪儿好意思拿这点小事去麻烦你……我要在国内找一些手工苎麻，带到法国去。"

"你是不是欺负法国人不识货！"唐明轩捏捏她的鼻子，笑话她说，"苎麻质地粗糙，也不够精美。当作业交上去，不太合适吧？"

莫菲嬉笑着躲开："苎麻是不够精致，但是它非常实用呀！和丝绸刺绣一样，苎麻也是有悠久历史的。苎麻夏布，那更是纺织品里的活化石。用它来展现传统文化，再合适不过了。"

"嗯，你说的有道理……你想去哪里找呢？"

这个问题难为住莫菲了："我准备这两天做下攻略……说起来，真的要快点了。等过几天春节放假了，工厂都不开门，估计我就找不到了！"

莫菲的脾气急，说风就是雨。手里的包子还没吃完，她就等不及去查资料去了。

感觉怀里一空，唐明轩十分的不爽。拉着莫菲重新躺回到自己怀里，唐明轩说："你不用做攻略了，我知道个好地方，我带你去。"

"哪里呀？"莫菲觉得唐明轩答应的也太快了，"总裁先生可不能信嘴胡说哦！"

唐明轩挑挑眉，他才不会乱讲："沙溪镇，那里是江南麻都，夏布之乡。我两年前去他们那儿的企业参观过，全国最好的苎麻就在那儿了……

怎么样？这种地方找来的苎麻，才适合你交作业吧？"

确实，就像唐明轩说的，全国最有名的苎麻就在沙溪镇了。听他说完，莫菲兴奋不已："远不远？时间会不会来不及？我们什么时候去？要不然我们现在就走吧？"

莫菲在唐明轩的怀里很不安分，他掐着她的下巴亲了一下："都是小笼包的味儿……这些你不用操心，你就好好设计你的作业，其他的事情我会安排，你只要跟着我就行了。"

"你最近忙不忙呀？"莫菲摸摸他消瘦的脸颊，心疼地说，"要不然，你不用跟我一起去了，你工作那么忙，找苎麻也挺无聊的，你把地方告诉我，我自己去就行。"

唐明轩淡淡地说："跟着你，做什么都不会无聊。"

莫菲扑哧一声笑出来："唐总这情话都是跟谁学的呀？怎么说得这么溜？"

"我还用学？"唐明轩自豪地说，"我都是无师自通。"

莫菲娇嗔："哼，臭美吧！"

"是挺美的。"唐明轩亲亲莫菲的头发，"因为有了你，才让我的情话都变得有意义。"

有了唐总的安排，他们的沙溪镇之行很快就开始了。唐明轩联系了当地企业的沈老板，在沈老板的带领下，他和莫菲一起参观了手工苎麻工厂。参观完后在沙溪镇住了一天，莫菲还是觉得不太尽兴，第二天她要自己带着唐明轩亲自去找苎麻。

唐明轩问了问当地的向导，据说在附近的山上就有苎麻。觉得其他人有点碍事儿，唐明轩一个人带着莫菲去了。他们两个坐着出租车，打车到了山脚下。莫菲从车上下来看看高耸的山林，她兴奋地大喊："苎麻！我们来了！"

唐明轩走过来将手搭在她的肩膀上，吃醋地问："你是和我一起出来高兴呢，还是能来找苎麻高兴呢？"

"都高兴！"

唐明轩捏捏她的小脸："要是知道你会这么高兴，我就早点带你来了。"

"现在也不晚嘛！"莫菲实在是迫不及待，"我们接下来要往哪儿走？"

唐明轩从背包里掏出一个记事本，他打开本子，上面是各种笔记图表。莫菲好奇地凑过去看了看，问："这个是什么啊？"

唐明轩很严肃地说了一个不太严肃的回答："寻找苎麻的策划书。"

"啊？攻略吗？能给我看看吗？"

唐明轩把本子递给莫菲，莫菲翻看本子，唐明轩得意的为莫菲介绍："这个表格是沙溪镇最近一个月的温度变化，湿度变化，日照变化。根据这些，我能准确找到适合我们穿的衣服，需要带的随身物品……只要严格把控好每个细节，就会节省大量的时间。"

莫菲感叹："你这个也太认真了吧？"

"既然我说了要带你出来，自然会保证万无一失。"唐明轩回答地理所当然。

莫菲鼓掌："唐总也太优秀了。"

唐明轩傲娇地扬扬脸："你第一天知道吗？"

"当然不是！"莫菲夸奖着说，"只是每次意识到的时候，都会吃惊一下……类似于，我爱的男人为什么这么完美啊？这样的想法吧！"

唐明轩一本正经："是吗？那要我把博士生双学位的证书给你看看吗？让你好好震惊一下？"

说着话，唐明轩佯装要去背包里找东西，莫菲被他吓了一跳："你不会出门都带着毕业证吧？！"

见莫菲上当，唐明轩哈哈大笑，他摸摸莫菲的头，笑说："逗你玩的……我们从这面上山。"

莫菲还是不信："你真的没带吗？唐总？真的吗？你那么自恋……我觉得你肯定带了！最起码，你也带复印件来了吧？给我你就不用不好意思了嘛！说来听听啊！"

唐明轩撇撇嘴："要是把荣誉证书全都带在身上，我就得拉行李箱来了。"

牵起莫菲的手，唐明轩拉着她往山上走。山林看着简单好爬，实际上特别累人。爬了能有半个小时，莫菲渐渐体力不支，步伐缓慢。唐明轩走在前面，拉着她不放。

"别走了，别走了，我有点累了……"莫菲求饶着说，"我们坐下歇会儿吧！"

唐明轩停下，回头看她："我们才走了半个小时，你就已经休息三次了。照这个速度，什么时候能找到苎麻？"

莫菲从唐明轩的书包里拿出瓶水，大口大口地喝。

唐明轩批评着说："你就是平时缺乏锻炼，才会走一点路就觉得累。"

"你平时不也天天坐办公室吗？"莫菲觉得他们两个半斤八两，"走这么多路你都不累的吗？"

"我？"唐明轩淡漠地说，"我才不像你那么不自律呢！我每天早起都会跑步，健身，还有……"

莫菲听得头疼："行了行了，听你说的我都累，你就告诉我，我们还要走多远吧！"

唐明轩往山上看了看："大概还有一半路程吧！"

"还有一半？！"那不是要了莫菲的小命？

唐明轩想了想："要不，我背你吧？"

"不用了，我可以的……"莫菲不停地喘着粗气，"不过你得慢点走，我可跟不上你一米一的大长腿。"

唐明轩笑了笑，他明显放慢了速度。牵着莫菲的手，两个人在山路上慢悠悠地走。

莫菲在旁边摘了一片绿叶，仔细瞧了瞧："这个就是苎麻吧？"

"是，就是这个了。"

莫菲感慨："古代的劳动人民真是有智慧啊！这样的叶子居然能做成衣服！"

"东门之池，可以沤麻。彼美淑姬，可与晤歌……"唐明轩笑着问她，"你要唱首歌来听听吗？"

"我美倒是挺美的，但是唱歌就算了吧！"莫菲推脱着。

唐明轩不死心："我还没听过你唱歌。"

莫菲严肃道："你要相信我，我不给你唱歌，绝对是为了你好。"

"怎么说？"

莫菲叹气："唱歌不好听呗……我有一次在卧室里唱歌，莫凡还以为我哭了。"

唐明轩哈哈大笑："莫凡是不是太夸张了？"

莫菲郁闷："他要是夸张还好了呢！"

唐明轩忍俊不禁。

"要不然，你唱一首听听？就唱那个……唐总唐总！"

唐明轩头也不回地走了。

莫菲追着他，继续往山上走。

爬个山路将莫菲吃奶的劲儿都用上了，她几乎是被唐明轩拖着上的山。莫菲和唐明轩站在山顶，两个人一起往远处眺望。山间景色秀美，莫菲忍不住深深地吸了口气。

　　山林间静默无声，他们两个人的沉默持续了几秒钟，异口同声地问："你在想什么？"

　　唐明轩拉着莫菲在山顶的椅子上坐下，他看着远处的景象，淡淡地说："我在想《小王子》……知道我以前看这本书的时候，最喜欢哪句话吗？"

　　莫菲看向他，唐明轩说："我就这样孤独地生活着，没有一个能真正聊得来的人。"

　　"明轩……"

　　《小王子》这本书莫菲已经看过好多遍了，可是听到唐明轩这样说，她却心酸地想哭。唐明轩的反应倒是还好，他说："在没遇到你之前，我根本无法想象自己可以和其他人真正的生活在一起。工作，生活，周围的人……除了数字，我对其他漠不关心。白天忙碌，夜晚煎熬……我很想改变那样的状态，却始终不得其法。"

　　莫菲握住唐明轩的手，他的语气沉稳地没有起伏："我日日夜夜向神祈愿，却始终得不到回应。我总觉得自己是被神抛弃了，他听不到我的祷告……可比得不到回应更绝望的是，我有一天忽然发现世界上根本没有神。"

　　莫菲的脑袋靠在唐明轩的肩膀上，她心疼地红了眼圈。唐明轩牵起她的手，深情缱绻地在她手背上吻了一下："我们对于夜晚的恐惧，或许都来自人心的不确定……和你在一起后，我的心就安定了。"

　　莫菲试着缓解下沉重的气氛："你是不是特别爱我呀？"

　　唐明轩没有笑，他字字句句都说得认真："我特别感谢你……感谢你带我发现生命的喜悦，感谢你激发了我对生活的热情。要是没有你，世界上只有明远集团不近人情的唐总，而没有现在感情充沛的唐明轩。"

　　莫菲抱住唐明轩，偷偷地哭。唐明轩转头看向她，反而笑了："你还没说呢！刚才你在想什么？"

听完唐明轩说的话，莫菲忽然间就能懂米多多了。为什么她会放下国内的一切，跑到人生地不熟的法国去陪程杨。

那是因为有爱，爱能让我们变得更勇敢。

"我在想……"莫菲犹豫着说，"我该不该留下来，陪着你。"

唐明轩笑她："你留下来，你的学业怎么办？你不是要做优秀的设计师吗？"

莫菲不吭声。

唐明轩不赞同她的想法："你的爱让我变成了更好的人，我又怎么会成为你梦想路上的绊脚石呢？"

莫菲急忙说："你才不是绊脚石！你也让我变成了更好的人！"

唐明轩笑了："那就不要因为我，勉强自己去做不喜欢的决定……无论你怎么选择，我都支持你。"

莫菲感动，用力地抱紧唐明轩，两个人站在青山碧水中紧紧拥抱。

沙溪镇是个好地方，从这里回来以后，莫菲觉得她离唐明轩更近了。不单纯是身体上的距离，而是他们的心灵触碰。要是没有在山顶上唐明轩的"告白"，莫菲怎么都想不到他有如此脆弱又无助的一面。

假期的时光过得飞快，一转眼，莫菲就该回学校上学去了。

沈佳希已经顺利考入明远集团，成了唐明轩手下的一名得力干将。春节期间，她请莫菲和唐明轩还有几个老同学一起吃饭。

席间有人提起了白小曼的近况，沈佳希八卦地问："白小曼被凯曼开除以后干吗去了？好久没看她出来蹦跶了啊！"

"听说她给海耀的老总当了小三。"同学于夏说，"日子不太好过呢！年前好像被人家大老婆给抓住了，狠狠地教训了一通。"

大家曾经都是同学，白小曼的遭遇也让人挺唏嘘的："哎，你说那么好看的姑娘，怎么就不长脑子呢？好好一把牌打得稀烂，何苦呢？"

在酒桌上唐明轩的情绪一直低沉，莫菲时不时看他一眼，他都没有太大的反应。他们两个走的时候，沈佳希悄悄问了莫菲："总裁大人怎么了？你们吵架了？"

莫菲苦笑着摇摇头，沈佳希立马就懂了："这是你要回去上学不高兴了吧？等会儿回家到床上好好哄哄啊！"

"……"

莫菲的妈妈最近在家，她晚上不得不按时回家。吃完了饭唐明轩送她，路上莫菲觉得她有必要提一下开学的事情。

"那个……"莫菲鼓了几次勇气，这才说，"多多今天给我打了个电话……我下周就该回去了。"

唐明轩点点头，兴致不高地说："我知道，还有一周的时间……这一阵我每天都在算着日子。"

"你别这样嘛！"莫菲卖着萌哄他，"我就是去读书而已，读完书我就回来啦！"

唐明轩叹气："可你还有一个学期啊！"

"一个学期很快就会过去的！"莫菲举着手保证说，"我有假期的时候，我可以回来看你，你没有工作的时候可以飞去看我……上海市区堵车都要几个小时呢！飞巴黎而已，没多远的。"

唐明轩沉默。

莫菲又说："现在通信这么发达，车马书信都不慢，我们可以每天打电话呀，视频呀，发短信呀……我保证，只要你找我，我一定立马出现，好不好？"

唐明轩依旧沉默。

莫菲使出浑身解数："你是不是生气啦？还是害怕了？你是不是怕我

们分开太久，感情会……"

唐明轩停住车："你到家了。"

"那我先回去了？"莫菲很不放心他。

"嗯。"

莫菲拉着他的手撒娇："你不要不开心了嘛，好不好？"

唐明轩强颜欢笑："知道了。"

莫菲欲言又止，恋恋不舍地走下车。她走得是一步三回头，没等到楼上，唐明轩的短信就发来了，他说：

上海离巴黎的空中距离是8240公里，我知道这并不远……可我还是会想你。

上海到巴黎的飞机飞行时间只有12个小时，我知道这并不算久……可我还是会想你。

莫菲眼泪不受控制地往下流，她转身往院外走去。双眼模糊地看着手机，她继续往下读着唐明轩发来的话：

狐狸对小王子说，如果你说你在下午四点来，从三点钟开始，我就开始感觉很快乐……就算我知道你什么时候会来，我还是会想你。

我没有生气，也没有不高兴，我内心的感情足够坚定，所以我并不惧怕暂时的分离。我只是，很想你。

哪怕你就坐在我面前，我也还是很想你。

因为太想你，而不想你离开。因为太想你，恨不得你放下所有的事情无时无刻都待在我身边……

莫菲跑回到唐明轩的车前，就见他在认真地打着字。手机屏幕的光亮映照着他的脸，忧愁又哀伤。

唐明轩一直在盯着手机，他似乎是在等着莫菲的回信。等了许久都没有等到消息，唐明轩叹了口气。

把手机放在一边，唐明轩发动汽车准备离开。他一抬头，就看到泪流满面的莫菲站在车外面，看着他微笑。

这一晚上，莫菲没有回家。她跟着去了唐明轩的新家，两个人从门口接吻，一路走到卧室内。唐明轩和莫菲拥吻着进屋，莫菲伸手打开卧室的灯。唐明轩推着她靠到墙上，莫菲的后背按到开关，灯光熄灭。

黑暗中，两个人的影子交叠……

在一片难舍难分的愁绪中，莫菲一周后坐上了飞往巴黎的飞机。

新学期还是老样子，莫菲每天的主要事情就是学习，做衣服，联系唐明轩。下了课后莫菲从教学楼里出来，她拿出手机打给唐明轩。唐明轩接起电话，两个人同时问好。

"我刚下课。"

"我刚下班。"

莫菲算了下时间，抱怨说："这都几点了？你怎么才下班？"

"你也不在，我下班不下班都没有差别。"唐明轩的话听起来可怜兮兮的，"这样的话，不如在公司多待一会儿。"

"那你有没有好好吃饭啊？"莫菲笑了。

"等下就去吃了。"

"对了，我今天在课堂上讲苎麻啦！"忆起他们一起去找苎麻的时光，莫菲笑得开怀，"我们在手工工场学习到的那些，我都用上了。"

"讲得怎样？"

莫菲得意地说："反响那是相当的好哇……所以我特别打电话过来，要谢谢你带我去苎麻工厂参观。"

"打个电话来就算了？你这谢的也太敷衍了。"唐明轩不满意。

"那你说，我该怎么谢你？"

"我没有想好，你得让我好好想想。"

莫菲也要问问："那我表现得这么好，你有没有什么奖励呀？"

"奖励……"唐明轩沉吟了一下，"我去见你好不好？"

"啊？最近吗？"

唐明轩不太高兴地说："怎么听起来，你好像不太想见我呢？"

"不是啦！"莫菲说，"我不想让你太辛苦嘛！而且我才刚来没多久……你猜我明晚上要干吗去？"

唐明轩想了想："和米多多吃火锅？"

"你怎么知道！"

"因为你每次让我猜的都是这个。"

"……"

以前的唐明轩，是个非常能沉得住气的人。他做事沉稳，不急不躁。可和莫菲恋爱后，他就彻底变了个样儿。莫菲刚和他说完不用来了，结果他第二天就出现在莫菲回家的路上。

莫菲和米多多刚去吃完火锅，她身上都是火锅味儿。突然看到唐明轩出现在街角，她兴奋地扑到唐明轩怀里，给了他一个火锅味儿的拥抱！

"嗯！你来之前怎么不和我说一声？你的电话一直没打通，我还以为你忙的都把我忘了呢！"莫菲埋怨着说。

唐明轩笑："我现在不是到你身边来了吗?"

"我太意外了！就像做梦一样！"

见他们两个腻歪恩爱，米多多识趣地走了。唐明轩笑着摸摸莫菲的脑袋，宠溺地说："有点公事要办，所以临时过来了，没来得及告诉你。"

"哼，我还以为你会说是为了……"

"为了什么?"唐明轩问她，"说啊?"

莫菲抬头，看到唐明轩在笑，她反应过来："好啊，你故意逗我！你太坏了！我不理你了！"

莫菲往前走，唐明轩在后面抱住她："我只能在法国待个两三天，你这就回去了？不陪陪我吗？"

莫菲撇撇嘴："你不是有公事要忙吗？哪儿需要我呀！"

"如果我需要呢？"

莫菲高傲地仰起脸："那我考虑看看。"

"行，你去我那儿，慢慢考虑。"

唐明轩带着莫菲去了自己住的酒店，一路上莫菲滔滔不绝的在说："我们去苎麻工厂学习到的东西，我在课堂上全都用上了！"

"真的吗？"

莫菲骄傲地说："可不是，我把那些资料展示出来，老师和同学们都震惊了。苎麻就是纺织界的活化石呀，谁能不服气？"

唐明轩亲了亲她的脸，说："好，等下你再详细给我说说……你先在这儿休息一下，我去换身衣服。"

刚下了飞机就去找莫菲，唐明轩身上的味道也不太好闻。他去洗了个澡，换了身睡衣。等他从浴室出来，莫菲已经趴在沙发上睡着了。

唐明轩走近看了看，沙发上是摊开的书籍图纸和笔记本。上面的便签贴得满满的，她记得认真又仔细。唐明轩挨着莫菲坐下，他搂着莫菲到自己的怀里。莫菲在他的怀里靠了靠，却没有醒来。

"现在的我，全心全意地爱着你……也许天长地久可以做如此理解吧？"唐明轩摸摸莫菲的头发，"如果我问你，我希望无论贫穷疾病健康富有，我们都能不离不弃……你会说你愿意吗？"

酒店的房间内静悄悄，没有人回答唐明轩的话。

莫菲最近挺累的，课程多，课业重，不然的话她也不能等着等着就睡着了。等她第二天醒来，看到唐明轩和自己一起睡在沙发上，她很是抱歉。

唐明轩没有和她抱怨任何，梳洗过后就送她去学校上课了。莫菲点了一桌子平时爱吃的菜，开心得要和唐明轩分享。

看了看满桌子的"垃圾食品"，唐明轩忧愁地说："你每天都吃这些快餐吗？对身体也太不好了。"

"中午休息时间很短啊！只能简单吃一点……"莫菲在吃的方面倒是不挑剔，"下午我还有课，我就不能陪你了。"

"晚上我带你出去转转？"

莫菲愁眉苦脸地抱怨："要是不用上课就好了，我不用上课，你不用上班，我们就在巴黎的大街上逛一下午……想想就惬意！"

唐明轩笑着捏了捏莫菲的小脸："有那个时间，你还是多睡睡觉吧！你看你黑眼圈重的，都快成大熊猫了……真是让我不放心，你在法国能照顾好自己吗？"

莫菲无所谓地笑说："成大熊猫才好呢！成了大熊猫，我就是国宝！人人都宠我爱我！"

"你不是熊猫也是我的宝，有我宠你爱你。"唐明轩递纸巾来给莫菲擦手。

莫菲笑着比成一朵花儿："那请唐先生每天都多宠爱我一点吧！"

"好。"

唐明轩这次来法国没什么公事，却要解决一件人生大事儿。莫菲差不多快放学的时候，杨光就开着车来了。

唐明轩和杨光站在汽车后面，汽车的后备厢打开，里面装满了鲜花。

看着娇艳欲滴的玫瑰，唐明轩赞许地点点头："不错，不错。"不愧是我，选的很有水准。

"轩哥，莫菲差不多快下课了，那我就先走了啊？"不能目睹这一激动人心的时刻，杨光心里还挺遗憾。

　　唐明轩点点头，他还沉浸在自己即将营造的浪漫里……杨光正要离开，莫菲的电话打来。

　　"我在学校门口等你。"唐明轩说。

　　"好，我这就出来了。"电话里，莫菲笑着问他，"唐先生不会又准备什么让我意想不到的惊喜了吧？"

　　唐明轩心里一惊，嘴上却还是镇定地说："比如呢？"

　　"就像电影里经常演的那样呀！你带着大把的玫瑰花，在校园门口等我之类的桥段？"

　　被莫菲用调侃的语气说出来，唐明轩瞬间觉得这事儿俗不可耐："我会做那么俗气的事情吗？"

　　莫菲笑了："就是说啊，我就觉得你不会……你等我一下，我马上要出来了。"

　　"好，我等你。"

　　唐明轩挂断电话，黑着脸说："杨光，你把车开走吧！"

　　杨光不明所以："啊？轩哥，你这花不是要……"

　　"拿走拿走。"唐明轩看着就心烦，"你想办法处理了。"

　　唐明轩想送的浪漫没送出去，这让他的心情不太美丽。好在莫菲上了一天的课已经累坏了，她完全没注意到唐明轩的异常。他们两个沿着河边溜达，莫菲一直打呵欠。唐明轩越看越心疼，说："你要是困了的话，我们就回去吧？"

　　"不困，你好不容易来一次，我要陪你多逛一会儿！"

　　唐明轩笑她："还说陪我呢！昨天不就累得睡着了？"

　　"我今天绝对不睡着！陪你聊到天亮！"

　　"我们在那边坐一会儿吧。"

　　"好。"

　　两个人坐在塞纳河旁边，微风轻轻吹过，一扫莫菲的困倦。一对对情侣从他们面前走过，气氛温馨又美好。

　　莫菲笑说："巴黎真是一座浪漫的城市，在这里，它可以满足所有人对浪漫的想象。"

　　唐明轩将她拉到怀里："你喜欢巴黎吗？"

　　莫菲照实回答："有时候喜欢，有时候不喜欢。"

　　"什么时候喜欢？"

　　莫菲笑了笑："喜欢的时候嘛，就像海明威说的那样，假如你有幸年轻时在巴黎生活过，那么你此后一生中不论去到哪里它都与你同在，因为巴黎是一席流动的盛宴。"

　　"那什么时候不喜欢？"

　　"你不在身边的时候。"

　　唐明轩转头看莫菲，她说："我看到宏伟壮丽的西式建筑时，我想告诉你。我听到地铁上少女在念情诗时，我也想告诉你。我想无时无刻地告诉你，我身边发生了什么……是我还不够成熟吗？还无法坚强独立？"

　　被莫菲说的感动，唐明轩胸口热乎乎的，他急忙说："不，你不是。莫菲，其实我……"

　　街边的汽车鸣笛，唐明轩的话没能说出口。

　　莫菲问他："你怎么了？"

　　"莫菲，我想跟你说……"

　　汽车再次鸣笛，唐明轩的话又一次被打断。

　　莫菲好奇地看着唐明轩，唐明轩笑笑："没什么，你明天还有课吗？我们来约会吧！"

　　莫菲犹豫一下，笑着点点头。

　　第二天的天气不错，唐明轩带莫菲去了圣叙尔比斯喷泉广场。

圣叙尔比斯喷泉广场，是巴黎第六区的一个大型广场。在喷泉的东侧，是建于1754年的圣叙尔比斯大教堂。广场上有法国情侣坐在喷泉边上闲聊，还有嬉戏玩乐的孩子在奔跑。有人拿硬币往喷泉里投掷，虔诚地许愿。

莫菲和唐明轩走到了喷泉旁边，莫菲笑说："明轩，你身上有没有硬币？我们也去许个愿吧！"

"这种……"唐明轩有些嫌弃，"我都这么大的人了，跟小孩子一起许愿不太合适吧？"

莫菲用手戳了戳唐明轩的脸："唐先生，不要那么酷嘛！来，我们也来许一个愿，当入乡随俗了。"

莫菲拉着唐明轩到喷泉前，他却不停地往左面的角落看去。角落处，杨光拉着一大串的气球，身边是准备求婚时用到的道具，有两个雇工在帮忙摆放鲜花等物品。

"你就没有什么心愿吗？"莫菲问他。

唐明轩闭上眼。

莫菲狐疑着说："你该不会真没有心愿吧？"

唐明轩没有说话。

"明轩？明轩？"莫菲催他。

唐明轩慢条斯理地回答他："愿望说出来就不灵了。"

莫菲笑他："你不是不信这些吗？"

唐明轩虔诚地许完愿，说："好吧，我告诉你，我的心愿是……"

没等唐明轩的话说完，就见角落里的一大串气球缓缓升天。杨光愁眉苦脸地跳起来去抓气球，却一个都没抓住。

唐明轩看着飞了满天的气球，哭笑不得。

莫菲浑然不知角落里发生的事情，她还在问："你的心愿是什么？"

"巴黎今天不下雨。"

"？？？"

老天爷像是故意在跟唐明轩对着干，他的话说完没多久，天上就乌云密布下起了大雨。

莫菲和唐明轩没有带伞，两个人被淋得浑身湿答答。一口气儿跑到酒店，莫菲甩着外套上的水珠说："你这嘴巴也太毒了，刚说完就下雨。"

唐明轩拿过毛巾，拉着莫菲到沙发上坐下，他帮莫菲擦头发："你还没说呢！刚才在喷泉边上，你许了什么愿？"

"你不说了吗，说了就不灵了，傻瓜才说呢！"

莫菲笑着站起身，唐明轩又拉着她坐回来。莫菲奇怪地看他，问："怎么啦？"

唐明轩深吸了口气，说："在这个世界上，我擅长的事情有很多。"

"干吗？"莫菲笑他，"干吗突然开始自我夸奖了？"

唐明轩没有开玩笑的意思，他甚至还有些认真："我二十五岁接手明远的生意，在我的管理下，明远的业绩一直持续上涨。我二十八岁开始重新做'颂唐'，不到三年，'颂唐'的业绩得以再创辉煌……"

莫菲看着认真的唐明轩，不知道他要说什么。

"读书的时候，我学习成绩永远是最优秀的。工作后，我的业务能力无人能及……就算没什么能难倒我，可我却总是觉得，我爱你爱得还不够好。"

"明轩……"

唐明轩的头发被淋湿了，他的发丝垂落在眉间，让他的眼神看起来愈发地深邃有味道："我这个人心思多变，性格也不太好相处。经常很固执，脾气也不是很友善。无趣到常年只吃那几种喜欢的食物……"

莫菲被他逗笑，唐明轩说："可能是受我单一的饮食结构影响，我也只能单一地爱着你。"

在莫菲的注视下，唐明轩掏出一个首饰盒。

首饰盒上沾了水，看着有一丝狼狈。唐明轩打开首饰盒，里面是精美的钻戒。

莫菲目瞪口呆，立马红了眼。

唐明轩拿出戒指，说："我之前看书里面提到了一个'车库法则'，就是说当你回家看到车库里停着他的车，如果你不自觉地开心，那么他就是适合结婚的人……莫菲小姐，我现在有一个问题想请问你，你希望以后的人生里，每天回家都看到我的车停在车库里吗？"

莫菲感动极了，她哭哭笑笑，回答不上来。

唐明轩也自嘲地笑了笑："我知道，现在这个场合不太浪漫，也不太唯美，可我还是想问你……我愿意每天多宠爱你一点，你愿意嫁给我吗？"

莫菲没有回答，她靠上去亲吻唐明轩。轻轻地吻细细的碾过，留下爱的印记。

"知道我今天许了什么愿吗？"莫菲哽咽。

唐明轩问："说出来会不会不灵了？"

莫菲哭着摇摇头："不会，因为已经实现了……我希望你爱我，正如我深深地爱着你那般。"

唐明轩笑得动容，莫菲说："唐明轩先生，如果以后的人生里，你能夜夜陪我入睡，日日伴我醒来……这会是我最高兴的事儿，我愿意嫁给你。"

唐明轩亲吻莫菲，两个人拥抱。屋外大雨倾盆，屋内艳光无限。

因为莫菲还有一学期的课程，贴心的总裁大人将婚期定在了莫菲毕业后。莫菲从巴黎回来刚下飞机，总裁大人就迫不及待地拉着她去了民政局，领了结婚证。

　　莫菲和唐明轩从民政局里走出来，两人手里拿着结婚证。她把结婚证收起，笑着看唐明轩。

　　"怎么了？"总裁大人高冷地说，"这么看我干吗？是不是觉得结婚证上的照片没我本人帅？"

　　莫菲笑得跟朵花似的夸奖说："是呀！可不是嘛！什么照片能照出唐总的潇洒帅气，英明神武……"

　　从莫菲奸诈的"狐狸笑"中，唐明轩敏感地察觉到了问题："不对，你有什么事儿在瞒着我。"

　　莫菲否认："没有，哪儿能呀，我……"

　　见莫菲不肯说，唐明轩转身欲走。

　　"哎哎哎！你别走呀！"

　　"到底什么事儿？"总裁大人冷着脸，"快说！"

　　"其实……"

　　"嗯？"

　　"就是……"

　　"嗯？"

　　"我上周接到让我去畲族村落学习的通知啦！"

　　唐明轩愣住："哪儿？"

　　怪异的名字，奇怪的地方。唐明轩连听都没听过的地方，莫菲居然要去学习。

　　唐明轩闷闷不乐地走在前面进屋，莫菲紧张地跟在他身后。

　　"唐总？"

　　唐明轩不理人。

　　"明轩？"

　　唐明轩继续往前走。

"老公!"

唐明轩停住:"你去畲族村落什么时候去?要去多久?"

莫菲有些胆怯地说:"那个……过两天就走……要去……半年。"

唐明轩没说话。

莫菲小心翼翼地凑过去:"老公,你是不是生气了?"

"我是啊!"

莫菲坦白道:"对不起啊,我没想结婚后就去的,谁知道通知突然来了,我……"

唐明轩转头看她:"你以为我在生这个气?"

"啊?不是吗?"

"当然不是!"唐明轩说,"我生气的是,你为什么不跟我说实话?你觉得我一定会阻止你,不让你去,是不是?"

"你……不是吗?"

唐明轩快要被气死了:"莫菲,我们两个一路走来,经历了这么多的风风雨雨……你能始终如一地支持我,那为什么就认为我会不支持你呢?难道在你心中,我就是那么霸道又不讲理的人吗?你以为嫁给我,就只能做唐太太了?就要放弃你的梦想了?"

"我……"

"莫菲,我爱你,爱的不是只能被捆在我身边的你。"唐明轩气呼呼地说出无比深情的话,"我爱你的执着,我爱你的梦想,我爱你所爱,爱你的理想和追求……我们已经结婚了,有生生世世可以在一起。如果你需要……你需要暂时离开去学习,我当然竭尽全力地支持你。"

莫菲感动:"那……婚礼的事情怎么办呢?还有你妈妈那边……对,我们还要去派出所改户口!还有你的亲朋好友需要交代,还有还有你同事下属对你的看法……"

唐明轩牵起莫菲的手，低头凝望她："这些事情全都无法和你的梦想相比，把它们都交给我，你就去做你想做的事情……我会在这里，一直等着你。"

"老公，我爱你！"

唐明轩伸手抱住她，微笑……独守了半年空房后，每次回想起这幕场景，唐明轩都恨不得抽自己。

清晨的阳光从窗户里照射进来，唐明轩新家内布置的浪漫温馨。客厅的落地窗没有关严，有微风吹进来，纱帘一飘一飘，地上的光影浮动。

书房的书桌上放着一个相框，里面是唐明轩求婚成功后和莫菲的照片。卧室里没有拉窗帘，阳光照射到唐明轩的脸上。

唐明轩被刺眼的阳光弄醒，他突然从床上坐起，很不耐烦。拿起床头的钟表看了一眼，现在时间才是5:55。

闹铃时间6:00。

比定好的时间早醒五分钟，这让唐明轩更加不爽。转头看了一眼另一侧的空空床铺，他叹了口气。

唐明轩在床上生闷气，玄关处的门铃响起，他心烦意乱地翻身下床。

打开玄关的门，手里拎着西服的杨光满脸笑容地站在门口。

唐明轩冷冷地说："为什么阳光会那么烦人呢？"

杨光：？？？

唐明轩拎着西装去了浴室，他拿起手机想要打给莫菲。看了又看时间，他终是犹豫了："现在这么早……她应该还在睡吧？"

莫菲早就起来了。

畲族属于中国南方游耕民族，是一个古老的民族。他们从原始住地广东分散开来，安家在福建等地。这是一个极具风情的少数民族，他们有自己的语言，自己的歌，以及自己的文化特色。他们用自己的民族服饰，诠释着自己的信仰。

　　莫菲来学习的村落，在浙江省境内。这里的畲族村庄不大，村路也不发达，却保留了最有魅力的畲族特点。莫菲来了半年后，她每天都和村民们同吃同住，她觉得自己也算是半个畲族人了。

　　莫菲清早就背着一个编织筐上了山，她戴着手套和大草帽，穿梭在山林间，不时翻找着地上的植物。发现一片菘蓝密集生长的地方，她蹲下将菘蓝采下放进筐里……

　　米多多气喘吁吁地跟着一位村民朝莫菲这边走过来，村民看到莫菲后大声叫道："莫菲！你朋友来啦！"

　　莫菲回头一看，看见是米多多，起身冲着米多多挥手。米多多弯下腰扶着腿，喘着粗气冲莫菲挥了挥手。

　　米多多坐在莫菲旁边的地上，大口地喝着水。

　　莫菲走到米多多身边，问她："咱们店装修得怎么样了？"

　　在莫菲毕业的两个月后，米多多和程杨也回国了。程杨和莫菲一样，也是个很有理想的设计师。他不愿随随便便找个工作室去打工，最终和莫菲一拍即合，两个人决定开家私人订制的服装店。他们两个人来做衣服，米多多来当老板娘。

　　米多多以前是做代购的，洽谈生意她是熟门熟路："有，有我在，你，你就放心吧，我的天啊，快累死我了，你让我先喘口气行不行？"

　　"哪有那么夸张啦？"莫菲笑她，"而且，你看看这里的风景多好啊，山清水秀，你在城市去哪儿看啊！"

　　米多多瘫到地上眯着眼仰望天空，她有气无力地抱怨："那你好好享受吧，反正我是享受不来，要不是为了你，我打死都不来。"

　　莫菲啼笑皆非。

　　米多多看了看莫菲奇奇怪怪的装扮，问她："姐妹啊，你现在好赖不济也是总裁夫人了好吗？打扮成这样，不给你家唐总丢面子吗？"

"唐总的面子，在他的脸上，又不在我的身上。"莫菲无所谓地说，"难道我天天在家锦衣玉食的做个米虫他就会有面子吗？才不会呢！唐总不是这么肤浅的人。"

米多多不懂他们夫妻两人的逻辑："行行行，怎么说都是你有理。我啊，是比较心疼唐总。刚结婚老婆就跑出来了，半年没有夫妻生活，守活寡啊！多惨啊！这要是……"

"我让你胡说八道！"莫菲抓起竹筐里的菘蓝丢她，"我还没死呐！"

米多多就是来跟莫菲商讨建筑图纸的，趁着天亮她就赶紧回去了。等到太阳落山后，山里整个都黑了下来。莫菲住的单人小院儿显得有点空，没有了城市的喧嚣这里也很冷清和孤单。

莫菲一个人坐在院子里，看着天上又圆又亮的明月，她顺手拍了一张照片发给唐明轩。

她说：月亮是最大的星，上面住着都敏俊。

莫菲在院子里散步，时不时抬头看眼天上的月亮。手机震动，莫菲点开唐明轩的消息。

唐明轩：中国的月亮上面住的只有嫦娥，没有什么都敏俊，乖，外国月亮没有中国的圆。

莫菲忍俊不禁：连这种醋都吃，你幼稚不幼稚？

回完消息，莫菲往前走了两步，电话铃声响起，显示联系人为唐明轩。

"喂?"

唐明轩理直气壮的声音从电话里传来："谁说我吃醋了？我是说家里有鱼塘为什么还出去买鱼?"

莫菲笑他："你不是不干承包很多年了吗?"

"为了太太，我可以重操旧业。"

莫菲望着月亮说："你要是能像都敏俊一样有超能力该多好，打开一扇门，就立刻能到我身边。"

"是不是想我了？"

"想啊，想你能不能带上海的小龙虾来。"

"除此之外，就没有别的了？"

莫菲想了想，故意逗他："想你……能不能帮我带来放在家的玩偶。"

"没有别的了？"

莫菲说："想你……能不能帮我买几本漫画书？"

"还有呢！"

"想你刚才是怎么吃醋的……哈哈哈！"

唐明轩有些失望："莫菲……我很想你。"

莫菲的笑容骤然停住，神情变得伤感。

此时的两个人同时看着天上的明月，握着电话默默思念着对方，谁都没再说话。

相比晚上，莫菲的小院白天要热闹多了。每天附近住着的几个村民都会来莫菲这里坐坐，大家不是聊聊畲族服饰的襟部绣花，就是聊聊平时的生活日常。

莫菲绣花的时候，隔壁五十多岁的蔡大妈看到了她无名指上的钻石戒指，好奇地问："闺女，你结婚啦？"

"是呀！"莫菲笑了。

"你老公是做什么的？长得帅不帅？"蔡大妈追问道。

另一个村民说："莫菲长得这么俊，老公肯定不会差的啦！"

莫菲不好意思："他也就……还行啦！没有很帅。"

"你有没有照片？给我们看看。"

莫菲窘了："照片……你们等我找一下，他不是特别喜欢照相。"

蔡大妈催促着说："快找，快找，给我们看看。"

莫菲正找着照片，院门口一阵骚动。有一辆豪车从公路上开来，停到了莫菲家的门口。

见有热闹可以看，院子里的村民全都跑到门口去了。院门口站了很多人，热闹非凡。莫菲站在人群最外侧，隔着层层人群，她隐约能看到唐明轩从车上走下来。

唐明轩站在逆光处，莫菲看向他时忍不住眯了眼。光线影影绰绰，凸显出唐明轩修长的身材。

没想到有这么多人围观，唐明轩有些慌乱。眼神飘忽了一会儿，最终落在莫菲身上。

隔着人群，两个人对视。唐明轩指指因好奇推搡的村民们，示意莫菲帮帮忙。

莫菲忍着笑，无奈地耸耸肩。

唐明轩苦了脸。

好奇的村民们渐渐散去。

蔡大妈拉着莫菲的手说："你这个小丫头，你老公这么帅，你有什么不好意思说的？照片都不舍得拿出来给我们看……你能娶到这么好的老婆，真是好福气呐！"

唐明轩还没有从慌乱中回过神来，蔡大妈走上前，巴掌大力地拍了拍他的肩膀。唐明轩有些承受不住，肩膀顺着大妈的力道倾斜。

"小伙子，你要好好对待莫菲啊！我们大家都特别喜欢她，你要是对她不好，我们可不答应！"蔡大妈警告着说。

唐明轩咧嘴笑笑，点点头，莫菲在旁边忍不住偷笑。

隔壁大妈离开，莫菲走到唐明轩身边："唐总出行，还真是兴师动众啊！全村跑来围观，盛况空前！"

唐明轩整理了下衣服："对我来说，这难道不该是小场面吗？"

"既然是小场面，你干吗还找我帮忙解围。"

"因为你是大人物。"

莫菲笑了："大人物处理小场面，多大材小用啊。"

唐明轩觉得理所当然："责任越大，能力越大……来到你这儿了，你不该给我介绍一下吗？"

"这个是我们乘凉的亭子，这个是我们晾衣服的杆子，水井，燃料……"莫菲笑嘻嘻地看他，怎么看都看不够，"唐总，还有什么是需要我介绍一下的吗？"

唐明轩被院子里搭建的木头鹿吸引："这个是什么？"

"是我闲着无聊做着玩的。"

唐明轩称赞道："毕竟几人真得鹿，不知终日梦为鱼……你住这地方，倒是有点意思。"

"能得到唐总的夸奖，真是不容易呢！"

唐明轩捏了捏她的脸："你这是在求我表扬？那就别介绍的这么敷衍。"

"说正经的，你怎么来了？"莫菲得意道，"是不是太想我啦？"

唐明轩严肃地说："我只是来问路的。"

莫菲惊讶："问什么路需要开几百公里？不会用GPS啊？想我就直说，老夫老妻的，还有什么不好意思的？"

唐明轩看向她，目光深沉："我要找的是心路。"

莫菲害羞："你在哪儿学的土味情话？杨光又传授给你什么不靠谱的人生经验了？"

唐明轩笑而不语。

住到乡村人家来，对唐明轩是个比较特别的体验。吃过晚饭后，他和莫菲手拉手坐在亭子里，一起看星星。

"一个破星星哪里都有，不如和我回家去看吧？"唐明轩说。

莫菲笑他："星星得罪你啦？唐总该不会还在吃都敏俊的醋吧？"

唐明轩不肯承认："怎么会呢？"

"听你的口气，怎么像是来催婚的？"

唐明轩不答，他从口袋里拿出一个小盒子。

莫菲笑了："这是什么？珠宝首饰？金银玉器？唐总不会做那么俗气的事儿吧？"

接过唐明轩递来的盒子，莫菲好奇地打开，看到里面的东西，她十分惊讶。

盒子里面装得不是什么新鲜玩意儿，而是莫菲去明远实习时用的铭牌。

莫菲惊喜："你怎么把这个带来了？这个你居然还留着？"

唐明轩提醒说："你仔细看看。"

莫菲将铭牌翻了过来，上面的职务已经从实习生变为了老板娘。

"谁说我要做老板娘了？"莫菲嗔怪道，"我可是要做老板的！"

"我是老板，你是我老婆，怎么算你也还是老板娘。"

莫菲不服输地问："谁说你是老板了？你有证吗？你拿出来我看看！"

唐明轩稍微掀开西装，露出里面带着的铭牌。

"什么呀？给我看看。"

唐明轩傲娇道："不给，你都不要做老板娘，我为什么要给你看？"

"快给我看看啦！"

"不要！"

两个人打闹一阵，莫菲终于拿到了唐明轩的铭牌。唐明轩的铭牌也经过改动，上面的职务写着：莫菲的老公。

莫菲藏起心中的感动，开玩笑地说："唐总，结婚前怎么没发现呀，你居然也有这么孩子气的一面。"

唐明轩摸了摸莫菲的头，饱含爱意地说："当初我在巴黎是向你求婚，我是求着你嫁给我，不是催着你嫁给我。莫菲，在你没决定好时，我永远不会催促你进入到人生的下一个阶段……你第一次来明远的时候我就说过，我不会影响你的想法和意志。现在我们结婚了，也还是一样的……你属于我的同时，也代表我属于了你。"

唐明轩握住莫菲的手，放在心口的位置："去这里的路，GPS 到不了的，我只能问你。"

莫菲感动，她哽咽了一下。莫菲用手抱住唐明轩的脸："作为你的老婆，我现在要亲你了！"

唐明轩也笑了："乐意至极。"

俩人在浪漫的夜色中，慢慢靠近……

换好睡衣的莫菲坐在桌前研究设计图，洗完澡换好睡衣的唐明轩从外面走进来："你以前总说我是工作狂，现在你工作起来，真是比我还拼命！"

莫菲急得揪头发："我这不也是没办法嘛！店铺马上要开门做生意了，总要有一些特别出彩的衣服来撑场子呀！"

唐明轩走到莫菲旁边，委屈地说："设计图纸放两天再做吧！我只能在你这儿待三天……你今晚先陪陪我嘛！"

"可我答应了多多……"

"你就考虑答应多多的了？那你答应我的呢？"

"但是……"

唐明轩真是没想到，自己堂堂一个大总裁，居然沦落到要和米多多争

宠的地步："我为了来见你，连着加了好几天的班，没吃好，没睡好，让
杨光开了两三个小时的车来这儿，还要被村民问三问四……好不容易晚上
就只有我们两个了，你忍心让我一个人去睡？"

"这……好啦！"莫菲妥协，"我今天先陪你。"

唐明轩伸手，他拉莫菲从椅子上站起来，接着又拉她到自己怀里。两
个人拥抱，嬉笑，靠近。

在两个人正要亲吻时，门外传来急促地敲门声。

"莫菲！是我！你睡了吗？"

"多多？"莫菲惊讶。

唐明轩生气："她来干什么？"

莫菲跑到门边打开门，米多多一眼看到床上的唐明轩，她手足无措：
"唐总你也在这儿啊！对不起对不起，那个，我有点儿急事儿……"

"多多！你怎么这个时间来了？出什么事了？"

莫菲，唐明轩，米多多三人坐在沙发上，气氛略微尴尬。

米多多从背包里拿出一份合同给莫菲："上次我们找的加工厂不是没
谈下来吗？今天他们家给我打电话了，他们之前签的工作室关门了，所以
时间上可以给我们安排生产。不过他们要求你立刻签一份授权……我来不
及快递了，就来送给你签字！"

莫菲笑说："真的吗？太好了！太好了！合同给我！我签！"

莫菲格外地兴奋，她拿过合同看也不看，直接要往上面签字。在莫菲
落笔的那一刻，唐明轩及时阻止了她。

唐明轩皱眉："这是合同，你就这么签了？不找个律师咨询一下？"

莫菲解释："你不知道，这家工厂很难谈的。我之前和多多去谈了好
几次，都没成功……合同我们之前都看过了，不会有事的。"

莫菲又要去签字，唐明轩急忙叫住她："设计要找专业的，看合同也

要找专业的……你就这样签了名，小心被人卖了都不知道。"

米多多笑了笑："唐总，应该没你想的那么复杂吧？就是我们和加工厂的一个委托关系而已……哎呀，这么简单的事儿，还能有什么坑啊？他们来找我的时候还是挺有诚意的，我想不会有问题的。"

唐明轩慢条斯理地拿过莫菲手里的合同："往往最诱惑你的不是老天给你的机会，而是恶魔给你的考题……谈了那么久都没谈下来，现在突然要得这么急，你们就不觉得有问题吗？"

莫菲和米多多不约而同地摇摇头。

唐明轩淡定地翻了翻合同，大概扫了一眼，他就发现了其中的问题。唐明轩指着合同上的某条条款，说："这上面说的，在本合同解除后，乙方，就是加工厂，他们可以继续无偿使用甲方，也就是你们的服装样板……这话什么意思？"

"啊！"米多多感叹了一声，接着问，"他们……是什么意思？"

唐明轩无奈地叹了口气："意思就是说，哪天合同到期或者解约后，你们发给他们的服装样式，他们可以继续使用，还不需要给你们钱……"

米多多气得拍大腿："那怎么行！"

唐明轩冷淡地说："是啊，这个当然不行。可要是你们刚才签了合同，那以后就算去打官司也赢不了。"

莫菲心惊："他们工厂这么坑？"

唐明轩习惯了："生意就是这样，你可以保证自己不骗人，但一定保证不了自己不被别人骗。"

米多多叹气："既然是这样，那这合同……我们不签了？"

"亏本的生意肯定不能干啊！只是……"

唐明轩大方地说："你们要是有需要，明远的加工厂可以……"

米多多和莫菲异口同声地回答。

米多多："好啊！"

莫菲："不行！"

"菲啊，为什么不行啊？"米多度纳闷，"明远的加工厂，是唐总的加工厂。唐总是你的老公，你还怕他坑你吗？"

莫菲迟疑了一下，说："我是觉得，明远的加工厂成本太高，我们目前支付不起。"

唐明轩想了想："我老婆说的没错，明远的加工厂成本确实不低。"

米多多惊掉了下巴："你们夫妻两个……认真的吗？"

莫菲/唐明轩："当然。"

"行了，行了，我怕了你们了……"米多多折腾一天也累了，"这事儿就先算了吧！我得睡了，明天一大早我就得回上海去了，一堆事情要处理呢！"

莫菲不好意思："多多，你和我去卧室睡吧！"

"我和你睡卧室？那唐总怎么办？"米多多小心地看了眼情绪不太好的唐明轩。

"他……他睡客房的折叠床就行。"

唐明轩瞪大眼睛看莫菲。

莫菲笑又问了一句："可以吧？"

既然莫菲都这么说了，米多多也不客气了："那谢谢唐总了啊！我坐了一天车，真的是累坏了呢！莫菲，走，我们去睡吧！"

米多多先进卧室，唐明轩拉住莫菲："喂，你不是开玩笑的吧？你真和她……那我呢？我怎么办？"

莫菲商量着说："多多一个女孩子，总不好让她睡折叠床吧？"

"那她就好意思打扰人家夫妻的……"

米多多在屋里喊："莫菲，你进来的时候把灯关了！"

"知道了！"莫菲转头安慰唐明轩，"行了，睡吧，明天她就走了……你先委屈一晚上。"

说完，莫菲快速亲了他一下，就进屋找米多多去了。

唐明轩冷冷清清的躺在折叠床上，辗转反侧。越想越不平衡，他在床上生闷气。

莫菲悄悄从门口方向走过来："你在干吗呢？"

唐明轩立刻恢复淡定："没什么……你怎么出来了？"

"我来看看你呀！"

莫菲挤到床上，和唐明轩躺在一起。

唐明轩还在可惜："我好不容易抽时间过来的……"

莫菲哄着他说："多多也是为了工作嘛！你今晚上先将就一下，好不好？"

唐明轩还算大度地说："行吧……你们两个开店的事情准备得怎么样了？"

"我就觉得像做梦一样。"

"为什么？"

莫菲轻声说："从决定做服装设计师开始，我就在想象着能有自己的服装品牌……这一天突然要到来了，感觉不太真实。"

"以你的才华，早晚会有这么一天……我想，这一天终于要到了。"

莫菲抱紧唐明轩："嗯……可还是觉得很不真实呀！心里不太踏实。"

唐明轩亲了亲老婆的额头："老天从来都是公平的，他不会辜负每一个人的努力。你现在拥有的一切，都是你应得的。"

"你好像说得还挺有道理的。"莫菲笑了笑。

唐明轩说："什么叫好像挺有道理的？本来就是这么个道理……你从一个服装专业的毕业生，到现在成为独当一面的设计师，不是轻轻松松跨过来的。你这一路走得多么辛苦，我在你身边都看得清清楚楚。"

莫菲靠在唐明轩怀里："可不是嘛！"

"所以啊，你用了那么多年才缩短现实和梦想之间的距离。你付出的汗水，能够换回一句'你值得'。"

莫菲感动，抱住唐明轩。两个人躺在折叠床上，没再说话。

第二天一早，唐明轩和莫菲送米多多离开。

米多多得知莫菲昨晚也睡的折叠床，她歉意地说："不好意思，昨晚上打扰两位了。"

唐明轩冷冰冰地说："你知道就好。"

莫菲偷偷踩了他一下，唐明轩换上得体的假笑："欢迎你常来家里玩。"

"会的！会的！等你们回上海了，我要去你们家好好住一段时间，天天和莫菲秉烛长谈！"米多多热情地回应道。

唐明轩：……

莫菲对着米多多摆手："多多，你路上注意安全。我过几天学习就结束了，我就能回上海跟你一起忙了。"

"知道啦！你们快回去吧！我走了！"

莫菲和唐明轩对着米多多挥手，米多多离开。

唐明轩松了口气："电灯泡可算是走了。"

"走吧！别怄气了！"莫菲轻松地说，"我带你去山里玩一玩？"

现在正值秋高气爽的季节，山里的空气格外的清新。莫菲带着唐明轩走在乡野的小路上，两个人时不时互相追逐一下。

"这山里的空气还挺不错。"唐明轩说。

莫菲笑道："对了，昨天邻居大叔告诉我，山上的野榍子已经结果了，我们等下去采果子！"

"野栀子，是栀子花的果子吧?"

"嗯!"

"这个是染料吧?"

莫菲夸奖道:"不错嘛，你还知道这是染料。"

"不过，我不大清楚它具体是染什么颜色的?"唐明轩难得不耻下问。

"你知道马王堆出土的纱衣是什么颜色吗?"

"黄色。"

"对! 栀子果就可以染黄色，在古时候，栀子果还是上供染皇家服饰的染料呢! 采完栀子后把它们压碎，浸水淬出色素，过滤之后就是染液了，就直接可以染布了!"

唐明轩点点头:"听起来好像也不太难。"

莫菲要说话时，看到远处的栀子树:"明轩，快看，那边就有栀子树，我们快去看看吧。"

两个人拉着手往前走去。

莫菲和唐明轩采完栀子后走在小路上，唐明轩拉了下莫菲衣服上的彩带:"这里的服装很有特点，颜色够强烈，也够鲜明。"

莫菲笑说:"是呀! 明轩你知道吗? 畲族的彩带，有着很美好的寓意呢! 据说畲族女始祖辞世前，把一只报晓鸡送给了一个畲家小妹。报晓鸡会把知晓的天下大事，全都告诉畲家小妹。可没想到，有一天报晓鸡也要死了。临死前，报晓鸡就和畲家小妹说，我喝过千年露水，尝过万种花草。在我死了之后，会化作一条七彩花纹彩带。在你定亲时，把彩带送给你的情人做定情物，会保佑两个人白头到老的，小妹照办了，果然生活的幸福又美满……所以畲族乡民就把这个传统代代相传啦!"

唐明轩盯着莫菲衣服上的彩带看。莫菲把彩带解下来，挂到了唐明轩的脖子上。

莫菲踮起脚，亲了他一下："我做的彩带送给你，畲族女始祖会保佑我们白头到老的。"

唐明轩的额头抵在莫菲的额头上，两个人看着对方笑。

莫菲没几天就要结束学习了，所以唐明轩离开时两个人倒没太难舍难分。等莫菲回来时唐明轩正好有一个会，他不方便出远门，只好让杨光来接。

杨光接到莫菲后，一路上说个不停。唐明轩近半年的饮食起居，事无巨细，他都给莫菲交代了一遍。

"其实轩哥很期待你们的婚礼的。"杨光不忍心地提醒说，"虽然他从没和你说起过，可是他早早就把礼服准备好了……他没告诉你，是怕你心里有压力。"

莫菲点点头："我明白的。"

"反正你这也回来了。"杨光又说，"找个日子你们就抓紧把事儿办了吧！证儿都领了，还差一个酒席吗？"

莫菲沉默着，没再说什么。

半年没有回家，莫菲带了好多的新衣服。她回到家里就开始收拾，到天黑还没收拾完。晚上有人敲门，莫菲踮着脚去给他开门。

打开门，发现竟然是唐明轩。

"你回来啦？"莫菲奇怪，"你不是知道电子门的密码锁吗？为什么不自己开？"

唐明轩叹气说："我们结婚后，一直都是我自己住在这里。每天打开门家里都是空荡荡的，关上门家里也还是空荡荡的……我想体验一下有老婆给我开门，有老婆在家等我是什么样的感觉。"

莫菲转过身，正面抱住他："对不起，让你久等了。"

唐明轩回抱住她："谢谢你，尽早回来了。"

站在满地的行李里，两个人深情拥吻。半年的思念，都融在了深情的吻里。

洗完澡的唐明轩从浴室出来，莫菲正坐在沙发上看着本子、图纸苦恼。

唐明轩："怎么还不去洗澡？我们该睡了。"

莫菲盘腿坐在沙发上："唐先生，我们来谈谈。"

唐明轩坐在莫菲对面。

"其实我……"

看莫菲一脸严肃，唐明轩觉得又要有不好的事情发生："你不会是不想跟我办婚礼吧？"

"不不不！"莫菲急忙解释说，"你先别生气，你先听我说……我们好像从来没有认真聊过我家里的事儿，关于我爸爸和我妈妈的？"

唐明轩冷静下来："你没有提过，我就没有去问。"

莫菲握着他的手，说："我知道，对你的体贴我非常感激，所以今天我想和你聊聊……其实在我小时候，我爸妈就分开了。我爸爱上了别人离开了上海，他再也没回来看过我和莫凡……"

唐明轩握住莫菲的手，莫菲继续往下说："我妈一个人把我养大，她又当爸又当妈，去参加走秀工作也不得不带着我。直到我和莫凡成年了，她才能有自己的生活。说实话，我不是不期待婚礼，只是每当想起婚礼都会让我……非常恐慌。"

唐明轩沉声问："你在怕什么？"

莫菲不是在怕，她是没想好："也不能说是怕，就是有点不自在。尤其是想到从门口走向舞台的那条路，两边站满了来宾，他们全都沉默地盯着我看……我没有爸爸牵着我的手，我必须独自走过那条长长地通道，一步一步地走向你。一想到这样的场面，我浑身上下都不自在……"

"莫菲……"

莫菲对自己的丈夫感到抱歉："对不起，因为这些想法，之前每次你提起婚礼，我都忍不住想要回避……对不起，让你受伤害了。"

唐明轩抱住她："是我觉得抱歉，我应该……更体谅你的感受的。"

莫菲挥挥手，笑说："哎呀，说出来好像也不是什么大不了的事儿，就是……心理上有点尴尬。"

"你要是实在不想，"唐明轩说，"其实我可以不要……"

"我和你说这些，就是想告诉你，我已经准备好了。"莫菲抬头看他，眼神里满是期待，"唐明轩，在法国的时候，你求我嫁给你。现在我想对你说，我已经不再怕了……你来娶我吧！"

听到莫菲说的这些话，唐明轩感动极了。他胸腔热乎乎的，竟然有一种想哭的冲动。

用力地抱着莫菲，唐明轩嗓音沙哑地说："好，我一定用我最快的速度，把你给娶回家，我保证。"

"嗯！"

莫菲的想法简单，以为婚礼怎么也要筹备几个月。没想到唐明轩早在半年前就开始准备，就等着莫菲点头了。在两个人商定好的第二天，唐明轩就安排莫菲试婚纱。请柬当天就印刷完毕，周末的时候他们就可以举办婚礼了。

"这是不是有点太快了？"莫菲紧张地问，"我这……"

"不快了。"唐明轩实事求是地说，"都已经晚了半年了。"

也是。

周日是个黄道吉日，宜嫁娶。

五星级酒店大堂内全都用上等的保加利亚玫瑰布置好，进门处是布置精美的展台，上面写着"唐先生和唐太太的婚礼"，旁边的伴手礼是各种绣品做成的手帕。

莫凡和陆珠穿着礼服在门口招待客人，他们就像是一对金童玉女。布置浪漫温馨的婚礼现场，宾客站在两侧等着新郎新娘的到来。

莫菲和唐明轩在后台等着进场，莫菲突然说："哎哎哎，我为什么……有点紧张了？"

"现在？"

莫菲感觉自己肚子在不停地咕噜："真的，好像……"

唐明轩握住莫菲的手："没有什么好怕的，你只要跟着我就行了。"

莫菲奇怪："你就一点不紧张吗？"

"姐夫。"莫凡敲敲门进来，说，"有你的一封信。"

"信？"婚礼当天，谁会写信给他？

"来啊，看看啊！"莫菲有些语气发酸地说，"看看是哪个前女友给你写的啊！"

唐明轩皱眉："别胡说……你来看吧！"

"姐，你对姐夫也太过分了。"莫凡很偏向唐明轩，"姐夫是个男人，你不得让他有点隐私啊！"

莫菲看了看莫凡，恍然大悟："你小子好啊！你就是唐明轩的间谍！是不是！"

见莫菲气得要打人，莫凡转身就溜了。

"你看吧！"唐明轩并不在意这些，"我也没什么无聊的前女友。"

莫菲接了信封，笑说："真的？那我就看看了啊！万一是谁给包的大红包呢？是吧？"

信纸有些粗糙，材质也不够好。莫菲撕开信封一看，里面掉出来一张照片。

照片上是一个女孩子，她二十五六岁左右，梳着干练的短发，笑容灿烂。看背景，她应该是在非洲的大沙漠，身边还跟着一群黑人小孩。黑人小孩的手里拿着一块木板，上面用中文写着"新婚快乐"。

"这是谁啊？"莫菲转头问唐明轩。

唐明轩深深吸了口气，他如释重负地笑了："是方倩，她是……"

"我知道她是谁。"莫菲笑说，"方笑愚的妹妹嘛！也是你的妹妹……真羡慕她啊！能够认识小时候的你。"

见莫菲的笑容惆怅，唐明轩淡笑着说："你不用羡慕她，我们小时候，也一起合过影。"

"啊？！"

唐明轩帮着莫菲整理着婚纱，说："还记得你家玄关门口挂着的照片吗？"

"记得啊！"

"照片被拍到的路人里，有一个穿着西装的小男孩？"

莫菲不敢置信地瞪大眼睛看他，唐明轩站直了身子，笑着说："那个小男孩，就是我……那次明远集团的发布会，我也去了。我在后台玩，无意间被摄影师拍到……第一次在你家看到照片，我也十分地震惊……所以你看，我们是命中注定的缘分，是一定要结婚的。"

居然会有这样的事情！

莫菲的眼眶发酸，她差点掉下泪来。抱怨地拍了唐明轩一下，莫菲哑声说："这时候说这样的话，你是存心惹我哭……哭花了眼妆，等下上台就不好看了！"

唐明轩看着她微笑，眉眼中缱绻情深。

外面的司仪在叫了："下面，有请新郎新娘入场！"

音乐响起，唐明轩牵起莫菲的手，弯腰在她手背上吻了一下："有你在身边，每天都是艳阳天……我不会让你一个人走过那长长的舞台，让我们结婚吧!"

莫菲挽住唐明轩的手臂,阳光洒在他们的身上,明亮温暖。

跟着唐明轩的步伐,莫菲一步步地走向舞台,她在心中默念着:

童话里的王子或许并不傲慢,他只是孤单而已。

书上那只等爱的狐狸并不卑微,她只是深爱罢了。

这一生,我们要遇到多少人。

这一世,我们要走多远的路。

可就算地球上有再多的人存在,我也只愿意为你一人安定下来。

从今以后,无论贫穷还是富裕,

无论健康或是疾病,

无论顺境逆境,

无论福祸贵贱,

我们都会彼此珍爱,不离不弃。

既然余生只有你,

那么请它快点开始吧!

让我们一起牵手走过人生中所有的晴天雨天,一起去看那星河浩瀚,天地广袤……

从后面看去,两个人姿态优雅地步入礼堂。

在晴朗的天空下,在众人祝福的目光中,莫菲和唐明轩沿着红毯,一步步地走向舞台中心。

图书在版编目（ＣＩＰ）数据

若你安好便是晴天 / 李九思著. — 北京：人民日
报出版社, 2021.3
ISBN 978-7-5115-6906-6

Ⅰ.①若⋯ Ⅱ.①李⋯ Ⅲ.①剧本—中国—当代
Ⅳ.①I23

中国版本图书馆CIP数据核字（2021）第024998号

书　　名：若你安好便是晴天
　　　　　RUO NI ANHAO BIAN SHI QINGTIAN
作　　者：李九思

出 版 人：刘华新
责任编辑：袁兆英
封面设计：尚世视觉

出版发行：人民日报出版社
社　　址：北京金台西路2号
邮政编码：100733
发行热线：（010）65369527　65369846　65369509　65369510
邮购热线：（010）65369530　65363527
编辑热线：（010）65363105
网　　址：www.peopledailypress.com
经　　销：新华书店
印　　刷：河北盛世彩捷印刷有限公司
法律顾问：北京科宇律师事务所010-83622312

开　　本：880mm×1230mm　1/32
字　　数：185千字
印　　张：9.625
版次印次：2021年3月第1版　　2021年3月第1次印刷

书　　号：ISBN 978-7-5115-6906-6
定　　价：48.00元